आत्म-परिचय

आत्म-परिचय

फणीश्वरनाथ रेणु

सम्पादक
भारत यायावर

राजकमल प्रकाशन

ISBN : 978-81-967631-8-3

मूल्य : ₹795

पहला संस्करण : 1988
चौथा संस्करण : 2023

प्रकाशक : राजकमल प्रकाशन प्रा. लि.
1-बी, नेताजी सुभाष मार्ग, दरियागंज
नई दिल्ली-110 002
शाखाएँ : अशोक राजपथ, साइंस कॉलेज के सामने, पटना-800 006
पहली मंजिल, दरबारी बिल्डिंग, महात्मा गांधी मार्ग, प्रयागराज-211 001
1, अनमोल सोराबजी संतुक लेन, धोबी तलाव, मरीन लाइंस, मुम्बई-400 002
वेबसाइट : www.rajkamalprakashan.com
ई-मेल : info@rajkamalprakashan.com

मुद्रक : राजकमल प्रेस
नई दिल्ली-110 002

ATMA-PARICHAYA
Autobiographical writings by Phanishwar Nath 'Renu'
Edited by Bharat Yayawar

रेणु जी के योग्य आत्मज
और मेरे अनुज
पद्म परागराय वेणु
अपराजित राय
और दक्षिणेश्वर राय
के लिए

—यायावर

आत्म-परिचय

रवीन्द्रनाथ ठाकुर ने अपनी आत्म-परिचयात्मक रचनाओं का संग्रह *आत्म-परिचय* नाम से काफी पहले प्रकाशित करवाया था। इस संग्रह की योजना भी उनकी इसी पुस्तक को देखकर बनाई गई। रेणु ने इस प्रकार की रचनाएँ यदा-कदा की थीं, जिनमें से कुछ मैंने उनकी पूर्व प्रकाशित पुस्तकों में संकलित भी की हैं। कुछ रचनाएँ असंकलित भी रह गई थीं। अब इस प्रकार की प्राय: सभी रचनाएँ एक पुस्तक में पहली बार संकलित हो रही हैं। इसमें उनके बचपन, किशोरावस्था एवं बाद के जीवन का परिचय तो विस्तार से मिलता ही है, उनका अपनी रचनाओं, अपने समय पर किये गए विचार के साथ उनकी आस्था और विश्वास का परिचय भी मिलता है।

रेणु-जैसे महत्त्वपूर्ण कथाशिल्पी की कथाकृतियों से गुजरने पर हमें जो अनुभव होता है, उनकी आत्म-परिचयात्मक रचनाएँ एवं टिप्पणियाँ उसमें और भी कुछ जोड़ती हैं, उसे विस्तार देती हैं। उनकी कथा-कृतियों की तरह उनका जीवन भी बहुआयामी है, जिसके पास (इस पुस्तक के रूप में) खड़े होने का भी अपना एक सुख है। ये रचनाएँ उनके जीवन की पूरी जानकारी तो नहीं देतीं, पर उनकी लिखी जानेवाली भावी जीवनी की पृष्ठभूमि अवश्य तैयार करती हैं।

आत्म-परिचय चार खंडों में विभाजित है। पहला खंड आत्म-रचनाओं का है। इनमें *एक बलंद खुदी...*आत्म-रेखाचित्र है। रेणुजी ने इसे *धर्मयुग* द्वारा आयोजित *कथा दशक* के लिए 1963 में तैयार किया था, पर इसे प्रकाशन के लिए किसी कारणवश न भेज पाए। बाद में उन्होंने *पांडुलेख* शीर्षक आत्म-रचना भेजी, जो *धर्मयुग* की कथा-दशक शृंखला में प्रकाशित हुई। इसीलिए *एक बलंद खुदी...*और *पांडुलेख* में कुछ बातें समान हैं। रेणुजी अपनी आत्म-रचना विस्तार से लिखना चाहते थे। इस क्रम में वे एक ही रचना लिख पाए—*ईश्वर रे, मेरे बेचारे...! टूटते-बिखरते सपनों की दास्तान* उनका आत्म-संस्मरणात्मक व्याख्यान है, जिसे उन्होंने

1975 में बम्बई के लेखक-सम्मेलन में दिया था और जिसे उनकी मृत्यु के बाद *रविवार* के प्रवेशांक में प्रकाशित किया गया था।

पुस्तक का दूसरा खंड उनके आत्म-संस्मरणों का है। इसमें उनके बचपन-सम्बन्धी चार संस्मरण, *अपनी कथा* में *मैला आँचल* के प्रशान्त और कमली की परिकल्पना की कहानी, *एक स्मृति : एक पत्र* में उनके कुत्ते का संस्मरण और ग्रामीण लोगों से शब्द-मोती पाने का संस्मरण *जहाँ पमन को गमन नहि* में है।

तीसरे खंड में समय-समय पर प्रकाशित उनकी भेंट-वार्ताओं से महत्त्वपूर्ण अंशों का संकलन किया गया है।...और चौथे खंड में उनके वैयक्तिक निबन्धों, *प्रिय कहानियाँ* की भूमिका एवं आंचलिक उपन्यासों पर *सारिका* द्वारा आयोजित परिचर्चा (1961) हेतु लिखी गई टिप्पणी को शामिल किया गया है।

इस तरह *आत्म-परिचय* की ये रचनाएँ रेणु के जीवन और उनके विचारों को एकसाथ लिये हुए हैं। इनकी कथा-कृतियों को जानने-परखने के लिए इस पुस्तक का महत्त्व निर्विवाद है। आशा है, रेणु के सुधी पाठक, प्रेमी और आलोचक खोजीराम द्वारा पूर्व प्रकाशित उनकी कृतियों की तरह ही इसका स्वागत करेंगे।

—भारत यायावर

23.9.87
बोकारो स्टील सिटी

आत्म-परिचय

क्रम

आत्म-रचना

एक बलंद खुदी...उर्फ मशहूर नकबेसर का किस्सा (गुटका)

तब श्री चित्रगुप्त ने चिन्तातुर होकर एक लम्बी साँस ली और हिन्दुस्तान के नक्शे की ओर देखा। अपने लेखनशाला के लेखपालों की ओर मुड़कर बोले—नहीं, इस जीव का जीवन-लेख मैं खुद लिखूँगा। मुझे ही लिखना होगा!

भारतवर्ष के मानचित्र में—बिहार प्रान्त के पूर्णिया जिले के एक उजाड़, झाड़-झंखाड़ और जंगली इलाके की भूमि पर, उँगली डालकर बोले—यहाँ, इस गाँव में एक ऐसे जीव को भेजा जा रहा है जो एक ही साथ—सुर और असुर, सुन्दर और असुन्दर, पापी और विवेकी, दुरात्मा और संत, आदमी और साँप, जड़ और चेतन—सब कुछ होगा! धरती की माँग पर इसे विशेष रूप से भेजा जा रहा है।

अत: 4 मार्च, 1921 ई.—शुक्रवार को उस उजड़े औराही-हिंगना गाँव में जब आम की डालियाँ मधुमयी मंजरियों से झुक गईं, फगुनियाँ हवा—मधु से माती—धूम मचाने लगी तो नकबेसर लेकर उड़ भागनेवाला कागा अचानक अमंगल की आशंका से अशुभ और डरावनी 'भाखा' में—क्-क-क् काँ-आँ-आँ-यँ-वँ-वँऽऽ—बोल उठा, कि उसके चोंच से (रतन जटित) नकबेसर छूटकर धरती पर गिरा और त्राहि-त्राहि कर उठा...एक अन्धकूप घर के घुप्प अँधेरे में इलाके की मशहूर डायन—बूढ़ी की जलती हुई निगाह कुछ ढूँढ़ने लगी तथा अपनी पतोहु की कोख से निकली हुई सन्तान को पुल्लिंग पाकर परम प्रसन्न हुई। किन्तु, उसकी धतूरे के बीज-जैसी काली काया को देखकर घृणा से मुँह बनाती हुई बोली—अरे, यह धतुरिया कहाँ से आ गया...?

छठ्ठी की रात तक चित्रगुप्तजी लेखनी थामकर बैठे रहे। श्रीमान धतूरीनाथ को छठ्ठी के एक दिन पूर्व से ही छींकें आने लगीं। डायन दादी ने 'चाँदमडुआ'

नामक प्रसिद्ध वनौषधि की कोमल पत्ती को घी के चिराग में सेंककर इनके ब्रह्मांड पर रखा। किन्तु नवजात जीव के रोदन और 'छींकन' में कोई कमी नहीं। दादी घबड़ाई—चाँदमडुआ की पत्ती भी नहीं मानती सर्दी? और बच्चे की आवाज जब बिल्ली के मरियल बच्चे की तरह सुनाई पड़ने लगी तो उसके छह दिन के बाप से नहीं रहा गया। भुटिया घोड़े पर सवार हुआ—ऐड़ लगाई और घोड़ा हवा हो गया। (हाँ, घोड़े का रंग सादा था।) शहर पहुँच, गोपाल बाबू डागडर को सब हाल सुनाय—विनय की मुद्रा में हाथ जोड़कर गुमसुम खड़ा रहा। डागडर गोपाल बाबू ने सब हाल सुनकर अलमारी से एक बोतल निकाली जिस पर लोहे के तार में जाली मढ़ी हुई थी। और लेबुल पर अंग्रेजी में एक कलापूर्ण दस्तखत किया हुआ था...।

दवा की शीशी घर में पहुँची कि चूहे के बच्चे की तरह चीं-चीं करते हुए शिशु के चेहरे पर अचानक एक चमक खेल गई। आश्चर्य! दवा की पहली बूँद मुँह में पड़ने के पहले ही वह मुस्कुरा पड़ा—आँख मूँदे ही! मनचाही चीज आ गई!...उस दिन गिनकर चार बूँदें जो उसे चटाई गईं, उसमें अमृत की एक ही बूँद थी। बाकी, तीन बूँदों (जहर) की आग को, इस नवजात नीलकंठ ने अपने नन्हे कलेजे पर झेल लिया—छठ्ठी की आधी रात को! कहा भी है, होनहार बिरवान के होत चीकने पात! सियारों के दल ने करुण सुर में सामूहिक विलाप शुरू किया। मरघट के बूढ़े पीपल पर बैठे लोलुप और उत्कर्ण राजगिद्ध ने निराश होकर डैने झटपटाए। उल्लू ने कचपचाकर रात ढल जाने की सूचना दी!...पुरइन के पात पर पड़े एक धड़कते कलेजे से जुड़ा, सोया—नकबेसर!!

तब चित्रगुप्तजी मुस्कुराकर बोले—अहो! इस शैतान संत की जीवन-कथा अवश्य ही मद-मधु और हलाहल में बारी-बारी से लेखनी बोरकर लिखने योग्य है!

और, उन्होंने ऐसा ही किया।

उन्होंने लिखा—जातक का नाम पहले फणीचन्द्र पड़ेगा—जो गाँव-घर में फनींदर से फुनेसर और फुलेसर कहलाता हुआ—बाद में अपने को फणीश्वरनाथ रेणु के नाम से प्रसिद्ध करेगा।

चूँकि, जातक ने छठ्ठी की रात को दूध के बदले—'नीट' यानी निखालिस जॉन एक्शा नम्बर वन पान किया है, इसलिए छह वर्ष की उम्र से ही शीशी-बोतल में रखे हर तरल पदार्थ को पीने की चीज समझेगा—सुख-संचारक कम्पनी की मशहूर दवा 'सुधा सिन्धु' हो या डॉक्टर एस.के. बर्मन का अर्ककपूर 'काफ'

अथवा लखीविलास, चाहे किरासन तेल! और इसके ब्रह्मांड पर चाँदमडुआ (जिसकी जड़ पागलपन और हाई ब्लड प्रेशर की रामबाण औषधि है) की सेंकी पत्तियाँ डाली गई थीं, इसलिए जड़ी-बूटी के नाम पर भाँग-धतूरा, गाँजा-चरस, चंडू-अफीम और संखिया सेवन करके सिद्ध होने की चेष्टा करेगा।

वैष्णव परिवार में जन्मे हुए शान्त प्रकृति के पुत्र की बाल-लीला देखकर इसके माता-पिता चिन्तित रहेंगे। सिर में तेल और आँख में काजल लगाने के डर से भागकर 'धनखेती' में सारा दिन धान रोपनेवाले मजदूरों के साथ कीचड़-पानी में मछली और केंकड़ा पकड़ता फिरेगा। घर लौटकर गुनगुनाती हुई आग में डालकर उन्हें भूनेगा। जलते हुए जीवों की चिड़ायँध गंध वैष्णव परिवार के चोआ-चन्दन-धूप-धूना-मय सुगंधित वातावरण पर छा जाएगी।

नकबेसर लेकर भागनेवाले कागा के श्राप से यह सात साल की उम्र में ही प्रेमबाण से घायल होकर, विरह-व्यथा से तड़प-तड़पकर महीनों रतजगा करके सपनों के जाल बुनेगा। आलस्य की बुनियाद उन्हीं दिनों पड़ेगी। इस कारण, जीवन-यात्रा-पथ में—जवानी में कदम रखने के बहुत पहले से ही—जहाँ छाँह देखेगा, वहीं लेटकर जीवन-भर सुस्ताना चाहेगा। आलसी, कामी और क्रोधी यह मनुष्य पहले दर्जे का लोभी होगा। शुक्रवासर को इसने जन्म ग्रहण किया है, इसलिए शुक्र प्रबल रहेगा। और इसके प्रबल प्रताप से हर तरह के सु और कु-कर्म का भागी हो सकता है। अर्थात् चोरी-डकैती और हत्या के इल्जाम से लेकर चीटिंगबाजी और 'चमचोरी' तक (सही अर्थ के लिए, जानने को उत्सुक पाठक आदरणीय महाकवि केदारनाथ मिश्र से पत्र-व्यवहार करें क्योंकि **धर्मयुग** की एक कहानी में इसका व्यवहार मैंने किया था। उसका अंग्रेजी अनुवाद...)।

नकबेसरवाली ने अपने नकबेसर को फिर से पाकर आनन्दातिरेक में इसे दोनों आँखों से लगाकर कलेजे से लगा लिया था—इसलिए थोड़ा पुण्य, कुछ यश, और स्वल्प अर्थ भी अर्जन करेगा...!

भगवान चित्रगुप्त ने जो जीवन-लेख लिख दिया—वह कैसे मिटे! मुझे उनकी 'स्क्रिप्ट' के अनुसार चलना पड़ रहा है—चल रहा हूँ। इसलिए राह में मुझसे बुरा-भला जो कुछ हुआ—हो रहा—होनेवाला है—उसकी जिम्मेदारी मेरी नहीं। लिखने में तो कुछ लगता नहीं, भोगना पड़ता है अदा करनेवाले को। जीवन

के सुख और दु:ख को भोगने को बनाई गई माटी की इस काया का भला क्या दोष?

लेकिन, ऐसे अश्लील रचना लिखनेवाले को मैं माफ नहीं कर सकता। इरादा है—जब लिखूँगा, कुछ रख-ढककर नहीं लिखूँगा। अपने जीवन-काल में ही उसे प्रकाशित करके सारी विवादास्पद बातों की सफाई (अर्थात् रॉयल्टी की मोटी रकम खाकर) करके ही इस धराधाम से जाऊँगा। यहाँ से जाने के बाद प्रकाशित होनेवाले संस्करण में मेरी जो नंगी तसवीर छपे—उसकी व्यवस्था करके जाऊँगा। जीवन-काल में बाँह से कटी गंजी और अंडरवियर पहनकर खिंचवाई गई अपनी तसवीर छापने की इजाजत दे सकता हूँ। नागा-साधु सम्प्रदाय के लोग भी लोकालय में लँगोटी पहनते हैं!

आज आत्म-(स्केच) रेखा-चित्रण के नाम पर उस वृहद ग्रंथ की विषय-सूची संक्षिप्त व्याख्या-सहित प्रस्तुत है। (विज्ञजन इसे विज्ञापन समझें तो मुझे और भी अशेष प्रसन्नता होगी।)

विषय-सूची के प्रथम अध्याय का एक अंश बतौर संक्षिप्त व्याख्या के सुनिए :

मसलन—कागा के श्राप से प्रेमबाण से घायल होने की बात को ही लीजिए। हमारे गाँव के एक किनारे से एक कच्ची सड़क गई है। सड़क के किनारे ही हम लोगों के कलमी आमों का एक बड़ा बागीचा है। उन दिनों बागीचा के पास ही एक 'पाकड़' का पुराना पेड़ था। उसके नीचे राही-बटोही बैठकर सुस्ताते थे। वहाँ गाड़ियाँ लगतीं, डोलियाँ रुकतीं। किसी दुलहिन की 'सवारी' देखते ही हम दल बाँधकर चिल्लाने लगते—लाल डोली, लाल कनियाँ (दुलहिन) पान खा हे...!

लेकिन, वह दुलहिन नहीं थी—किसी की!

गाड़ी रुकी और वह अपनी माँ का हाथ पकड़कर मुस्कुराती हुई उतरी। लाल सालू की घेरदार घाघरी, कान में 'रूपे' के नन्हे-नन्हे झुमके और माथे में 'सिंथमन' (माँग को आर-पार ढकनेवाला जेवर)—'सिंथमन' के चाँद पर हरे काँच का टुकड़ा जड़ा। आम की पत्तियों को हटाकर सूरज ने उसको झाँककर देखा। मेरी आँखों के आगे—सात रंगों के तरंग!

संयोगवश मैं भी अपनी माँ के साथ था। हमारी माताओं ने आपस में बातें कीं। एक-दूसरे से परिचित हुईं। किन्तु हम दोनों एक-दूसरे को देखते

रहे—एकटक। मेरी सारी काया में—रोम-रोम पर एक अपूर्व राग गूँजने लगा। तब हमारी माताओं ने—हम दोनों की चर्चा की—बारी-बारी से। मेरी माता (और पिताजी भी) उन दिनों किसी आगन्तुक से यह कहना नहीं भूलती—इसे हिन्दी और बंगला, दोनों रामायण की बहुत-सी चौपाइयाँ कंठस्थ हैं। और, यह गाता भी है...।

हर कांड के कई चौपाइयाँ, दोहे, सोरठे—बगैर किसी सिलसिले के गा देता था—पर मुझे उस दिन यही पंक्तियाँ याद आई थीं : 'मन जाहि राखहु मिलहि सो बर सहज सुन्दर साँवरे—करुणा-निधान सुजान शील सनेह जानत रावरे।'

उनके बैल सानी-पानी खा-पीकर तृप्त हुए, उनका गाड़ीवान गाँव में जाकर तम्बाकू पी आया, तब उन्होंने चलने की तैयारी शुरू की। मुझे लगा—मेरा सब कुछ जा रहा है। मैं जोर-जोर से रोना चाहता था। मैं भगवान से विनती करने लगा—गाड़ी का पहिया टूट जाय...थोड़ी देर के लिए और 'विलम' जाय गाड़ी।

पर दूर जानेवालों की गाड़ी ऐसी ढीली-ढाली नहीं होती कि किसी की मनौती कबूल कर बिगड़ जाए...।

...और, मन में यह बात उपज गई कि झूठ बोलना छोड़कर यदि झूठ लिखा जाए तो यह पाप पुण्य में बदल सकता है।...और, अब तो झूठ का जहाज ही चला रहा हूँ। पेशा ही यही है।

किन्तु, अपने बारे में आज कुछ लिखते समय करीब आधा दर्जन लँगोटिया यारों की याद आ रही है।—वे किसानी करते हैं, गाड़ीवानी करते हैं, पहलवानी करते हैं, ठेकेदार हैं, पान की दुकान चलाते हैं, शिक्षक हैं, एम.एल.ए. हैं। भूतपूर्व क्रान्तिकारी और वर्तमान काल के सर्वोदयी हैं, वकील हैं, मुहर्रिर हैं, चोर और डकैत हैं। वे सभी अपना पेशा करते हुए मेरी रचनाओं को सदा खोजकर पढ़ते हैं। वे मेरी कहानियों में, मेरे उपन्यासों में, मेरे जीवन में घटनाओं की छायाएँ ढूँढ़ते रहे हैं, मिलने पर आपस में बातें करते हैं। और, कभी-कभी मुझे छेड़कर कहते हैं, 'साले।...वह जो लिखा है सो 'वहाँ' वाली बात है न? इस्स!'

उस बार मेरे एक पूज्य शिक्षक ने एकांत में पूछ ही दिया था, 'अच्छा, एक बात बताना तो?...वह अफीम खाकर आत्महत्या करनेवाली घटना की कहीं कोई छाया—अथवा उस घटना के मूल में जो कहानी थी—सो...?' अपना

यशस्वी लेखक का मुखौटा लगाकर मैं उनके इस प्रश्न पर विज्ञजनोचित हँसी नहीं हँस सका। सकपकाकर इतना-सा बोला, 'वही तो...पता नहीं क्या...शायद, उस अप्रिय और मूर्खतापूर्ण घटना की ग्लानि के कारण मैं उसे भूलता, भूलता गया। और सच कहता हूँ सर, आपने कहा तो अचानक मुझे याद आई—अभी।'

तो, कहने का तात्पर्य यह है कि—अपने बारे में अथवा आत्म-परिचय देनेवाले लेख में, जहाँ भी मैंने किसी बात या घटना को जरा भी तोड़ा या मरोड़ा कि वे सभी—जो जहाँ हैं—मुझे गालियाँ देंगे। और कई दोस्तों से हार-जीत की बाज़ी लगाकर प्रतिज्ञाबद्ध हूँ—अपने बारे में जब लिखूँगा—बेपर्द होकर लिखूँगा। अपने जीवन में उसे प्रकाशित करने का भी साहस नहीं हो—जीवन-लीला समाप्ति के बाद छपाने की अनुमति किसी भी प्रतिष्ठित और जिम्मेवार प्रकाशक को दे जाऊँगा। (एडवांस जीवनकाल में ही वसूल कर खा लूँगा।)

नेपाल के जंगलों में मचान पर बैठकर जिन मित्रों के साथ शेर का शिकार किया, वे फिलहाल ऐसी स्थिति में नहीं कि मेरे डींग का विरोध कर सकें अथवा मेरी हास्यास्पद स्थितियों का रोचक वर्णन ही सुनाकर मुझे छोटा बना सकें।

अपने जिले के तीस प्रतिशत गाँवों में गया हूँ—पाँच गाँव और पाँच परिवार में वर्षों रह चुका हूँ। टी.बी. से पीड़ित होकर लगातार एक वर्ष तक अस्पताल में (सचमुच) लेटा रहा हूँ। 'कम्प्लीट रेस्ट' का अर्थ है—सोए-सोए सभी कार्य। हाँ, नेपाली भी लिख-पढ़ लेता हूँ—बंगला भी। उर्दू के रोजाना अखबारों की सुर्खियों और मासिक पत्रिकाओं की कविताएँ टटोलकर पढ़-समझ लेता हूँ।

'मैला आँचल' की प्रसिद्धि के बाद—चेहरे पर लगातार एक मुखौटा धारण करके जी रहा हूँ। घुटकर मर नहीं जाता—कारण है। मैं हर दूसरे या तीसरे महीने अपने गाँव भाग जाता हूँ, जहाँ मैं घुटने से ऊपर धोती या लुंगी उठाकर—फटी गंजी पहने गाँव की गलियों में—खेतों और मैदानों में घूमता हूँ, जहाँ अश्लील से अश्लील गालियों के बगैर कोई किसी से बात नहीं करते—पशु और पक्षियों तक की माँ से निकटतर सम्बन्ध स्थापित करने की तमन्ना होती है जहाँ के लोगों में (जी, मैं भी देता हूँ। मुझे भी लोग देते हैं।), अश्लील से अश्लीलतम घटनाएँ जहाँ दिन-रात घटती हैं। एक-से-एक चोरी, एक-से एक क्राइम... (जी हाँ, मैं भी कर चुका हूँ।)

गाँव जाकर मुखौटा उतारकर—ताजा हवा में फेफड़ा मजबूत कर लेता हूँ। सूरज की आँच में अंग-प्रत्यंग को सेंक आता हूँ। (हमारे गाँव में लोग बाँस

की झाड़ियों में या मैदान की ओर मुक्तकच्छ होकर निवृत होते हैं न...) फिर पटना आते समय भद्रता का मुखौटा ओढ़ लेता हूँ।

अब इसे उतार फेंकना चाहता हूँ।

चित्रगुप्तजी के 'परताप' से अपनी 'चालीसा' में जो-जो 'चलित्तर' मैंने किये हैं, उसकी मोटी-मोटी बातें बता देता हूँ। इन बातों का मेरी रचना-प्रक्रिया से क्या सम्बन्ध है या हो सकता है, वह विवेकी पाठकगण जानें।

पेशे के नाम पर मैंने राजनीति को छोड़कर (या इसे भी पेशे में ही जोड़ा जाए) जो-जो काम किये हैं, उसकी तालिका प्रस्तुत है। मित्र की मिठाई की दुकान की मैनेजरी कर चुका हूँ—दो महीने। शहर के प्रतिष्ठित पुस्तकालय में—नौ महीने लाइब्रेरियन। एक राइस एंड आयल मिल्स की नौकरी—दूर-देहात में जाकर धान खरीदने की—तीन दिन। आल इंडिया रेडियो में—ढाई-तीन वर्ष। दासानुदास ने अपने दास जीवन से काफी लाभ उठाया है...।

राजनीति में—स्टूडेंट फेडरेशन से लेकर किसान सभा, मजदूर आन्दोलन और दो-दो मुल्कों के आजादी के आन्दोलन में—सशस्त्र क्रान्ति में सक्रिय भाग लिया है। गुरिल्ला लड़ाई लड़ चुका हूँ। वर्षों जेल में रहा हूँ। 'सेल' की सजा भोगी है—लाठी खाई है...(कहीं कोई रोक रहा है—बस-बस!...)

प्रेम नहीं, प्रेमों में पड़ा हूँ—प्रेमी बनकर तीन-चार सालों तक प्रेमी के निराले पंथ (यहाँ मुझे पं. राधेश्याम कथावाचक रचित 'अभिमन्यु' नाटक का वह गीत बेहद गाने का मन कर रहा है—गा लेने दीजिए जरा सस्वर—देखो प्रेम का पांथों नि-रायला हाँ, देखो...) पर ठोकरें खाते फिरने का अभिनय करना पड़ा है। प्रेमनगर में कई घर बसाए—सब संसार को तजकर। कई घर आँधी और तूफान में उड़े और किसी में घर के चिराग से आग लगी। कई घर अभी बरकरार हैं। कई दिलों में फिर घर...(कहीं कोई टोक रहा है—कट!)

साहित्य—पठन-पाठन—रामायण, महाभारत, पंचतंत्र (वेंकटेश्वर प्रेस, मुम्बई!) से शुरू करके मेला छपनी, बेटीबेचवा, बटोहिया, ननदी-भउजिया, विदेसिया, सिंहासन बत्तीसी, बेताल पचीसी, चन्द्रकांता...(बकौल मरहूम भिम्मलमामा के, हिन्दी में 'चन्द्रकांता' के बाद कोई उपन्यास प्रकाशित ही नहीं हुआ। देखिए—दासानुदास कृत उपन्यास—'परती : परिकथा') बेहतर हो कि पढ़ाई-लिखाई की बात गोल कर दूँ। क्योंकि स्वयं चित्रगुप्तजी मेरे जीवन-लेख में लिखते समय अन्यमनस्क हो गए थे।

साहित्य रचना—(स्कूल, कॉलेज, मैगजीन छोड़कर) 1945 में कलकत्ता के साप्ताहिक 'विश्वमित्र' में पहली कहानी प्रकाशित हुई—'बट बाबा'। इसके बाद 1949-50 तक करीब एक दर्जन कहानियाँ 'विश्वमित्र' में ही प्रकाशित हुईं—पहलवान की ढोलक, जीवन में घुले हुए रंग, कलाकार, पार्टी का भूत (दीपावली विशेषांक में—सन्-ईस्वी याद नहीं), 1947 या '48 से पटने के साप्ताहिक 'जनता' में—रिपोर्ताज-लेखन—जै गंगा! (बाढ़ पर) डायन कोसी, एक टु आस्ते-आस्ते। (शरणार्थी कैंप से लिखित एक पत्र जिसे सम्पादक मित्र ने छाप दिया और पार्टी के बाहर के स्थानीय साहित्यकारों में हाहाकार मच गया—मारो साले को! पंचायत बैठी—स्वयं साथी जयप्रकाश नारायण ने... (इस प्रसंग में गिरह लगा दूँ।)

अब मैं प्रस्ताव करता हूँ कि अब इस लेख में भी गिरह लगा दिया जाए। उपसंहार करते हुए—चन्द सतरें, और।

मैंने रात में भैंस चराया है, रात में पानी में भीगकर मछली का शिकार किया है, जाड़े की भोर में तीन बजे ही उठकर तीसी के फूले हुए खेतों में बटेर फँसाया है। (इसकी फँसाने की विधि सचित्र जानने के इच्छुक लेखक से पत्र-व्यवहार कर सकते हैं।) कलाली (भट्ठी) में बैठकर, झूम-झूमकर गीत गा-गाकर दारू पीया है—बारातों में घोड़ा दौड़ाया है पगड़ी बाँधकर—गाँववालों के साथ मिलकर लाठी से बाघ मारा है।

(बोलो हो पंचो अर्थात् औराही-हिंगना के निवासियो—मैं झूठ कहता हूँ?)

[अप्रकाशित : रचनाकाल सम्भवत: नवम्बर, 1963]

पांडुलेख

अपने बारे में जब कभी कुछ लिखना चाहा, जी. बी. एस. की मूर्ति उभरकर सामने खड़ी हो जाती—आँखों में व्यंग्य और दाढ़ी में एक भेदभरी मुस्कुराहट लेकर। और, कलम रुक जाती। अपने बारे में सही-सही कुछ लिखना सम्भव नहीं।...कोई लिख ही नहीं सकता।

इसलिए, मैं इस ओर से निश्चिन्त था। मित्रों ने 'आईने के सामने' नंगा होने को कहा। किन्तु, मैं अपने चेहरे पर पड़ा मुखौटा तक नहीं उतार सका। कथा-दशक-योजना की घोषणा हुई तो फिर चिन्तातुर हुआ। कथा के साथ दो तसवीरें चाहिए : एक बाहरी सूरत की, दूसरी अन्दर की? या फोटो के साथ दो कथाएँ?...मार डाला!

भाई रामकुमार ने कई स्केचों के माध्यम से 'आत्मकथ्य' प्रस्तुत किया और ईर्ष्या के मारे मेरा दिल जलने लगा। कहना नहीं होगा, मन कुंठित हो गया। कलम कठा गई। तकाजे की ध्वनि क्रमशः तीव्र से तीव्रतर होती गई। मैं चुपचाप बैठा रहा। आँकना आता नहीं, क्या करूँ?...दुहाई रवीन्द्रनाथ! रक्षा करो गुरु!

'स्मृतिर पटे जीवनेर छबि के आँकिया जाय—जानि ना।...जीवनेर बाहिरेर दिके घटनार धारा चलियाछे—आर भीतरेर दिके संगे-संगे छबि आँका चलितेछे।'

कवि की इन पंक्तियों को पढ़कर अवसाद दूर हुआ। मैंने भी अपने 'स्मृति-भांडार' के दरवाजे पर लटकता हुआ ताला खोला। किन्तु, 'किन्तु, द्वार खुलिया देखिलाम—जीवनेर स्मृति, जीवनेर इतिहास नहे—ताहा—कोन—एक अदृश्य चित्रकरेर स्वहस्तेर रचना।'

याद है...!

छह-सात साल की उम्र में मैंने अपने पिता को अपने सम्बन्ध में बड़े सहज ढंग से एक अद्भुत कहानी सुनाई। टटके और घनघोर आर्यसमाजी पिता के चेहरे पर हवाई उड़ने लगी। उन्होंने माँ को बुलाकर कहा, 'सुनो ज़रा, यह क्या कहता है।'

मैंने माँ से भी स्पष्ट शब्दों में कह दिया, 'तुम मेरी माँ नहीं। मेरी माँ ने मुझे एक मिट्टी की हंडी में बन्द कर—नदी में डाल दिया था। बहते-बहते हंडी एक घाट पर जा लगी...।'

माँ ने पिताजी को उलाहना देते हुए कहा, 'मैं मना कर रही थी न? बच्चे की बोली साफ-साफ फूटी नहीं कि रामायण-महाभारत पढ़ाने लगे! उसी का नतीजा है।...माथा न खराब हो जाए बच्चे का।'

मैंने जारी रखा—मुझे पूर्वजन्म की बात भी याद है।...मैं स्कूल में पढ़ता था। अहा! कितना सुन्दर था हमारा स्कूल। चारों ओर रंग-बिरंगे फूलों की क्यारियाँ। पोखरे में पुरइन के फूल। एक दिन मैं फूल 'लोढ़ने' के लिए...।

माँ चीख पड़ी थी। और घनघोर आर्यसमाजी पिता ने एक कट्टर सनातनी पंडित को बुलाकर पूजा-पाठ और पुरश्चरण की व्यवस्था करवाई। किन्तु, मेरा रामायण-महाभारत पढ़ना बन्द नहीं किया।

उन दिनों हमारे घर पर आए हुए प्रत्येक प्रतिष्ठित आगन्तुक-अभ्यागतों के सामने मुझे पेश किया जाता। मैं बारी-बारी से काशीराम दासी-महाभारत, कृतिवास-रामायण और रामचरितमानस के पर्वों और कांडों का सस्वर पाठ करने लगता। सुननेवाले चकित रह जाते, जब मैं अर्थ समझाने लगता।

उन्हीं दिनों की बात है। गाँव में वैष्णव (बोष्टम) भिखारियों का एक दल आया हुआ था। वे बंगला कीर्तन गा-गाकर भीख माँगते। मर्द एकतारा बजाता। औरत करताल बजाकर गाती—सखि गो-ओ-ओ-ओ—की हेरिनू जमूनार कूले...।

वे जब मेरे दरवाजे पर आए, मैं खोल बजाकर, कलंक भंजन (बंगाल पयार की पोथी) गाने लगा—किशना चूरी कइलो गो माय—आमार सोनार गेंडू हे-ए-ए-ए-ए!

वैष्णवी मेरा गीत सुनकर हँसी। फिर, फूट-फूटकर रोने लगी। करताल बजाकर गाने लगी—सई, केबा सुनाइले श्याम नाम। कानेर भीतर दिया मरमे पसिल गो—आकुल करिल मोर प्राण...।

पता नहीं क्यों, मैं भी रोने लगा। मुझे लगा, वे मेरे अपने लोग हैं। मुझे यहाँ जबर्दस्ती रखा गया है—पकड़कर।

आर्यसमाजी पिता ने वैष्णवों के दलपति को चोर, बदमाश, कामचोर आदि विशेषणों से सम्बोधित करते हुए धमकी दी थी—फिर इस इलाके में पैर रखोगे तो चालान करवा दूँगा।

मेरा जी कई दिनों तक उचाट रहा। फिर पूजा-पाठ-हवन...।

हमारे गाँव के उत्तर एक कच्ची सड़क है। सड़क के किनारे ही हम लोगों का 'कलमबाग' है। राह चलते राही-बटोही हमारे बाग में बैठकर सुस्ताते। गाड़ियाँ और डोलियाँ थोड़ी देर के लिए रुक जातीं! और, हम दुलहिन की सवारी देखते ही दल बाँधकर चिल्लाने लगते—लाल डोली—लाल कनियाँ पान खा हे...!

उस बार एक टप्पर गाड़ी रुकी। गाड़ी से एक अधेड़ महिला उतरी। और, उसकी उँगली पकड़कर मुस्कुराती हुई उतरी—वह...!

...लाल सालू की घेरदार घाघरी। कान में 'रूपे' के नन्हे-नन्हे झुम्के और माथे पर 'सिंथबंध' (माँग को आर-पार ढकनेवाला जेवर)। सिंथबंध के चाँद पर हरे काँच का टुकड़ा जड़ा। आम के पल्लवों को हटाकर सूरज ने उसको देखा। मेरी आँखों के आगे सात रंगों के तरंग!

संयोगवश मैं भी अपनी माँ के साथ था। हमारी माताओं ने आपस में बातें कीं। एक-दूसरे से परिचित हुईं। किन्तु, हम दोनों एक-दूसरे को देखते रहे—एकटक। तब हमारी माताओं ने हम दोनों की चर्चा की—बारी-बारी से। मेरी माता (और पिता भी!) उन दिनों किसी अजनबी से यह कहना नहीं भूलती—हिन्दी-बंगला रामायण की बहुत-सी चौपाइयाँ इसे याद हैं। और यह गाता भी है!

मैंने उस दिन...मुझे उस दिन यही पंक्तियाँ याद आई थीं—मन जाहि राखहु मिलहि सो बर सहज सुन्दर साँवरे—करुणा-निधान सुजान शील सनेह जानत रावरे...।

उनके बैल सानी-पानी खा-पीकर तृप्त हुए। उनका गाड़ीवान गाँव नें जाकर तम्बाकू पी आया। उन्होंने चलने की तैयारी शुरू की। मुझे लगा—मेरा सब कुछ जा रहा है। मैं जोर-जोर से रोना चाहता था। मैं भगवान से मन-ही-मन विनती करने लगा—गाड़ी का पहिया टूट जाए, कोई गड़बड़ी लग जाए! थोड़ी देर तक के लिए और 'बिलम' जाए—गाड़ी।

लेकिन, दूर जानेवालों की गाड़ी ऐसी ढीली-ढाली नहीं होती कि किसी की मनौती मानकर बिगड़ जाए।...गाड़ी चल पड़ी।

उसने चलते-चलाते मुझसे अन्तिम बार आँखें चार कीं। सूरज की किरणों में उसके सिंथबंध के चाँद पर फिर सात रंगों के तरंग!

घर लौटकर मैंने, एक-डेढ़ घंटे में ही उस मंद-मंद हासिनी-सुहासिनी, अबोली-भोली घाघरीवाली छौंड़ी के बारे में घुमा-फिराकर, माँ से कई प्रश्न पूछे। खाते समय मैंने पूछा, 'माँ! उन लोगों ने क्या खाया होगा?'

तब, माँ तनिक हँसकर बोली, 'पूरी-तरकारी और हलुआ! अब यह कौन बतलाए कि उन लोगों ने क्या खाया होगा। और, तू इतनी बातें क्यों पूछता है? वह छौंड़ी तुझे पसन्द है? बिहा करेगा?'

मैंने लाज से दूध के कटोरे में निगाह गड़ाते हुए कहा था, 'धेत्त।'

धेत्त कहने से क्या होता है।...वह मुझे पसन्द थी।

शायद, हर बीमार आदमी अपने लड़के को पढ़ा-लिखाकर डॉक्टर बनाना चाहता है। सभी मुकदमेबाज पिताओं की तमन्ना होती होगी—बेटा वकील बने।

मेरे पिता भी मुझे वकील बनाने का सपना देखते थे। कचहरी से लौटकर आते और वे तारा बाबू, निशि बाबू तथा हसन इमाम वगैरह वकील-बैरिस्टरों के जिरह-बहस का जीता-जागता चित्र उपस्थित कर देते।

किन्तु, स्कूल की परीक्षा में प्रश्न पूछा गया : 'तुम पढ़-लिखकर क्या बनना चाहते हो, कारण सहित लिखो।'

और, मैंने लिखा : 'मैं अपने गाँव के पासवाले स्टेशन सिमराहा स्टेशन का स्टेशन-मास्टर बनना चाहता हूँ।'

कारण बताते हुए लिखा था : 'सिमराहा स्टेशन का स्टेशन-मास्टर सदा चुपचाप बैठकर लिखता रहता है। दिन में सिर्फ दो बार गाड़ी आती-जाती है। स्टेशन के ईनारे के पास खजूर के पेड़ में बया के घोंसले हैं—चिड़ियाँ दिन-रात चहचहाती रहती हैं। स्टेशन-मास्टर की स्त्री बहुत नेक है। जब तार की घंटी बजती है, स्टेशन-मास्टर उठकर तार खटखटाता है। इसके बाद वह पुकारता है—एय मुखलाल, गाड़ी छोड़ो। घंटा दो!—वह गरीबों को मुफ्त में दवा भी देता है।'

पढ़-लिखकर मैं डॉक्टर नहीं बना। वकील नहीं हो सका। सिमराहा स्टेशन का स्टेशन-मास्टर भी नहीं।

आज तक वह तमन्ना मन में है। सिमराहा स्टेशन पर नजर पड़ते ही मेरी आँखों के सामने सैकड़ों तसवीरें नाचने लगती हैं।...पानी पाँड़े, पैटमान जनकसिंघ, रिलिफिया—छोटा बाबू, जनकसिंघ की अधेड़ औरत, मटरा, टरार्कि बीवी, जगमोहन साह, उसकी बीवी, उसकी दुकान की जलेबी, वह गोरी सोनारिन, स्टेशन-मास्टर का क्वार्टर, ग्रामोफोन...और, पूर्वी बंगाल के मोटे मुसलमान स्टेशन-मास्टर का बेटा मकबूल जो देखने में हू-ब-हू मेरे-जैसा था। बाहर के लोग हमें सहोदर भाई समझते थे। कई बार उसके बाप और मेरे पिताजी को भी भ्रम हो गया था।...बहुत-सी बातें, अनेक घटनाएँ, सैकड़ों चेहरे—सिर्फ इस स्टेशन पर पहुँचकर ही याद आते हैं।

मैंने सोचा था, मेरा यह स्टेशन सिर्फ मुझे ही अच्छा लगता है। किन्तु, दो वर्ष पहले जब बम्बई-कलकत्ता के फिल्मी मित्र आउटडोर की शूटिंग में आए तो इस छोटे-से गँवई स्टेशन ने उन्हें भी मोह लिया।...एक ओर दूर तक फैले हुए खेत, छोटे-छोटे गाँव—दूसरी ओर सपाट मैदान! सामने विशाल बरगद का पेड़। कैमरामैन सुब्रत बाबू अपने गले में लटकते हुए 'आला' में आँख सटाकर दिशाओं को देखते। चटर्जी मोशाय ने कई 'स्केच' आँके। भट्टाचार्य ने अपनी दोनों तलहथियों से 'फ्रेम' बनाकर सिमराहा गाँव के बीच से गुजरनेवाली कच्ची सड़क के 'लांग-शाट' का अन्दाजा लगाया।... सत्ति जायगाटा अद्‌भुत!

सिमराहा स्टेशन के प्रति मेरे गुप्त प्रेम की बात सिमराहा का बद्री भगत भी जानता है। वह मेरा हमउम्र नहीं। मुझसे तीन-चार साल छोटा है। पान खाते-खाते उसके दाँत कत्थई हो गए हैं। नॉवेल पढ़ते-पढ़ते और सिनेमा देखते-देखते वह एक विज्ञ पाठक और प्रौढ़ दर्शक हो गया है। वह मुझसे कभी-कभी पूछ बैठता है, 'भाईजी! इस बार जो इस स्टेशन को लेकर एक कहानी लिखे थे—सो तो कहीं नहीं छपी? क्यों?...उसको नॉवेल बना 'डालिए'...।'

...हाँ, एक उपन्यास ही लिखना होगा। बद्री ठीक कहता है।

रामायण, महाभारत, प्रेमसागर, पंचतंत्र आदि मोटे ग्रंथों के अलावा हर सप्ताह आनेवाले पत्र-पत्रिकाओं की याद आती है।...वेंकटेश्वर समाचार, रंगपुर पत्रिका (बंगला), सैनिक, प्रताप, प्रवासी (बंगला), हिन्दू पंच, विश्वमित्र, विशाल भारत और हितैषी।

'हितैषी' हमें इसलिए प्रिय थी कि यह हमारे गाँव से आठ माइल पच्छिम—सिमरबनी गाँव से प्रकाशित होती थी। हस्तलिखित नहीं—सुमुद्रित सचित्र मासिक पत्रिका, जिसके ग्राहक और पाठक अफ्रीका, फिजी और मॉरिशस में भी थे। और, इसके सम्पादक श्री रामदेनी तिवारी 'द्विजदेनी' से मेरे पिताजी का घनिष्ठ परिचय था। पिताजी उनके सम्बन्ध में बहुत बातें करते—तिवारीजी कवीश्वर हैं। सुराजी हैं। नाटक लिखते हैं। नाटक खेलते हैं। किस्सा लिखते हैं। हास्यरसावतार हैं। जहाँ रहते हैं—सभी को हँसाते रहते हैं।...यह देखो, उनकी नई किताब—'भैयाजी की घोड़ी।'

दिन दिखाड़े खेत उजाड़े—बचे न मड़वा तोड़ी,
भैयाजी से बढ़कर निकली भैयाजी की घोड़ी।

भैयाजी अर्थात् जमींदार का पटवारी। जमींदारों के प्रबल प्रताप के जमाने में, जमींदारी-प्रथा तथा जमींदारों पर ऐसा करारा व्यंग्य—ऐसी यथार्थवादी कहानी? और, यही था वह पहला उपन्यास, जिसे मैंने जीवन में पहली बार पढ़ा था।

1930...नमक कानून तोड़कर, विदेशी वस्त्रों की दुकानों पर, शराब की भट्ठी पर धरना देकर देश के सेवक जेल जा रहे थे। सुराजियों को आश्रय देनेवालों को पुलिसवाले परेशान करते। ऐसे ही दिनों में एक दिन, हाथ में तिरंगा झंडा लिये, कई वालंटियरों के साथ एक अधेड़ व्यक्ति हमारे घर आए। पिताजी प्रसन्न हुए—तिवारीजी आए हैं।

...तिवारीजी? द्विजदेनीजी? हितैषी के सम्पादक? 'शिव विवाह' नाटक, 'भैयाजी की घोड़ी' के लेखक?

भक्तिपूर्ण प्रणाम करने के बाद मैंने उन्हें—'राष्ट्रीय सिंहनाद' नामक किताब से रटी हुई कविता सुनाई थी—'सुन लो भैया टेसू राय'! उन्होंने मुझे आशीर्वाद देते हुए, पिताजी से कहा था, 'देखिएगा—एक दिन यह...।'

उनके आशीर्वाद के बल पर मैंने तुकबन्दी शुरू की। कवि-सम्मेलनों में, समस्या-पूर्ति करके पुरस्कार प्राप्त किया। उन्हीं के आशीर्वाद से विद्यार्थी-आन्दोलन में भाग लिया। उन्हीं की स्वीकृति से राजनीतिक क्षेत्र में आया। उन्हीं के आशीर्वाद से...।

सन् 1942 में, भागलपुर सेंट्रल जेल में उनके साथ था। और, अन्तिम दिनों में मुझे उनकी सेवा करने का सौभाग्य प्राप्त हुआ—मुझे, सन्तोष है। अन्य

सेवाओं के अलावा तीन उपन्यास पढ़कर सुनाए थे उन्हें। रवीन्द्रनाथ ठाकुर का 'योगायोग', प्रेमचन्द का 'गोदान' और अज्ञेय का 'शेखर : एक जीवनी'। मृत्यु से दो दिन पहले वे किसी के नाम (शायद अपने पुत्र को) एक पत्र लिखना चाहते थे। मैं, 'प्रिजनर्स-लेटर' पर कलम थामकर घंटों बैठा रहा। वे चित लेटे, नाक पर उँगली रखे सोचते रहे। बहुत देर के बाद एक लम्बी साँस लेकर बोले, 'नहीं। छोड़ दे बेटे! कुछ नहीं लिखना-लिखाना है, अब!...और सुनो, तुम कविता छोड़कर कहानी लिखना शुरू करो।...कहानी के बाद उपन्यास।... नाटक...हास्य-व्यंग्य...सब लिखना।'

...'मैला आँचल' प्रकाशित होने के बाद—प्रकाशन-समारोह के बाद—मैं रात में फूट-फूटकर रोता रहा—पिताजी, तिवारी जी, दोनों में से कोई नहीं रहे! वे होते आज...!

1940-41...दशाश्वमेध में हम जिस मकान में रहते थे, वह चितरंजन पार्क के ठीक सामने है। उन दिनों उस घर का नम्बर था—17/131। खुली छत पर बैठकर—समद्विबाहु-त्रिभुजाकार पार्क की दोनों भुजाओं के बगलवाली सड़कों पर आने-जानेवालों को घंटों देखता रहता। उन दिनों नया-नया नास्तिक हुआ था। लेकिन, गंगा नहाए हुए लोगों की पवित्र देह को छूकर आई हुई हवा—मेरे मन में पूजा के असंख्य फूल खिला जाती। इसी सड़क पर एक दिन एक 'कन्या' पर नजर पड़ी। लगा, मैं उसे पहचानता हूँ। मैं पीछे-पीछे चला। घाट पर कीर्तन-मंडली के दर्शकों में वह खो गई। मेरी आँखों ने उसे ढूँढ़ निकाला। निहारता रहा—अपलक। कहाँ देखा है इसे? पूर्वजन्म में? कहाँ?

वह रोज आती, अपनी माँ के साथ। जिस दिन वह नहीं आती—बेचैन हो जाता। उस पर दृष्टि पड़ते ही रोम-रोम बज उठते। कीर्तन समाप्त होने के बाद मैं प्रतीक्षा करता। फिर 'कालीस्थान' की गली, कालिसपुरा गली होते हुए एक अन्धी गली तक उसके पीछे-पीछे जाता। मैंने उसका घर देख लिया था—उसका नाम जान लिया था। दिन-रात—बस, उसी की चिन्ता, उसी की याद। साल-भर तक मैं पागल होकर उसके पीछे-पीछे चलता रहा—गोदौलिया, विश्वनाथ गली, बाँस फाटक। जहाँ-जहाँ वह जाती—मैं साथ रहता। आँखें चार होते ही उसका चेहरा लाल हो जाता। मेरी कनपटी गर्म हो जाती। कलेजे की धड़कन बढ़ जाती। किन्तु मुँह से कभी कुछ नहीं निकला। साहस ही नहीं हुआ कभी। एक बार, मिठाई की दुकान में वह मुझसे कुछ कहते-कहते रुक गई, 'सुनून...।' बस, इतना ही।

एक दिन वह खो गई। फिर नहीं मिली, कभी।

1958...इलाहाबाद!

मुहल्ला लूकरगंज में—हमारे घर के सामनेवाले खुले मैदान में—फुटबॉल मैच से लेकर सांस्कृतिक कार्यक्रमों के आयोजन तक होते थे।

उस बार, सरस्वती पूजा के दिन सुबह उठकर हम संगम नहाने गए। निरालाजी के दर्शन किये—आशीर्वाद और फूल लेकर प्रसन्नचित्त लौटा।... महान दिवस!

लौटकर देखा, सामने मैदान में—पूजा-मंडप में पुष्पांजलि देनेवाले नर-नारियों की भीड़ लगी है। मैं भी पुष्पांजलि देने गया। बंगाली पुरोहित चिल्ला रहे थे, 'बस, एइबारे शेष। आर अंजलि होबे ना।'

देखा, एक महिला अपने पंचवर्षीय बालक का हाथ जकड़े पुरोहितजी से कह रही थी, 'एर हाते खड़ी...'

पीली धोती और सफेद कुर्ता पहने, हाथ में स्लेट लिये उस बालक को देखकर मुझे अपने बचपन की याद आई!...इसी तरह हाथ में स्लेट और खल्ली लेकर मैंने भी 'ओनामासीधं' (ऊँ नमः सिद्धं!) लिखा था।

'हाते-खड़ी' सम्पन्न होने के बाद भद्र महिला भीड़ में खड़े अपने स्वामी से बोली, 'होयेछे!'

पंडितजी पुकार रहे थे, 'एबार शेष अंजलि!'

भद्र महिला से आँखें चार हुईं। मैंने पहचान लिया। भद्र महिला के चेहरे पर तरह-तरह के भाव आए-गए। अपने स्वामी से कुछ कहा, उसने। फिर, मेरे पास आकर बोली, 'चिनी-चिनी मने होच्छे।'

मैंने कहा, 'ना।...मुझे आप नहीं पहचानतीं...अवश्य आमि चिनी आपनाके। आपनि—?'

'आपनी बेनारसेर छेले?'

'किछुदिन छिलाम।'

भीड़ से एक किशोरी कन्या निकल आई, 'माँ। आज के रात्रे रामेर सुमति देखानो होबे, एइखाने!'

मैं अवाक् खड़ा उस बालिका को देखता रहा। मैं काशी के दशाश्वमेध घाट पर चला गया—न जाने कब!

पुरोहितजी ने प्रारम्भ किया, 'बोलिए...शुरू कीजिए—ॐ भद्रकाल्ये नमोनित्य सरस्वत्ये नमोनमः वेद-वेदांत—वेदांग-विद्यास्थाने...।'

ध्यान करते समय मानसपट पर वही किशोरी कन्या की मूर्ति अंकित हो गई।

इन स्मृति-चित्रों को प्रस्तुत करते समय, अपने एक दर्जन करीब लँगोटिया यारों की याद आ रही है। वे किसानी करते हैं, गाड़ीवानी करते हैं, पहलवानी करते हैं, ठेकेदार हैं, पान की दुकान चलाते हैं, शिक्षक हैं, एम.एल.ए. हैं, भूतपूर्व क्रान्तिकारी और वर्तमानकालीन सर्वोदयी हैं, वकील हैं, मुहर्रिर हैं, चोर और डकैत हैं। वे सभी, मेरी रचनाओं को खोज-खोजकर पढ़ते हैं—पढ़वाकर सुनते हैं और उनमें मेरे जीवन की घटनाओं की छायाएँ ढूँढ़ते हैं। कभी-कभी मुझे छेड़कर कहते हैं, 'साले! 'उस' कहानी में 'वह' जो लिखा है सो 'वहाँ' वाली बात है न?'

मेरे इन मित्रों ने बहुत-कुछ दिया है। जब भी गाँव जाता हूँ—वे मुझसे मिलने आते हैं। और हर बार मुझे कुछ देकर जाते हैं। बदले में कुछ नहीं चाहते।...यादश—बखैर।

मैं हर दूसरे या तीसरे महीने शहर से भागकर अपने गाँव चला जाता हूँ, जहाँ मैं घुटने से ऊपर धोती या तहमद उठाकर—फटी गंजी पहने—गाँव की गलियों में, खेतों-मैदानों में घूमता रहता हूँ। मुखौटा उतारकर ताजा हवा अपने रोगग्रस्त फेफड़ों में भरता हूँ। सूरज की आँच में अंग-प्रत्यंग को सेंकता हूँ (जो, हमारे गाँव में लोग बाँस की झाड़ियों में या खुले मैदान में—'मुक्तकच्छ' होकर निबटते हैं न!)। झमाझम बरखा में दौड़-दौड़कर नहाता हूँ। कमर-भर कीचड़ में घुसकर 'पुरइन' (कमल) और 'कोका' (कोकनद) के फूल 'लोढ़ता' हूँ। धनखेतों से लौटती हुई 'धानियों' (सुन्दरियों) से ठिठोली करता हूँ, गीत गाता हूँ—'ओहे धानी, कांदैछऽकाहेला हे—जाइब बंगाला—लायब मोहनमाला तोहरे पिन्हाएला हे-ए-ए।' फिर, शहर आते समय भद्रता का 'मुखोस' ओढ़ लेता हूँ।

मैंने रात में भैंस चराई है। रात में, पानी में भीगकर मछली का शिकार किया है। जाड़े की रात में, तीसी के 'फुलाए' हुए खेतों में 'बटेर' फँसाया है! (बटेर फँसाने की विधि सचित्र जानने के इच्छुक, दासानुदास से पत्र-व्यवहार कर सकते हैं।) बारातों में पगड़ी बाँधकर घोड़ा दौड़ाया है। गाँव के लोगों के साथ मिलकर लाठी से बाघ का शिकार किया है! (बोलो हो औराही-हिंगना के पंचो! क्या मैं झूठ कह रहा हूँ?)...और...और...और...औराही-हिंगना के

लोग ही बताएँगे कि मैंने क्या-क्या किया है। किन्तु जो भी किया है (सु-कर्म, कु-कर्म), उनकी स्मृतियाँ मेरी पूँजी हैं।

कहानी या उपन्यास लिखते समय थकावट महसूस होती है अथवा कहीं उलझ जाता हूँ तो कोई ग्राम-गीत गुनगुनाने लगता हूँ।

...इस समय एक बरसाती गीत गाने को जी मचल रहा है : 'भादव मास भयंकर रतिया-या-या, पिया परदेस गेल धड़के मोर छतिया-या-या, कैसे धीरा-आ-आ-आ; कैसे धीर धरौं मन धीरा—आसिन मास नयन ढरै नीरा-आ-आ-आ-आ...!!'

[*धर्मयुग* : 1 नवम्बर, 1964]

ईश्वर रे, मेरे बेचारे...!

अपने सम्बन्ध में कुछ लिखने की बात मन में आते ही मन के पर्दे पर एक ही छवि 'फेड इन' हो जाया करती है : एक महान् महीरुह...एक विशाल वट-वृक्ष...ऋषि तुल्य, विराट् वनस्पति! फिर, इस छवि के ऊपर 'सुपर इम्पोज' होती है दूसरी तसवीर : जटाजूटधारी बाबाजी की गोद में किलकता एक नन्हा शिशु! और तब अपने बारे में कुछ लिखने की बात मन से दूर हो जाती है, क्योंकि इस वृक्ष को बाद देकर अपनी कहानी लिख पाना मेरे लिए असम्भव है।

अत: जब लिखने बैठा हूँ, शुरू में ही कबूल कर लेना ठीक है कि मैं कुसंस्कारों में पला अन्धविश्वासी हूँ। जन्मान्धविश्वासी? इसके अलावा क्या हो सकता था मैं? मेरे गाँव के लोग, परिवार के लोग एक पेड़ को पूजते थे। गाँव का प्रत्येक बच्चा उस 'पेड़-देवता' की कृपा से जीता था, उसके कोप से मरता था।...छह महीने की मेरी काया को (सुना है!) अमावस्या की एक रात—उस पेड़ के नीचे धरती पर सुलाकर मेरी दादी ने 'दंड-प्रणाम' करके मनौती मानी थी : 'ले जाना है, तो अभी ही ले जाओ। रखना है तो 'राजी-खुशी' से रखो!'

इतने दिनों तक 'राजी-खुशी' रहने के बाद, अपने मुँह अपनी जीवन-यात्रा की कहानी कहने के पहले अपने 'बट बाबा' का 'सुमिरन' करता हूँ...।

गाँव के उत्तर, सड़क के किनारे पल्लवित घनश्याम शाखाओं को आकाश में छत्राकार ताने, जटाजूट लटकाए उस 'योगी वृक्ष' को सबसे पहले नमस्कार!

सारे गाँव के लोग, गाँव से बाहर जाते और लौटते समय कोई नया काम शुरू करने के पहले इस पेड़ को शीश नवाकर दंडवत् करना नहीं भूलते थे।

'बट बाबा' को हमने पेड़ नहीं समझा—'देव' ही समझा सदा। ठीक उसी तरह मलेरिया को सिर्फ बुखार नहीं—'पिशाच' मानता रहा। जूड़ी-ताप-तिल्ली

की एक मशहूर पेटेंट दवा के विज्ञापन में 'मैलेरिया पिशाच' की तसवीर छपी रहती थी—पाँच मुँहवाला, विकराल पिशाच—अट्टहास करता हुआ, चारों ओर अस्थिपंजर, मुंड और हड्डियों के ढेर बिखरे हुए...।

तीस-चालीस साल पहले तक अपने इलाके में फैले मैलेरिया और काला आजार के भीषण प्रकोपों को याद करके आज भी देह काँपने लग जाती है। कभी-कभी तो स्मरण मात्र से ही शीत ज्वर चढ़ जाता है, जो कम-से-कम ढाई दिनों तक देह की हड्डियों के जोड़-जोड़ को निर्ममता से तोड़-मरोड़-झकझोरकर ही विदा लेता है। उन दिनों, कहते हैं, हमारे यहाँ के कौओं को भी मैलेरिया बुखार होता था।

कौओं की नहीं, अपनी बात कहता हूँ। मैलेरिया की मुझ पर विशेष कृपा थी। हर साल, हर किस्म के ज्वर-ताप में यह काया तपती थी। मैलेरिया के किस्म? जाड़ा देकर आनेवाला—जड़ैया। एक दिन बाद देकर आनेवाला—एकैया। दो दिन बाद देकर चढ़नेवाला—तीहिया और 'तुरत-फुरत' प्राण-पखेरू को झपट्टा मारकर उड़ जानेवाला—बाई जड़ैया; अर्थात्, 'पर्निसस-मैलेरिया' बुखार के साथ पेट चलना शुरू होता है। हैजा के सारे लक्षण प्रकट होते और एक-दो घंटे में पहलवान-पट्ठा आदमी चल बसता।...ऊँ सर्वविघ्नान्-उत्सारह हूँ-फट् स्वाहा!

हर साल, आसिन-कातिक में गाँवों में मैलेरिया महामारी का रूप धारण करता। कभी-कभी तो अगहन में 'धनकट्टी' के समय मजदूरों के अभाव में बड़े किसानों के धान खेतों में ही झर जाते थे।...माघ की सर्दी से उबरकर, फागुन की हवा पीकर तनिक स्वस्थ शरीर लेकर जब हम पाठशाला पहुँचते, तब मालूम होता कि हमारे बहुत-से प्यारे सहपाठी मैलेरिया के गाल में समा गए। हर वर्ष आसिन-कातिक अर्थात् दुर्गापूजा के पहले ही सारे गाँव में एक आतंक छा जाया करता : पता नहीं, इस बार किस-किसकी बारी है!...पता नहीं, इस बार क्या हो!...इस बार कातिक सकुशल कटे, मन-ही-मन यही कामना करते सभी। और, मेरा अनुमान है कि मन-ही-मन मनौती मानते समय सभी के हाथ स्वयं ही जुड़ जाते होंगे, सिर झुक जाते होंगे और मुँह से एक कातर-स्फुट गुहार, 'दुहाई बट बाबा! रच्छा करना साईं!'

मनपसन्द मनौती (या, उत्कोच?) और 'चढ़ौआ' के लोभ में अथवा अपने औघड़पन में—बाबा 'रच्छा' किया करते थे।

ईश्वर रे, मेरे बेचारे...!

...सन् 1929-30 ई. की बात। लगातार तीन महीने तक कुनैन की गोलियाँ निगलने और 'डी. गुप्ता' तथा 'एडवर्ड टॉनिक'-जैसी जहरीली पेटेंट दवाओं का कड़वा घूँट पीने के बाद, कुनैन की सूई दी जाने लगी। किन्तु, ठीक समय पर—मानो, घड़ी देखकर रोज आनेवाला ज्वर कभी नहीं रुकता। आ ही जाता। और, जब आता तो 105 डिग्री से भी ऊपर की ओर—उसके साथ प्रलाप...।

तब मेरी दादी ने एक बार फिर ढाई दिनों का निर्जला उपवास किया। दवा और सूई बन्द कर दी गई। बट बाबा के 'शरणागत' की तैयारी होने लगी। दादी जब 'दंड प्रणाम' करके बट बाबा को मनौती मानकर मेरे पास आई, मैं ज्वर की ज्वाला में झुलस रहा था। सिर से बर्फ की थैली को सरकाकर, पान-फूल मेरे माथे से छुआकर दादी बैठ गई। दादी की हथेली के स्पर्श की याद मुझे है—चोआ-चन्दन की भीनी गंध और शीतल-कंचन हथेली!

इसके बाद, एक स्वप्न। मैंने देखा, बरगद की हर डाली नवपल्लवों से ढक गई है। ललछौंह कोंपल, कोमल-चिकने नये 'पात' बरगद के—हवा में काँपते-नाचते।...धीरे-धीरे नवपल्लव झरने लगे। पत्तों के गिरने के मृदु शब्द और उनके 'परस' की याद मुझे अब भी है। झरते हुए नये पत्तों से मेरी देह ढक गई। सिर, मुँह, छाती, पेट, दोनों पैर, तलुवे और दोनों हाथ की हथेलियाँ नवपल्लवपुंज से आवृत्त। तन का ताप क्रमशः कम होने का सुख! इन पंक्तियों को लिखते समय मेरे रोम रह-रहकर पुलकित हो उठते हैं। मेरी सारी देह में आनन्द की एक अपूर्व गुदगुदी-सी लग रही थी। मैंने कहा था, 'दादी! पत्तों को अब परे हटा दो। ठंड लग रही है।'

सिरहाने में बैठी दादी बोली थी, 'कैसे पत्ते? कहाँ हैं पत्ते बेटा?'

'बट बाबा के पत्ते! मेरी देह बरगद की कोमल पत्तियों से ढकी हुई है, न?'

मैंने आँख खोलकर देखा—दादी का प्रसन्न मुखमंडल और आँगन के उत्तर आकाश में बरगद की फुनगी पर बैठी हरबोला-चिरैया का स्वर : 'शिव-शिव कहो।'

इसके बाद फिर कभी मैलेरिया से आक्रांत हुआ, याद नहीं।

गाँव से उत्तर, सड़क के किनारे, विशाल तरुवर के तले राही-बटोही और 'बनजारे' गाड़ीवानों के दल सदा सुस्ताते। कभी विवाह और गौना की बरात गुजरती। दुलहिन की पालकी बरगद के नीचे रुकती। सारा गाँव उमड़ पड़ता। लाल-लाल डोली से 'लाली-लाली दुलहिनियाँ' निकलकर, धरती पर माथा

टेककर दंडवत् करती। पालकी जब उठने लगती, गाँव के बच्चे तालियाँ बजाकर एक स्वर से गाने लगते : 'लाली-लाली डोलिया में लाली रे दुलहिनियाँ...!'

नन्ही दुलहिन कुछ वर्षों के बाद गोद में एक नवजात 'लड़िकनवाँ' लेकर लौटती। तब, एक बार फिर बट बाबा के पास टप्परवाली गाड़ी रुकती। छाती से अपने कलेजे के टुकड़े को सटाए नई-नई हुई अल्हड़-सी माँ गाड़ी से उतरती: 'दुहाय बट बाबा!' बरगद पर बैठी 'खोंपावाली चिड़िया' किलक उठती : 'चुम्मा दे दे...!'

चिड़ियों की नाना जाति, रंग, वर्ण के परिचय और उनके नाम, स्वभाव, आने-जाने का मौसम, उनकी बोलियों के मतलब—दादी ही मुझे सुनाती-समझाती। कहना नहीं होगा कि बरगद की डालियों पर सदा दुनिया-भर की चिड़ियों का कलकूजन होता रहता। किन्तु, कभी गिद्ध या बगुले को बैठते किसी ने नहीं देखा, न सुना कभी। कभी-कभी कोटरों में विषधर सर्प दिखलाई पड़ते। दादी कहती, 'देवहा पेड़ पर साँप तो रहेगा ही।...गिद्ध या बगुला देवहा पेड़ पर नहीं बैठता।'

याद आती है नवान्न के दिन की!

नया चूड़ा और दही, नया गुड़ का अनुच्छिष्ट-प्रसाद केले के पत्ते में लेकर घर-घर की गृहिणियाँ पेड़ के पास आतीं, और नवान्न के दिन सूर्योदय के पहले से ही, न जाने कहाँ से उतने काग जमा हो जाते थे! कहते हैं, सभी काग नदी, पोखरे या जलाशय में नहाकर प्रसाद पाने के लिए जुटते थे। बरगद की फुनगी पर—पात-पात पर बैठे हजारों-हजारों काग—कलरव करते हुए। केले के पत्ते में प्रसाद लेकर गृहिणी पुकारती : 'आ! आ-आ-आ!!'

प्रत्युत्तर में सैकड़ों काग एक स्वर में 'का! का-आ-आ-आ' कहकर पंख फड़फड़ाते, उड़ते, जमीन पर बैठते, और प्रसाद पाते, फिर उड़ते। बच्चे पुकारते : 'खा! खा-आ-आ-आ-आ!'

दिन के तीसरे पहर तक बरगद के नीचे 'कागभोजन' का आयोजन चलता रहता : 'आ! आ-आ-आ!!...का! का-आ-आ-आ...खा! खा-आ-आ-आ!!'

दिन-भर बोलने-कूकनेवाली चिड़ियों की टोलियाँ सूर्यास्त के बाद कुछ क्षणों तक अन्तिम कलरव-कूजन करके चुप हो जातीं—सो जातीं। इसके बाद शुरू होता निशिचर पंछियों का 'शिफ्ट'—'रतजगा' करनेवाली चिड़ियों की बारी रात के आठ बजे के बाद से...।

ईश्वर रे, मेरे बेचारे...!

करकरा या कर्रा नामक काली और लम्बी टाँगवाली मौसमी चिड़ियों की टोली जिस पेड़ पर बैठती है, रात में उस पेड़ के नीचे से बिल्ली भी गुजरे, तो करकरा की टोली एक साथ कर्कश सुर में किलकिलाने लगती है : 'कर्र-कर्र-काँ-हाँ-स। कर्र-कर्र...।'

हर तीन घंटे पर अचानक एक मनहूस आवाज वातावरण में सिहरन की सृष्टि करती : 'घुग्घू-घू-ऊ-ऊ'—बड़ा उल्लू, अर्थात् घुग्घू—सदा मँडरानेवाली मौत की पगध्वनि को सबसे पहले घुग्घू ही सुनता है और तब यह पेड़ की डालियों पर बोलने लगता है। इसकी बोली सुनकर जगे हुए लोग अपने इष्टदेव का नाम सुमिरते हैं। यह पंछी 'टाइम-कीपर' का भी काम करता है। रात के प्रत्येक पहर में यह नियमपूर्वक बोल उठता है। बरगद पर रहनेवाले घुग्घुओं में एक 'पेंचक' ऐसा है, जो रात में अनैतिक काम करनेवालों को कड़ी सजा देता है।

...एक बार एक ठग 'ओझा' (तांत्रिक) गाँव के बाहर 'चौबटिया' पर 'चक्र' पूजकर एक कुमारी कन्या पर बलात्कार करना चाहता था। उस पेंचक ने तांत्रिक के गाल का मांस नोच लिया था। और, एक बार एक कटहल चुरानेवाले के ब्रह्मतालु पर चोंच मारकर गहरा छेद कर दिया था। दोनों की मृत्यु तत्काल ही हो गई थी।

पेंचकों (उल्लू, घुग्घू तथा मुआ) के अलावा बरगद पर 'दुदुमा' नामक पखेरू का जोड़ा भी रहता था। 'दुदुमा' को कभी किसी ने देखा नहीं। मेरी दादी ने भी नहीं। दादी कहती, 'सुना है, इसके दो दुम होती हैं और दस कोस में सिर्फ एक ही जोड़ा रहता है कहीं।'

रात गहरी होने के बाद अक्सर नर और मादा का सवाल-जवाब सुनाई पड़ता। नर की आवाज कुछ इस तेवर के साथ कि वह नींद में सोई हुई मादा को जगा रहा हो : 'एँ-हें-एँ?'...अर्थात्, 'जगी हो?'

जवाब में एक कुनमुनाई-सी नींद से माती हुई आवाज : 'एह। ऐंहें-ऐंहें-ऐंहें'—अर्थात् 'ओह! जगी ही तो हूँ। क्यों बेकार...' और तब, नर दुदुमा एक बार फिर बोलता : 'ऐंहें-ऐंहें!' अर्थात्, 'हाँ, जगी रहो।'

एक चिड़िया होती है—कुँखनी। इसकी बोली, गोद के बच्चों के लिए, अशुभ और अमंगलकारी समझी जाती है। कुँखनी की बोली कराहते हुए रोगी शिशु की आवाज-जैसी सुनाई पड़ती है। इसकी बोली को सुनते ही सन्तानवती माताएँ अपने शिशुओं को छातियों से चिपका लेती हैं और तब कुँखनी

चिरैया को एक अश्लील गाली देकर उसकी बोली के 'दोख' को काटती हैं, 'चुप छिनाल! यहाँ कहाँ...आई है? कहीं और जाके...!'

निशिचर पंछियों के अलावा रात में बरगद की डालियों से एक साथ कई खड़खड़ाती हुई आवाज आतीं—उड़नबेंगों की। पेड़ पर रहनेवाले—कलमेघों की। ...यहाँ लोग मुझे 'गप्पी' (झूठी बात हाँकनेवाला) कह बैठेंगे, मैं जानता हूँ। हमारे गाँव में एक कहावत है : 'लुच्चा मारलक बेंग, दू पसेरी के एक्के टाँग।' सो, कहनेवाले मुझे लुच्चा कह लें। किन्तु पेड़ की डालियों से चिपके इन हरे रंग के मेढकों को मैंने (रात में) देखा है। इन्हें बोलते सुना है। इनके पैर, पानी में और मिट्टी पर रहनेवाले मेढकों से तनिक भिन्न, लम्बे होते हैं, उँगलियाँ झिल्लीदार। एक डाल से दूसरी डाल पर कूदकर चिपक जानेवाले इस मेढक को 'उड़नबेंग' भी कहते हैं। इसकी बोली फटे हुए बाँस की 'फराठी' की तरह सुनाई पड़ती है : 'पड़र्र-र्र-! पड़र्र-र्र-र्र!'

इन प्राणियों के अलावा कभी-कभी एक शब्द सुनाई पड़ता है—एक लम्बी साँस की तरह। यह आवाज बरगद की यानी 'बट बाबा' के साँस लेने की आवाज होती।

दस वर्ष की उम्र से ही मुझे रात में देर तक जगने का रोग है। रात के दो-ढाई बजे तक नींद नहीं आती। दवा-दारू, झाड़-फूँक और टोटका-टोना करके भी कोई लाभ नहीं हुआ। बिछावन पर बिना नींद के चुपचाप लेटे रहना कभी-कभी इतना बुरा लगता कि मैं रो पड़ता। दादी पीठ पर हाथ फेरती हुई कहती, 'आँख मूँदकर फूले हुए कास के गुच्छों को देखो। नींद आ जाएगी।' कई बार अफीम घोलकर चटाया गया। किन्तु, नींद तीन बजे के बाद ही आती।

अन्त में, जब तक नींद नहीं आती, लेटे-लेटे बरगद की डालियों से लटकती हुई जटाओं के झूले पर—मन को बैठाकर झुलाता। गुनगुनाता : 'झूला लगे कदम की डाली, झूले किसुन कन्हाई जी...!'

इन्हीं दिनों बरगद से मेरी आत्मीयता घनिष्ठ हुई। सारा गाँव सोया रहता। परिवार का हर प्राणी नींद में खोया रहता। अकेला जगा हुआ मैं—खिड़की से बाहर बरगद की फुनगी की ओर ताकता रहता। लाखों जुगनुओं से जगमग करती हुई छत्राकार डालियाँ। कभी घुग्घुओं की मनहूस बोली सुनकर डर जाता तो लगता, कोई ठठाकर हँस पड़ता है : 'अरे! चिरई-चुरमुन की बोली सुनकर भी डरता है रे?'

एक बार बरगद की ऐसी ही चुनौती-भरी हँसी को सुनकर बिछावन छोड़कर उठा और अन्धकार में चुपचाप बरगद की ओर जानेवाली पगडंडी पकड़ ली। बरगद के नीचे पहुँचकर—जोर-जोर से पाँव पटक-पटककर परिक्रमा करते हुए कहने लगा, 'मैं नहीं डरता। मैं किसी से नहीं डरता। मैं डरपोक नहीं। कायर नहीं हूँ मैं...।'

दूसरे दिन सुबह, शहर से एक नामी होमियोपैथ को बुलाया गया। उन्होंने कहा, 'नींद में चलना-फिरना, यह एक रोग है।'

किन्तु उसकी दवा से रोग दूर नहीं हुआ।

पिताजी 'सत्यार्थप्रकाश' पढ़कर, आर्यसमाजी प्रचारकों के उत्तेजक भाषण सुनकर 'दयानन्दी' हो गए। घर के 'देवगण' भागकर बरगद पर चले गए। अकेली दादी कहाँ तक उन्हें भरोसा देकर घर में रख सकती थी भला? घर का बच्चा-बच्चा 'दयानन्दी' बोली और 'अरियासमाजी' कीर्तन सीख चुका था।

एक बार पिताजी के साथ एक प्रचारक भी आए। गाँवों में ढोल बजाकर खबर फैला दी गई : 'आज शाम से बरगद के तले 'अरियासमाजी कीर्तन' होगा...।'

प्रचारकजी के कीर्तन से पहले 'हवन' करके, सड़े हुए सनातनी वातावरण के 'शुद्धि संस्कार' का पवित्र आयोजन किया गया। हवन की आग सुलगते ही गौरैया का एक बच्चा पंख फड़फड़ाता हुआ उड़ा और सीधे हवनकुंड में जा गिरा।...यज्ञ भ्रष्ट हो गया। कीर्तन नहीं हो सका।

प्रचारकजी तथा पिताजी स्तब्ध रह गए। उन्होंने 'संयोग' कहकर इस घटना को भुलाने की चेष्टा की। किन्तु, दादी का विश्वास दृढ़ था कि 'बट बाबा' की इस चेतावनी के बाद भी यदि यहाँ 'अरियासमाजी' कीर्तन किया गया, तो फिर शुरू होगी बाबा की 'कोप-लीला'...!

दादी ने मुझे अपने पक्ष में करने के लिए, धीरे से मुझे समझाया था, 'बेटा! और देवी-देवता की बात नहीं करती। लेकिन, यह 'बट बाबा' साक्षात् देवता हैं—जाग्रत देवता। इनसे कभी रार मत करना। इन पर कभी 'ना-परतीत' मत करना। इनसे कभी मसखरी मत करना...। तुम्हारे पितामह के पितामह से भी बड़े हैं तुम्हारे बट बाबा।'

साढ़े तीन साल की नजरबन्दी के बाद (सन् 1945 ई. में) भागलपुर सेंट्रल जेल से रिहा होकर गाँव लौट रहा था। सिमराहा स्टेशन से घर आते समय

रह-रहकर लगता कि न जाने किस गाँव में जा रहा हूँ। पता नहीं, कहाँ जा रहा हूँ। कहाँ है अपना गाँव? किधर गया अपना गाँव 'औराही-हिंगना'? दिग्भ्रांत होकर किसी अन्य दिशा की पगडंडी तो नहीं पकड़ ली?...पछियारी टोले का अकेला ताड़ का पेड़? हाँ, है ताड़ का पेड़। लेकिन, गाँव का आकाश कहाँ है?...आकाश...स्काइलाइन...अपने गाँव का क्या हुआ?

अचानक कलेजा धक्! बट बाबा कहाँ हैं? गाँव के उत्तर, सड़क के किनारे विशाल वट-वृक्ष नहीं है। और वट-वृक्ष के बिना सारा गाँव नंग-धड़ंग... श्रीहीन छूँछा...अजनबी-सा लग रहा था। अपने गाँव की ऐसी कुरूप छवि की झाँकी पहली बार देखकर मेरे पैर डगमगाए थे और खेत की मेड़ से नीचे फिसल गए थे।

गाँव पहुँचकर विस्तारपूर्वक बट बाबा के तिरोधान की कहानियाँ सुनता रहा।...पिछले साल एक रात के दूसरे पहर में बिना किसी आँधी-तूफान अथवा 'हवा-बतास' के ही बट बाबा जड़ से उखड़कर भूलुंठित हो गए!...गगनभेदी धमाका...हल्का भूकम्प, और फिर आर्तनाद, कोलाहल, कलरव! सारा गाँव जग पड़ा और सभी एक सुर में रो पड़े—औरत-मर्द, बच्चे-बूढ़े-जवान; कुत्ते, गाय, बैल, भैंस—सभी रात-भर रोते रहे थे—दुहाय बाबा! अब हमारा क्या होगा? कौन हमारी रच्छा करेगा...सुख-दुख में, सदा कौन पास में खड़ा होगा अब?...दादा-परदादा से भी बड़ा, गाँव के हर परिवार का पूज्य, प्रत्येक प्राणी का अपना 'समांग'—बट बाबा!

दादी की आँखें सदा गीली रहने लगी थीं। बोली, 'वैसी हालत में भी जान नहीं गई थी।...जीवनी-शक्ति शेष थी। जड़ से उखड़ने के बावजूद, पत्ते-पत्ते पर हरियाली छाई रही। उसी अवस्था में, अर्थात् भूलुंठित होकर भी, पतझड़ के बाद, नवपल्लव से डालियाँ ढक गई थीं। किन्तु, इसी को कहते हैं दुनिया!...लड़ाई के कारण फैली हुई महँगाई के जमाने में 'जलावन' की लकड़ी भी महँगी हो गई थी। वट और पीपल की लकड़ी को 'जलावन' में व्यवहार करने की कल्पना भी किसी ने नहीं की होगी। लेकिन, लड़ाई का एक ठेकेदार आया और जमींदार को मुँहमाँगी कीमत देकर बट बाबा की 'काया' को खरीद लिया। सरकारी ठेकेदार बिजली से चलनेवाला 'आरा' और लकड़ी काटनेवाली मशीन लेकर आया और दो-तीन दिनों में ही बट बाबा का नाम-निशान निश्चिह्न!'

दादी का गला भर आया था, 'अब तो उत्तर की ओर से आनेवाली हल्की आँधी के हल्के-से झोंके को भी गाँव के झोंपड़े नहीं सँभाल सकते। हर बार बैसाख में गाँव के दर्जनों झोंपड़े उड़ जाते हैं।'

'और, उन पंछियों-पखेरुओं और चिड़ियों-चुरमुनियों का क्या हुआ?' मैंने सदा की भाँति दादी से पूछा था।

दादी के चेहरे पर एक उदास हँसी की रेखा देखकर जी जुड़ा गया। हँसकर बोली थी, 'तू सब दिन बच्चा ही रह गया रे! बचपन में पूछा करता था कि कोसी की बाढ़ में यदि बरगद डूब जाए, तब चिड़ियाँ सब कहाँ रहेंगी...?'

असल में, मेरे मन के पंछी को कोई ठौर-ठिकाना नहीं मिल रहा था। सूने आकाश में हमेशा उड़ता हुआ-सा दिन-रात भटकता रहता। नींद आती, तो बट बाबा की छाया स्पष्ट हो जाती और उसके बाद सपनों में—बचपन से लेकर किशोरावस्था और जवानी के दिनों तक की स्मृतियों की झलक : आ—आ-आ!...खा—खा-आ-आ! दुहाय बाबा! इस बार कातिक बिना किसी 'कलेश' के कट जाए।...खेत...खलिहान सूना न रहे, हर घर की कोठाली में अनाज भरे।...बर-बीमारी-बिपदा-बैरी को नाश करना बाबा!...'जी-जान-देह-समांग' सब तुम्हारे हाथ!

कई सप्ताह इसी तरह बिताने के बाद, एक दिन लिखने बैठ गया। लेखने बैठ गया, कहना ठीक नहीं होगा। ऐसा लगा कि किसी ने मुझे पकड़कर बैठा दिया। सपना साकार हो गया...आकाश में विशाल बरगद की शाखाएँ तन गईं—जटाएँ हिलने लगीं और डाल-डाल पर असंख्य पंछियों के कलरव-कूजन... प्रशान्त मुखमंडल पर एक प्रसन्न मुस्कान!

तन-मन हल्का हो गया—भारहीन। उस अपूर्व आनन्द के प्रथम आस्वाद को भूल नहीं पाया हूँ। अपनी ही लिखी हुई कहानी पढ़कर अचरज में पड़ गया था—मेरी लिखी कहानी!

कहानी का शीर्षक 'बट बाबा' देकर, चुपचाप साप्ताहिक 'विश्वमित्र' (कलकत्ता) के सम्पादक के नाम रजिस्टर्ड पैकेट भेज दिया—सेवा में प्रकाशनार्थ एक कहानी...!

कई सप्ताह के बाद सम्पादकजी का प्रोत्साहनपूर्ण पत्र मिला और साथ ही 'विश्वमित्र' का ताजा अंक, जिसमें मेरी पहली कहानी 'बट बाबा' छपी थी।

दौड़कर दादी के पास गया। चरण-स्पर्श कर बोला, 'दादी! तुमने हमें, बचपन से ही न जाने कितनी कहानियाँ सुनाई होंगी।...इस बार, मैं तुमको एक कहानी सुनाऊँ!'

कहानी समाप्त करके देखा, दादी की आँखों में एक अलौकिक ज्योति-सी कुछ जगमगा रही थी। उनका झुर्रीदार चेहर अचानक दमकने लगा था। गद्गद कंठ से बोली थी, 'बट बाबा की महिमा लिखकर तुमने—समझो कि अपने 'पुरुखों' को पानी दिया है।...तुमने सारे गाँव के लोगों की ओर से 'बट बाबा' की समाधि पर पहला फूल चढ़ाया। बाबा की कृपा बरसती रहे सदा...!!'

आज भी, सुख-दुख के झकोलों पर जब कभी दिशाहारा-सा होने लगता हूँ, अपने गाँव का आकाश अजनबी लगने लगता है। जब कभी अथवा किसी अव्यक्त व्यथा से मन भारी हो जाता है, आँखें मूँदकर गरदन झुका लेता हूँ। मन के आइने में एक तसवीर स्पष्ट हो जाती है...एक विशाल महीरुह के नीचे खेलता हुआ एक शिशु—नन्हा-सा!...जटाजूट...बाबाजी हँसकर अलख जगाता हुआ—चिमटा खनकाता है। स्पष्ट सुनता हूँ, कोई मेरा नाम लेकर प्यार से पुकारता है। पुकारता रहता है...!

[*ज्योत्स्ना* : अप्रैल, 1973]

टूटते-बिखरते सपनों की दास्तान

किशोरावस्था में, कॉलेज के दिनों में, कुछ मूर्तियाँ सामने आई थीं, जिन पर भरोसा था। भावुकतावश कहिए या दिल की सच्चाई कहिए कि पढ़ाई-लिखाई के साथ-साथ देशप्रेम ही नहीं, समाजवाद की बात भी करता रहा। बाद में 1942 का दौर आया। पढ़ाई-लिखाई खत्म करके हम आन्दोलन में लगे और 1942 के आन्दोलन का पूरा कार्यक्रम देनेवाला जेल के सीखचों में बन्द था—नजरबन्द। 1942 में बम्बई से आई आवाज : 'इन्कलाब-जिन्दाबाद' हमारे गाँव तक पहुँची थी, लेकिन बम्बई से सिर्फ इतनी ही आवाज गई थी कि महात्मा गांधीजी पकड़ लिये गए हैं। इसके बाद क्या करना है, यह समाजवादियों को मालूम था और मालूम था देश के युवकों को—उस चिट्ठी के जरिये, जो दिल्ली कैंट जेल से श्री जयप्रकाश नारायण ने स्मगल करके भेजी थी। सरकार ने यह समझा था कि इस चिट्ठी को प्रकाशित कर देने के बाद कम-से-कम महात्मा गांधी तो जरूर ही इस आदमी को रिनाउंस करेंगे, लेकिन गांधीजी ने वैसा कुछ नहीं किया, बल्कि उन्होंने जयप्रकाशजी को सर्टीफिकेट ही दिया।

हम उसी प्रोग्राम को लेकर आगे बढ़े। वे लोग, जिन्हें याद होगा वह जमाना, उन्हें यह जरूर मालूम होगा कि बिहार में हमने आजाद दस्ता कायम किया था। इसी बीच जयप्रकाशजी जेल की दीवार लाँघकर हमारे बीच आए थे, क्रान्ति की बुझती हुई मशाल को उन्होंने आगे बढ़कर सँभाला था और क्रान्ति जारी की थी। हम जेल गए, जेल से निकले हमारे बहुत-से साथियों ने, फिर पढ़ना-लिखना शुरू किया।

लेकिन मैंने पढ़ाई जारी रखने के बदले राजनीति करने की ही बात सोची, क्योंकि राजनीति करने से तो सीधे मंत्रित्व पद प्राप्त होनेवाला था! फिर पढ़ाई-

लिखाई करके छोटी-सी नौकरी भी मिलती कि नहीं, इसलिए भी राजनीति की ओर ही कदम बढ़ाया। राजनीति ने मुझे बहुत दिया। गाँव-गाँव में भटकाया और अपने लोगों को पहचानने का अवसर दिय। लेकिन मुझे यह अनुभव हुआ कि सत्ता की होड़ में हमारी पार्टी बी टीम है। अपनी पार्टी में भी हमने वही तौर-तरीके देखे, जो कांग्रेस पार्टी में थे। खास करके बुद्धिजीवियों के साथ जो सुलूक हो रहा था, उसमें तो यही बात दिखाई दी। लेफ्ट-राइट—किसी भी पार्टी में बुद्धिजीवियों को राजनीतिकों के मुकाबले दूसरे दर्जे का नागरिक समझा जाता। मैं पढ़ा-लिखा नहीं हूँ, लेकिन शायद अरस्तू या सुकरात या किसी का नाम लेकर लोग कहते हैं कि उन्होंने राजनेताओं को चेतावनी दी है कि बुद्धिजीवियों पर कभी भरोसा मत करना और उनसे राजकाज के मामले में कभी सलाह मत लेना! तब मैं एक दोराहे पर आया। बुद्धिजीवी...मतलब कि कुछ लिखता-पढ़ता भी था। अपनी पार्टी की पत्रिका होती थी, उसमें लिखता था। लोग पीठ ठोकते थे। कहते थे, बहुत अच्छा लिख रहा है। मगर जो मिलिटेंट वर्कर थे, वे कहते थे, 'नहीं, सब कुछ ठीक लिखते हैं, पर्चा भी बढ़िया लिखते हैं, नेता आते हैं तो मानपत्र भी अच्छा लिखते हैं, बाढ़ और अकाल के समय रिपोर्ताज भी बढ़िया लिखते हैं। सब कुछ सही है, मगर एक खामी है। खामी यह कि बाढ़ और अकाल में काम करने के लिए जो लोग जाते हैं, नौजवानों का वह गिरोह जो नाव लेकर गाँव-गाँव पहुँचता है, रोटियाँ बाँटता है, आपने तो उसे आदमी ही रखा। उसे पार्टी का आदमी होना चाहिए था, और अपनी पार्टी का आदमी होना चाहिए था।'

मुझे लगने लगा कि हमारी नियति यही है कि राजनेताओं के भाषण लिखो और उनको किस पाइंट में छापा जाए, कहाँ छापा जाए, किस तरह से छापा जाए, यह तय करो। इतना ही नहीं, बल्कि बाद में नियति तो इतनी बिगड़ी कि हमारी नीयत पर भी सन्देह किया जाने लगा। अगर किसी नेता के बारे में बड़ी सुर्खी चली जाए, कम्पोजिंग सेक्शन की वजह से या किसी और वजह से तथा दूसरे का नाम यदि छोटे टाइप में छप जाए, तो हमारी नीयत पर सन्देह किया जाने लगता। तब मेरा दिल दरका और मैंने अपने को दोराहे पर खड़ा पाया। कौन-सा रास्ता चुना जाए?

बचपन से एक आदत थी। वह आदत भी अपनी आदत नहीं थी। किसी बड़े आदमी के बारे में पढ़ा था, देवेन्द्रनाथ ठाकुर के बारे में कि वे पुड़िया पढ़ा करते थे। मैं भी एक बार पार्टी-दफ्तर में एक ठोंगे में कुछ भजिया-वजिया

खा रहा था। थैला बहुत अच्छे कागज का था, अच्छी छपाई थी। लगा कि विदेशी कागज का टुकड़ा है। उसमें दो लाइनें छपी थीं : 'जब कोई आदमी राजनीति और साहित्य, दोनों क्षेत्रों में समान रूप से काम कर सकता हो और अचानक उसे फैसला करना पड़ जाए कि दोनों में वह किसे चुने, तो साहित्य को चुननेवाला व्यक्ति बुद्धिमान होता है।' मैंने कहा, बुद्धिमान ही होना चाहिए और मैंने राजनीति को तिलांजलि दे दी। राजनीति को तिलांजलि दी, माने उन पार्टियों को तिलांजलि दी, लेकिन जिन मूल्यों के लिए मैं पार्टियों में आया था, वे मूल्य मेरे साथ रहे।

उन मूल्यों को लेकर मैंने लिखना शुरू किया। मैं घनघोर आस्थावादी हूँ। मूर्तिपूजक भी हो गया हूँ, इसलिए मैं यह कहूँगा कि सरस्वती की कृपा थी। इसके पहले छोटे-छोटे रिपोर्ताज मैंने बहुत लिखे थे, कहानियाँ भी लिखी थीं, लेकिन अगाध समुद्र में एक कंकड़ फेंकने से क्या होता है? हिमालय से लेकर कन्याकुमारी तक बोली और लिखी जानेवाली भाषा में अगर छोटा-सा कोई काम करता भी है, तो क्या! इसीलिए सोचा कि दिल की बात तो बड़ी चीज में ही कही जा सकती है। और मैं लिखता गया। उसने जो शक्ल ली, उसका नाम कहा गया कि उपन्यास है।

'मैला आँचल' मेरा पहला उपन्यास हुआ। साहित्यिकों ने मुझे पीढ़ी-पानी ही नहीं दिया, यानी पंगत में ही नहीं बिठाया, बल्कि अगली पंगत में बिठाया और बहुत धूमधाम से बिठाया! मेरा हौसला बढ़ा। आलोचनाएँ छपने लगीं, प्रशस्तियाँ हुईं, फिर प्रत्यालोचना! किसी भी लेखक के लिए पागल हो जानेवाली स्थिति होती है, अगर उसकी पहली ही चीज इस तरह हाथों-हाथ ले ली जाए। मगर मैं पागल नहीं हुआ। उसका कारण यह था कि उन प्रशस्तियों और प्रत्यालोचनाओं के बीच कुछ बातें अन्दर-ही-अन्दर पक रही थीं। मैं राजनीति से आया था। मैंने देखा कि साहित्य के अन्दर भी एक राजनीतिक अन्तर्धारा है। सवाल था, चीज अच्छी है या बुरी? ऐसे भी आलोचक थे, जिन पर मुझे भरोसा था कि वे झूठ नहीं बोलेंगे। ऐसे भी आलोचक थे, जिन्होंने मेरी किताब पढ़ी ही नहीं थी, पर उन्होंने तारीफें लिखी थीं। साहित्यिकों का एक विशाल जनसमूह ऐसा था, जो यह समझकर कि इस आदमी ने एक पार्टी छोड़ी है, क्योंकि निश्चय ही वहाँ उसका दिल दुखा होगा, तो यह हमारी पार्टी में आएगा, इसलिए उधर से भी प्रशस्तिगान होने लगे।

मैं पटना में था। उन दिनों इलाहाबाद हिन्दी साहित्य की मंडी समझी जाती थी। सभी दिग्गज वहीं विराजमान थे। और खतों के जरिये जब मैं लेखा-जोखा लेने लगता था, तो मेरा माथा चकराने लगता कि प्रगतिशील साहित्यकार भी मेरी तारीफ कर रहे हैं और अप्रगतिशील भी। मैं समझता था कि बात कहाँ है! फिर मैं लेखन की मंडी में पहुँचा—इलाहाबाद! 'जैसे कंता घर रहे, वैसे रहे विदेश।'...मैं गाँव छोड़ करके पटना में था, तो पटना छोड़कर इलाहाबाद चला गया। वह भी यह देखने के लिए कि सारा हिन्दुस्तान अपना है या नहीं! पढ़ने के समय बनारस हिन्दू यूनिवर्सिटी में ऐसा लगता था कि सारा हिन्दुस्तान अपना है। लेकिन इस दौरान आजादी के बाद ऐसा माहौल हुआ था कि अपने ही प्रान्त में मैं उत्तर का हूँ या दक्षिण का, पूरब बिहार का हूँ, या पश्चिम बिहार का, या इस जाति का हूँ या उस जाति का—यह बात आम हो रही थी। इसलिए मैं दूसरी जगह भी जाकर देखना चाहता था। इलाहाबाद में तब तक प्रगतिशील लेखक संघ खत्म हो चुका था और उसके लोग उसका नाम भी नहीं लेना चाहते थे। इसलिए उसके बदले में एक नाम चालू किया गया था : 'साहित्यकार संघ'। भारतीजी वगैरह 'परिमल' के साथ थे। परिमलवालों ने मुझे बुलाया और वहाँ अन्दर-ही-अन्दर मेरी घिसाई होने लगी कि देखा जाए, इसके अन्दर कितना-सा समाजवाद अभी बाकी है या वह 'फेलो-ट्रेवलर' क्यों होने जा रहा है! सवालात पूछे गए। मैं गाँव का आदमी और मुझसे प्रोफेसर लोग जब सवाल करें तो मैं क्या जवाब देता? मैं अपने व्यवहार से ही जवाब देता था। मेरी किताब उनके सामने खुली पड़ी थी। मैं उसमें से उदाहरण दे दिया करता था। इसके बाद प्रगतिशीलों ने कहा कि यह देखना है कि हम लोगों की सभा में यह आता है या नहीं। मैं वहाँ भी गया। फिर उन लोगों ने जँचइया शुरू की कि कितना-सा सोशलिज्म इसमें रह गया है! इसने इस ओर कितनी दूर कदम बढ़ाया है। उनको भी कुछ हाथ नहीं लगा। क्योंकि मैं तो सही साहित्य की बात पकड़े हुए था। मतलब यह कि यहाँ भी वही बात थी कि अपना अगर कोई मुखौटा हो, तो खोलो। अपने पास कोई मुखौटा था नहीं, जो मैं खोलता! मैं मुकम्मिल आदमी हूँ, हाथ में मेरी कलम है और मैं लिखता हूँ। अगर प्रेम-कहानियाँ लिखता होता, अगर मेरा पहला उपन्यास प्रेम-उपन्यास होता, तो बात और होती। किताब गवाह है, मैंने बुनियादी सवाल उठाए थे।

आजादी के तुरन्त बाद की बात है। मेरा एक गांधीवादी पात्र है—'बौना'। गांधीजी की मृत्यु के बाद उसका दिल इतना टूटता है कि वह निर्मोही हो जाता है। वह अपने माहौल को देखता है और कहता है कि सभी लोग एम. एल. ए. होना चाहते हैं। सभी लोग अपना गाँव छोड़कर पटना शहर में जाकर बस जाना चाहते हैं। इलाके को कौन देखेगा? आम लोगों के दुख-सुख की बात कौन सुनेगा? वह जो कुछ अपने चारों ओर देखता है, उससे उसको चोट लगती है। वह कहता है कि अब हर कांग्रेसी को अपनी-अपनी टोपियों पर लिख लेना चाहिए—भूमिहार कांग्रेसी, कायस्थ कांग्रेसी, राजपूत कांग्रेसी। इतना ही नहीं, वह गांधीजी के मरने के बाद कहता है : 'अब कौन रह गया? एक जयपरगास बाबू हैं, उनको भी कोई किसी दिन गोली मार देगा।'

और जिस दिन आजादी का जश्न मनाया जा रहा था, शहरों और कस्बों में फुलझड़ियाँ छूट रही थीं, तब वह अकेला बौना हिन्दुस्तान और पाकिस्तान की सीमा पर स्मगलरों की गाड़ी के नीचे दबकर मर गया—दबाकर मार दिया गया। बैलगाड़ियाँ उस पर से पार हो गईं, उसकी हड्डी पटपटाकर रह गई, इस दुख-दर्द के साथ। हिन्दुस्तान-पाकिस्तान की सीमा पर नागर नदी होती है। स्मगलरों ने उसे उठाकर उस पार पाकिस्तान में फेंक दिया। पाकिस्तानी सिपाही जब गश्त लगाने आए, तो उन्होंने उसे पहचाना कि अरे, यह तो उस पार का बौना है! इधर किसलिए मारकर फेंक दिया? अब बेकार रिपोर्ट-विपोर्ट लिखने की जरूरत हो जाएगी, फेंको इसको उस पार! उन लोगों ने उसको बीच नदी में डाला और उसके बैग को एक पेड़ में बाँधकर लटका दिया। मैंने लिखा : 'उस बौने ने फिर से दो देश की ईमानदारी को दो ही डग में नाप लिया।' यह मेरा दुख था। यह मेरा दर्द था। मैं समझता हूँ कि मेरा 'मैला आँचल' बहुत पैथेटिक या दुखांत उपन्यास है, लेकिन उसमें एक प्रेम-कथा भी है—उसका सुखांत हुआ है। इसका मतलब यह है कि एक भरोसा है—उम्मीद है—आशा है।

उसके बाद मैंने दूसरी किताब शुरू की। पहली किताब में मैलेरिया की बात थी। मेरे इलाके में मैलेरिया इस तरह होता था कि गाँव-के-गाँव लोग मर जाते थे। मैलेरिया-उन्मूलन हुआ। 'विश्व स्वास्थ्य संगठन' की कृपा से हुआ या जिसकी कृपा से हुआ—मैं मान गया कि यह आजादी की उपलब्धि है। आजादी के बाद से मैलेरिया खत्म! मेरे पहले उपन्यास में जो डॉक्टर गाँव जाता है, वह मैलेरिया सेंटर का आखिरी डॉक्टर होता है। दूसरा उपन्यास—

'परती : परिकथा'। परती यानी पड़ी हुई, ऊसर जमीन! उसकी कथा। इसका संकेत मैंने अपनी पहली ही किताब में दे दिया था कि पूर्णिया जिले के नक्शे को दो असम भागों में बाँटती हुई एक विशाल परती है, और इस परती की न जाने कितनी कथाएँ होंगी। गाँव में लोग बोलते थे कि यह धरती वीरान कैसे हो गई, जरूर इसकी कहानी होगी। हजारों वर्षों से पड़ी होगी यह धरती। जैसे कि महाभारत की कथा में से एक कथा निकाल लेने को परिकथा कहते हैं, मैंने भी अपने युग की परिकथा शुरू की।

पंडित नेहरूजी नहीं, बल्कि जाते-जाते वह काना वाइसराय एक बुनियाद डालकर गया था। उसने कोसी-इलाके की विभीषिका को देखा था। बाढ़ ले आती थी वह नदी। बाढ़ के बाद महामारी, अकाल और उसके बाद मैलेरिया—हैजा। इसके बाद जो प्राणी बच जाते थे, उनके लिए वह वीरान धरती होती थी। बरसात में क्षणिक आशा की तरह, जिस पर दूब हरी होती थी—सिर्फ बरसात में, वह भी 15 दिनों के लिए। फिर ऊसर का ऊसर। बादामी रंग की धरती। वेवेल साहब ने उसकी परिकल्पना की थी। जब हम आजाद हुए, तो पंडित नेहरू ने भी एक बार आकाश से नीचे की ओर देखा। वह जलमग्न इलाका। वह समन्दर। इसका जरूर कुछ होना चाहिए। जल्दी कुछ करो। बहुत बड़ा हौसला हुआ।

मैंने 'परती : परिकथा' लिखनी शुरू की। मेरे मित्रों ने जब उसके कुछ हिस्से सुने, तो कहने लगे कि यह तो रूस का लेखक हो गया! यह तो पंचवर्षीय योजनाओं पर लिखने लगा है! यह नवनिर्माण की बात करने लगा है! यह पंडित जवाहरलाल नेहरू का फॉलोअर हो गया है। मैं कहता, हाँ, क्यों नहीं पंडित नेहरू का फॉलोअर होऊँगा! बचपन से छाती पर उस आदमी का बैज लगाकर 'युवक-हृदय-सम्राट-पंडित जवाहरलाल नेहरू' की जय किया करता था। आज उसका राज आया है और वह हमारे इलाके की परती को आबाद करने की बात करता है, तब मैं तटस्थ होकर प्रेम-कहानियाँ लिखूँ, यह कैसे हो सकता है? किताब छपकर निकली। जिन लोगों ने किताब को पढ़ा, उनमें से बहुतों ने मुझसे पूछा कि क्या आप कभी भू-संरक्षण विभाग में काम करते थे? क्या आप कभी इंजीनियरिंग सेक्शन में जाते थे? कुछ नहीं। जब कोसी प्रोजेक्ट का काम शुरू हुआ, उस परती पर बड़े-बड़े कैंप लग गए। नगरी की नगरी बस गई। उसके कामगार अपने होते थे। वे बातों में जिन-जिन शब्दों

का इस्तेमाल करते थे, हमारे गाँव का आदमी उनको अपनी बोली की तरह इस्तेमाल करता जाता था। विलेज चैनल, मेन कैनाल, आर.डी. जिसे 'रिड्यूस द डिस्टेंस' कहते हैं, हरवाहे-चरवाहे भी यह बोलने लगे, तो लेखक, जिसकी परती जमीन आबाद होने जा रही हो—आज नहीं, दस बरस के बाद ही सही, तो वह नहीं लिखेगा उसके बारे में? सचमुच मुझे पंडितजी पर भरोसा था। यह भी एक मूर्ति थी, जिसे मैंने तोड़ा नहीं, लेकिन उनके प्रति श्रद्धा और विश्वास रखते हुए भी उनकी पार्टी में कभी कदम नहीं रखा और न ही कभी लालच किया कि उस पार्टी में कभी जाऊँ। तटस्थ लेखक का जो काम होना चाहिए, मैंने निभाया या नहीं? वह मेरी किताब है। इसमें दूसरा इलाका था, बहुत उन्नत इलाका। पढ़े-लिखे लोग थे। वहाँ परती जमीन तोड़ी जा रही है। उसको सींचने की व्यवस्था हो रही है। लेकिन आदमी का हृदय एक-एक कर बंजर होता जा रहा है। यह मैंने उस उपन्यास में कहा था। यह संकेत था। मगर राजनेताओं को फुरसत कहाँ? उन्होंने पुरस्कार दिये, पर पढ़ा नहीं कि इसके अन्दर क्या लिखा गया है। यह मैं दावे के साथ कह सकता हूँ।

पानी आया। जिस दिन वह पानी आया, मैंने उसको गंगा-जल की तरह सिर पर लिया। इस बीच हमारे देश में बौने किस्म का गेहूँ तथा नये किस्म का धान भी पैदा होने लगा था। उस उपन्यास में मैंने लिखा था कि जब तक यह वीरान हरा-भरा होगा, तब तक हमारे देश में कलर फोटोग्राफी भी काफी उन्नति कर लेगी। तो लोग मुझ पर फब्तियाँ कसते थे कि क्यों, कलर फोटोग्राफी तो काफी उन्नति कर गई, लेकिन आपके इलाके की धरती का क्या हुआ? क्या वह सतरंगी हुई?

लेकिन मुझे लगा कि धरती सतरंगी हो रही है। हम भी तीन फसलें लेने लगे—लरमा रोजो गेहूँ, आई. आर. 8 धान। तो हमने क्या, सरकार के प्रचार विभाग ने ही सारी बात फैला दी। लेकिन इसका राज खोला मेरे हलवाहे ने। मेरे हलवाहे ने क्या, बल्कि उस इलाके के सब हलवाहों ने, जो हल जोतते हैं—मालिक लोग तो मेंड़ पर छाता लगाकर बैठते हैं; उसने कहा : 'हुजूर, यह जो खेत में बालू आता है, वह तो बैसाख के महीने में भी गर्म नहीं होता।' बैसाख के महीने में हमारे यहाँ धरती खूब तपती है, बालू का तो काम है गरम होना। यह क्या है? उधर सरकार हर साल अपने मेन कैनाल की डिसिल्टिंग कर रही थी। लेकिन यह हमारे खेतों में जो आ रहा है, उसकी डिसिल्टिंग

कौन करेगा? हम पूरी खाद देते हैं, पानी देते हैं, तो पैदावार लेते हैं। ऐसा भी तो हो सकता है कि पूरी खाद दें, पानी दें और फिर भी पैदावार न हो?

ऐसे प्रोजेक्ट के कुछ और नतीजे भी दीखने लगे। एक इंजीनियर साहब भूमिहार आए, तो मेन कैनाल की बात छोड़िए, विलेज कैनाल का चौकीदार भी उसी जाति का होने लगा। फिर वह उस गाँव में उसी जाति के लोगों को मजदूरी देता था। तीसरी समस्या सामने आई कि भूमिहीनों की संख्या बढ़ती गई। जब परती आबाद हुई और लोग तीन-तीन फसलें लेने लगे तो जाहिर है कि पैदावार ज्यादा होनी चाहिए—लोगों को ख़ुशहाल होना चाहिए। लेकिन नहीं, भूमिहीनों की संख्या बढ़ने लगी।

जिस गति से खेत में बालू आ रही थी, उसी गति से भूमिहीन की संख्या भी बढ़ने लगी।

फिर सरकार की ओर से कहा जाने लगा कि बोरिंग कराइए। अरे, यह सिंचित इलाका है। करोड़ों रुपये लगाकर यहाँ डैम बनाया गया है, फिर बोरिंग की क्या जरूरत? लेकिन वे लोग बात तो धीरे-धीरे न खोलेंगे! अचानक एक दिन कह दें कि भाई, यह तो बड़ी गलती हो गई, तो वह कैसे होगा? उस गलती को तब कबूल करना है, जबकि पानी सिर से गुजर जाए।

लोग बोरिंग कराने लगे। वह तो जहाँ रोग होता है, दवा वहीं पैदा होती है। हमारे इलाके में एक किसान का बेटा ऐसा निकला, जिसने बाँस-बोरिंग शुरू की। साढ़े चार हजार सरकार देती थी और साढ़े चार हजार अपना लगाकर जहाँ बोरिंग होती थी, वहाँ सिर्फ डेढ़ सौ रुपये से क़ाम होने लगा। सरकार ने काफी बढ़ावा दिया, पद्मश्री भी दी गई। पानी की क़ीमत को हम लोगों ने समझा।

अकाल भी नहीं पड़ा। लेकिन एक नई जाति पैदा हो गई। दो एकड़वाले किसान हमारे यहाँ गरीब समझे जाते थे। उनका अपना साल-भर का खर्चा नहीं चलता था। लेकिन दो एकड़वाले किसानों ने जब तीन फसलें लेनी शुरू कीं, तो उन लोगों ने होर्डिंग करना शुरू किया और उस समय के लिए जुगाकर रखने लगे, जब भाव बढ़ें। यह एक तीसरी जाति पैदा हो गई। शोषण-दर-शोषण और कहाँ कांस्टिट्यूशन और कहाँ संविधान! हरिजन, महा हरिजन होता गया। क्योंकि हरिजन, हरिजन होने में ही अपना कल्याण देखता रहा।

पानी 'मैला आँचल' के समय अगर मेरी कमर तक था, तो मेरी दूसरी किताब के खत्म होने तक सिर के ऊपर से गुजरने लगा। यह कहाँ आकर

फँस गया मैं? मैं पसोपेश में था। यह लोकतंत्र है भी या नहीं, इसमें भी मुझे सन्देह होने लगा। खेतीबाड़ी करता था, सोचा, यही करूँ। लेकिन एक कन्फ्यूज्ड किसान ढंग से किसानी भी नहीं कर सकता, क्योंकि उसको भी तो उन्हीं गलियों से जाना होगा। मैंने किसानी के सिलसिले में देखा कि मुझे खाद के लिए फलाने बाबू का आदमी होना होगा। अगर मैं उनका आदमी बन जाऊँ, तो वे मुझे बतला देंगे कि एक ही तीर में तीन निशाने कैसे साधे जा सकते हैं। 50 क्विंटल के लिए अप्लाई कर दो। आवश्यकता तो दस क्विंटल की भी नहीं है। फिर दस क्विंटल खेत में लगाओ, बाकी का 40 काले बाजार में बेचकर उस पैसे से दूसरा धंधा शुरू करो। ऐसा काम वे लोग भी करने लगे, जो कल तक कह रहे थे कि जमींदारी प्रथा का नाश हो। 'किसान सभा' जिन्दाबाद कहनेवाला अनाज दबाए बैठा है—तो अब क्या करता?

मेरे ही जिले से सटा हुआ एक स्थान है। प्रान्त बदल जाता है, लेकिन राजनीतिक और भौगोलिक सीमाओं को मैं नहीं मानता। इसलिए मैं यही कहूँगा कि वह मेरे ही इलाके से सटा हुआ क्षेत्र है, जहाँ नक्सलवादियों ने अनाज दबाए रखनेवालों के लिए तरीका निकाला। उन लोगों ने कहना शुरू किया कि यह डेमोक्रेसी-फ्रेमोक्रेसी कुछ नहीं है। उस पर मुझे भी विश्वास होने लगा। वे कहने लगे कि बैलेट के जरिये नहीं, बुलेट के जरिये परिवर्तन होगा, तो वह भी मान लेने का मन करने लगा। लेकिन एक बार मन में हुआ कि नहीं, जूता कहाँ काटता है, यह एक बार खुद पहनकर देखना चाहिए।

अगर कुछ भी नहीं लिखता उसके बाद, तो फिर क्या सार्थकता होगी लेखन की? लेकिन हुआ कुछ और ही।

अचानक एक सुबह उठा और अपने एंग्री यंगमैन साथी जुगनू शारदेय से कहा कि मैं चुनाव लड़ने जा रहा हूँ।

'चुनाव! यह क्या? कल तक तो आप इन्दिराजी के भक्त थे। बंगला देश के वक्त आपसे जो मैंने 'दिनमान' के लिए इंटरव्यू लिया था, उसमें तो आप उनका गुणगान कर रहे थे।'

मैंने कहा, 'देवी के सहस्र नामों में से 25 नाम मैंने लिये थे—लेकिन अब आपकी गलती या मेरी गलती या वहाँ छापे की गलती कि एक लाइन तो आपने छापी नहीं। मैंने कहा था, इन्दिराजी रणचंडिका हैं, दलिनी हैं और क्या-क्या

सब कहे थे—देवी के अनेक नामों में से कई नाम। लेकिन मैंने यह भी कहा था कि हम विजयोन्माद में हैं—यूफोरिया हैं और उन्माद चाहे विजय का हो या पराजय का, उस समय आदमी सही निर्णय नहीं लेता। तो विजयोन्माद के क्षण में चुनाव कराना कहाँ तक न्यायसंगत है? लेकिन राजनीति के शास्त्र में ऐसे ही क्षण पैदा किये जाते हैं, जब आदमी उन्माद में पागल हो जाए, एक वेव चल जाए और फिर वोट गिरने लगें।'

चुनाव की डुगडुगी बजते ही आदमी किस तरह बदल जाता है, यह इससे पहले मुझे अनुभव नहीं था। आप चिनिया बादामवाले से बात कीजिए। आप उससे चिनिया बादाम ले लीजिए, लेकिन वोट वह आपको देगा या नहीं देगा, इसके बारे में एकदम चुप! तो फिर कहा जाने लगा कि आपकी तो कोई पार्टी नहीं है। अकेला चना भाड़ नहीं फोड़ता!—मेरे विरोधियों ने नारा लगाया—बड़े हैं, पद्मश्री की टाइटिल है। लेखक हैं, लेकिन वहाँ जाकर क्या करेंगे? किसी राजनीतिक दल से तो इनका सम्बन्ध नहीं है। मैं कहता था, भाई, एक गरीब आदमी जिसका नाम वोटर-लिस्ट में लिखा हुआ है, संविधान में है कि अगर उसका नाम वोटर-लिस्ट में है, तो वह चुनाव लड़ सकता है। तो एक गरीब आदमी चुनाव लड़ सकता है या नहीं, यह मैं देखने के लिए आया हूँ। कहा कि बहुत अच्छा खयाल है आपका। उसमें कुछ जो दूर की कौड़ी लानेवाले थे, उन्होंने कहा कि यह किताब लिखने के लिए आया है। तो अगर यह किताब लिखने के लिए आया है, तो वोट देकर होगा क्या? और मैं जानता था कि मैं जीतनेवाला हूँ नहीं।

और जिस दिन वोट गिरे, उस दिन देखा कि मधुबनी में जो प्रयोग छोटे पैमाने पर हुआ था, वह वहाँ व्यापक रूप से हो रहा है! गाँव-के-गाँव लोग जा रहे हैं, और वापस आ रहे हैं, क्योंकि लाठी लेकर वह खड़ा है! तब लगा कि नहीं, ये लड़के ठीक कहते हैं, यह चेंज बैलेट के जरिये नहीं हो सकता—यह बैलेट जो है, भ्रमजाल है। यह डेमोक्रेसी भी भ्रमजाल है। और तब जो निराशा बढ़ी, तो जैसे प्रेम में असफल हुआ व्यक्ति कविता करने लगता है, राजनीति में असफल होकर मैं उपन्यास लिखने लगा। लेकिन चुनाव हारने के बाद मैं क्या करूँगा? चुनाव हारनेवाले व्यक्ति जानते होंगे कि वह घर में बीवी तक की निगाह में गिर जाता है। थोड़ा कर्ज भी चढ़ गया। लोगों ने कहा कि चुनाव के अनुभव लिखो। तो मैंने कहा कि नाव मेरा चुनाव-चिह्न था,

इसलिए 'कागज की नाव' कहकर एक रिपोर्ताज लिखूँगा। लेकिन लगा कि कलम छूने का अधिकार अब मुझे नहीं है। अगर कुछ थामना है, तो दो ही चीजें थाम सकते हैं—या तो बन्दूक या कलेजा। कलेजा थामकर बैठो! अब कहीं से कुछ नहीं होनेवाला है।

आजादी के बाद जाति-पाँति और भी जगह हुई होगी—प्रादेशिकता भी हुई होगी, एक प्रदेश के लोग दूसरे प्रदेश के लोगों से नफरत करते होंगे। लेकिन आप कल्पना कीजिए, एक ही गाँव में एक जाति के लोग, दूसरी जाति के लोगों से नफरत करते हैं—दुश्मन मानते हैं, राजनीतिक आधार पर दुश्मन मानते हैं। क्या समाज होगा वहाँ? 'अहा ग्राम्य जीवन भी क्या है!'—एक जमाने में किसी ने लिखा था। कहाँ गया वह गाँव? जब लोग शाम को थके-माँदे आते थे, बैठकर ढोलक बजाते थे, गाते थे, एक सामाजिक जिन्दगी होती थी। लेकिन गाँव का एक-एक आदमी एक द्वीप हो गया है। समाज टूटा, परिवार टूटा, व्यक्ति टूट रहा है, लेकिन इसको उपलब्धि मानकर हम आगे बढ़े जा रहे हैं! पंचवर्षीय योजनाएँ बन रही हैं—हर पाँच साल बाद चुनाव हो रहे हैं। क्यों नहीं किसी ओर से आवाज आती? इसके सिवा और क्या हो सकता था कि अश्लील कविताएँ की जाएँ! गालियाँ दी जाएँ!

ऐसे समय में जब यह हृदय काठ हो गया था, तो नौजवानों ने आवाज उठाई। गुजरात में कुछ हो चुका था। मुझे बिहार पर भरोसा नहीं था। गुजरात में बहादुर लोग होंगे। बिहार में? बिहार में क्रान्ति होगी, यह नहीं हो सकता! वही कुछ बददिमाग लड़के, जो नक्सलाइट कहे जाते हैं, वही कुछ करेंगे, तो करेंगे—बाकी कहीं कुछ नहीं हो सकता। लेकिन उसका भी काट जयप्रकाश नारायण पहले से ही तैयार किये बैठे थे। मुशहरी में जाकर उन्होंने प्रयोग किया था। हमारे प्रान्त के मुशहरी ब्लॉक में नक्सलाइटों का बड़ा जोर फैला था, तो उन्होंने वहाँ जाकर पलथी मार दी। और क्या किया, नहीं किया उन्होंने कि सब नौजवान शान्ति सेना में भर्ती होने लगे। बड़ा गुस्सा आया। यह तो अद्भुत-सा है। यह तो नसबन्दी जैसी बात होने लगी। यह क्या कर रहे हैं जयप्रकाश? सर्वोदय में थे, चुपचाप थे, भले थे, उन्होंने यह क्या करना शुरू कर दिया? बागी नौजवानों को शान्ति सेना में भर्ती कर रहे हैं।

नहीं—जब एक चिट्ठी उन्होंने मुझे लिखी मुशहरी से कि—'मैला आँचल' आज भी मैला है, बल्कि पहले से ज्यादा मैला हो गया है और, आपके-जैसा

लेखक चुप है, आप गाँव में आइए, इत्यादि तो मुझे बड़ी हँसी आई। ये आज मुशहरी गए हैं, तो गाँव की हालत देख रहे हैं। मैं कहाँ जन्मा हूँ, भोग रहा हूँ सब कुछ। हँसी आई थी, लेकिन एक भरोसा भी हुआ था कि कम-से-कम भूमिहीनों की अवस्था को इन्होंने गाँव में पलथी लगाकर देखा तो है। इमेज को तोड़ा नहीं था अभी। बीच में लोहिया साहब का बुलंदी से आना और जाना, वह भी साल रहा था। कहीं से कोई आवाज नहीं आ रही हो, और कठघरे चारों तरफ से करीब होते जा रहे हों, इतना करीब कि फाँसी का फंदा आदमी के सिर पर हमेशा झूलता हुआ नजर आता हो, वैसे समय में बिहार के नौजवानों ने जब आवाज लगाई और जयप्रकाशजी को अगुवाई करने की दावत दी, तो फिर सन्देह होने लगा कि सब-के-सब की फिर नसबन्दी करा देंगे ये! फिर कुछ हो जाएगा, मेरे मन में भी यह सन्देह था। इतना भक्त था उनका। उनके एक इशारे पर मर-मिटने को तैयार था, लेकिन इस दौरान राजनीति ने दिल में इतनी दरारें डाल दी थीं, पार्टियाँ टूटी थीं—एक नहीं, हर पार्टी टूटी थी। मैं पार्टी में नहीं था, लेकिन कोई पार्टी टूटती थी, तो मेरा भी दिल दरकता था। मेरा भी कोई अंग टूटता था। चाहे कम्यूनिस्ट पार्टी हो, सोशलिस्ट हो या कांग्रेस हो—ये जिन कारणों से टूटती थीं, उसकी चोट सीधे हमारे दिल पर पड़ती थी—आम आदमी के ऊपर। गाँव में था, भला था। पटने की खबर रेडियो से छनकर आती थी, लेकिन फिर उस एंग्री यंगमैन ने कहा—यहाँ क्या कर रहे हैं? चलिए...क्या बात है? मैंने कहा। कर्फ्यू हमने देखा है। 'कर्फ्यू में मेरा जन्म हुआ—कर्फ्यू में मैंने होश सँभाला!' ऐसी कविताएँ कुछ-कुछ अपने-आपको बहुत तेज-तर्रार कहनेवाले नौजवानों ने हमारे यहाँ लिखी थीं। हमने दाद दी थी। पर उन्होंने कर्फ्यू कभी नहीं देखा था। कर्फ्यू क्या होता है, इस बार देखा। अरे राम-राम! कर्फ्यू? जो भयानकता खिंची हुई थी उसके चेहरे पर, हमने कहा, यह हाल है! उसने कहा, हाँ, आप ज़रा पटना चलकर देख लीजिए। तो आया। सारा शहर वीरान। खिड़कियाँ आधी खुली हुईं। औरतें ज़रा-सा झाँकती हुईं। बच्चे अगर बाहर जा रहे हैं तो उनका हाथ पकड़कर घसीटती हुई माताएँ। एक खौफ चारों ओर छाया हुआ था। आदमी कहीं नहीं नजर आ रहे थे। सिर्फ लोहे की टोपियाँ और संगीनों पर सूरज की चमक। एक मोटरगाड़ी मेरे मोड़ से गुजरती थी और सैकड़ों किरचों पर एक साथ रोशनी कौंध जाती थी। सैकड़ों हेलमेट चमक जाते और गाड़ियाँ गुर्राती हुई बगल से गुजर जातीं। यह क्या हुआ? मैंने एक

पत्रकार मित्र से कहा, यह तो प्रोवोक किया जा रहा है! उन्होंने आँख मूँदकर धीरे-धीरे कहा कि यही हमारी नियति है! इन ट्रकों के नीचे कूदकर खुदकुशी कर लेना अच्छा है।

फिर उपाय क्या है? उपाय? उपाय बताया इस 75 वर्ष के बूढ़े ने। पर्चा छपा कि जयप्रकाशजी एक मौन जुलूस निकालेंगे। मैंने कहा, हो गया! हो गई क्रान्ति। मौन जुलूस और उस पर भी मुँह पर पट्टी बाँधकर। यह एक और तमाशा! और कहा कि हाथ भी पीछे बँधे होंगे! लीजिए! लेकिन मेरे ही जैसे कुछ लोगों ने जाकर कहा होगा कि जब इधर-उधर खुजलाने की जरूरत होगी, तब क्या करेंगे? तो कहा कि नहीं, हाथ पीछे रहें, बँधे हुए नहीं। मैंने अपने एंग्री यंगमैन दोस्त से पूछा कि कितने लोग आएँगे? उसने कहा, यही कोई एक सौ एक! मैंने कहा, एक सौ एक आदमी मुँह पर पट्टी बाँधकर निकलेंगे, तो अच्छा तमाशा होगा। उसने कहा—हाँ, चलकर देख लीजिए आप भी! उसके पहले मैं जयप्रकाशजी के दर्शन को नहीं गया था, क्योंकि एक ऑपरेशन हुआ था। उसमें एक ट्यूब लगी हुई थी, एक शीशी लगी हुई थी। और उस अवस्था में जब आदमी निकले तो दो ही बात हो सकती हैं। लोग कहेंगे कि नाटक कर रहा है। माने यह दिखलाने की कोशिश कर रहा है कि देखिए, मेरी यह हालत है, फिर भी मैं आ रहा हूँ; अथवा यह आदमी मरना चाहता है, क्योंकि जब डॉक्टर ने कह दिया है, तो इस आदमी को पूरा रेस्ट करना चाहिए...।

लेकिन रेस्ट कहाँ था? किस ओर था?...तब मैं नहीं गया था। पर बाद में जाने में मुझ पर कोई पाबन्दी नहीं थी।...अब मैं गया तो साथ ही हो लिया।

उसके बाद आज तक जो कुछ घटित हुआ है—उसके गवाह आप सब हैं...पूरा देश है।

[*रविवार* : 28 अगस्त, 1977]

आत्म-संस्मरण

झूठ : जो सच है

बचपन से ही मुझे कथा-कहानी सुनने और गुनने का शौक रहा है। बुनने का शौक तो बहुत बाद में चलकर पैदा हुआ, और वह भी शायद इसलिए कि बचपन से ही इतने तरह के लोगों को नजदीक से देखने-समझने का मौका मिला कि बाद में चलकर मैंने महसूस किया—मेरा प्रत्येक परिचित अपने-आपमें अनगिनत कहानियों की खान है। बस, फिर क्या था, कलम उठाई और कथा बुनने के धंधे में लग गया, सो आज तक लगा हुआ हूँ।

इस बीच स्कूल-जीवन और उसके बाद के मेरे अनगिनत मित्र-परिचित, गाँव-घर की घटनाएँ मेरी कहानियों का ताना-बाना बनी हैं और मैंने उन्हीं से अपनी अच्छी-बुरी कहानियाँ बुनी हैं। फिर भी लगता है कि अभी तो बचपन के ही बहुत सारे परिचित दोस्त-अहबाब, कितनी सारी घटनाएँ पड़ी हैं, जिन पर मुझे कहानियाँ बुननी हैं और जब तक मैं उन सबों को अपनी कहानियों में नहीं उतार लूँगा, चैन नहीं मिलेगा।

यहाँ मैं अपने बचपन की दो ऐसी ही अविस्मरणीय घटनाओं के बारे में बतलाने जा रहा हूँ और उन दोनों घटनाओं का सीधा सम्बन्ध मेरे झूठ बोलने से है। वरना पिताजी की उन दिनों सख्त हिदायतें हुआ करती थीं कि झूठ कभी न बोलूँ। आज सोचता हूँ तो लगता है, उन दो मौकों पर अगर मैंने झूठ का सहारा नहीं लिया होता, तो पता नहीं क्या-से-क्या हो जाता!

लेकिन इसका मतलब यह नहीं है कि मैं झूठ की महत्ता बढ़ाने के लिए ही उन दोनों घटनाओं का जिक्र करने जा रहा हूँ, बल्कि मतलब यह है कि जितने भी बच्चे मेरा यह संस्मरण पढ़ें, इस बात की प्रतिज्ञा करें कि जब तक उनके सामने मेरी जैसी परिस्थिति नहीं आ जाए, झूठ का सहारा कदापि न लें।

एक झूठ पिताजी का : एक झूठ पुत्रजी का

यह घटना सन् 1931-32 की है। मेरी उम्र जब दस वर्ष के लगभग रही होगी और मैं फारबिसगंज हाईस्कूल का विद्यार्थी था। वहीं होस्टल में रहता और सप्ताह में छुट्टी के दिन गाँव आ जाता। फारबिसगंज से एक स्टेशन सिमराहा। वहाँ गाड़ी से उतरकर पाँव-पैदल औराही-हिंगना, यानी अपने गाँव! पिताजी किसान थे और इलाके के स्वराज-आन्दोलन के प्रमुख कार्यकर्ता। खादी पहनते थे, घर में चर्खा चलता था, 'तिलक स्वराज फंड' वसूलते थे और दुनिया-भर की पत्र-पत्रिकाएँ मँगाया करते थे।

मैंने जब से होश सँभाला, अपने को पत्र-पत्रिकाओं से घिरा पाया—बम्बई का 'वेंकटेश्वर समाचार', कानपुर का 'प्रताप', 'सैनिक', 'कर्मवीर', 'चाँद', 'हिन्दू पंच' आदि प्रमुख पत्र-पत्रिकाएँ नियमित आतीं और गाँव-इलाके के लोग उनका नियमित अध्ययन करते थे।

एक दिन अचानक ही थाने के दरोगा-पुलिस को अपने दरवाजे पर उपस्थित पाकर हम लोग 'अचरज' में पड़ गए। मैं भी फारबिसगंज से गाँव आया हुआ था और उन दिनों किसी गाँव में दरोगा-पुलिस के पहुँचने का मतलब होता था—पूरे गाँव के लोगों का अंडर-ग्राउंड हो जाना यानी लोग अपने-अपने घरों के दरवाजे भीतर से बन्द कर छिप जाते थे—पता नहीं, किसे बाँधकर दरोगा-पुलिसजी चालान कर दें!

दरोगाजी दरवाजे पर आकर सीधे पिताजी के सामने रुके और बोले, 'हमें खबर मिली है कि आपके पास 'चाँद' का फाँसी अंक आया है। आप उसे तुरन्त मेरे हवाले कर दो, नहीं तो बेकार में हमरा के खानातलासी करे के पड़ी।'

पिताजी घबराए नहीं। बड़ी ही निश्चिन्तता के साथ उन्होंने कहा, 'आया तो था जरूर! और 'चाँद' का फाँसी अंक ही क्यों, 'हिन्दू पंच' का बलिदान अंक तथा 'भारत में अंग्रेजी राज' पुस्तक भी मेरे पास थी। कोई कुटुम्ब-सम्बन्धी पढ़ने को ले गए हैं। आप खानातलाशी ले लीजिए।'

पिताजी साफ झूठ बोल गए।

मैं वहीं खड़ा था। पिताजी को इस तरह झूठ बोलते कभी नहीं देखा था, लेकिन मुझे समझते देर नहीं लगी कि वे क्यों झूठ बोल रहे हैं। उपरोक्त पत्रिकाओं के अंक और 'भारत में अंग्रेजी राज' नाम की पुस्तक

एक झोले में लपेटकर उनके बिछावन पर सिरहाने रखी है, इस बात की जानकारी मुझे थी।

पिताजी ने फिर से अपने वाक्य दुहराए, ''चाँद' के फाँसी अंक के अलावा अन्य पत्रिका-पुस्तक की जानकारी आप लोगों को मैंने इसलिए दे दी कि आज-न-कल आपको फिर खबर मिलेगी कि वह सब भी मेरे यहाँ आया है और आपको नाहक ही दौड़ना पड़ेगा। चलकर खानातलाशी तो ले ही लीजिए।'

मैं वहाँ से खिसका। पिताजी के कमरे में आया और उनके सिरहाने से पुस्तक-पत्रिकाओंवाली झोली बगल में दबाई, दरवाजे पर आकर छाता लगाया और चलने लगा। दरोगाजी ने देखा तो पूछा, 'ऐ बाबू, हऊ बगलिया में का बा हो?'

'सिमराहा जा रहा हूँ, फारबिसगंज वाली गाड़ी पकड़ने। स्कूल का समय होने को है।' मैंने बिना घबराए हुए उत्तर दिया।

दरोगाजी जैसे मेरे उत्तर से सन्तुष्ट हो गए—उन्हें यह भी याद नहीं रहा कि अभी फारबिसगंज जानेवाली कोई गाड़ी नहीं है। मैं दिन-भर पिताजी के एक मित्र के यहाँ टिका रहा।

शाम को वापस आया तो लोग मेरी चालाकी पर दंग थे। 'चाँद' का फाँसी अंक न पाकर दरोगाजी ने बड़े ही निराश स्वर में पिताजी से कहा था, 'हऊ पतरिका हमरो पढ़ने का ढेर मन है।'

एक झूठ और

उन दिनों मैं हाईस्कूल का विद्यार्थी था।

एक थे काजमी साहब—शिक्षा विभाग में शायद जिला-निरीक्षक। उनका हाल यह था कि जिस स्कूल में निरीक्षण करने पहुँच जाएँ, वहाँ के अध्यापकों की तो बात ही अलग थी, स्कूल के अगल-बगल खोमचे डालनेवालों तक की डर के मारे हालत खराब हो जाती थी। अनुशासन के बड़े ही पक्के और मजबूत थे वह।

हमारे स्कूल में जब कभी आते, संस्कृत के पंडितजी तथा हेड मौलवी साहब की हालत देखने लायक होती। मौलवी साहब उस दिन बिलकुल साफ धुले कपड़े पहनकर आते और काजमी साहब क्लास में छात्रों के बीच ही

उनके शरीर के अगल-बगल दो-चार बार सूँघने का अन्दाज जाहिर करते हुए कहते, 'क्यों मौलवी, कितने दिनों बाद आज 'असनान' हुआ है?'

पंडितजी खैनी खाते थे। काजमी साहब के आने के दिन वह भी अपनी हथेली और अँगूठे का दाग हजार बार साबुन लगाकर साफ करते थे, पर काजमी साहब उनसे कह उठते, 'क्यों पंडत, खैनी और चूना ही खाते हो या लड़कों को पढ़ाते-लिखाते भी हो? गीता-सास्तर का सलोक-वलोक पढ़ाते हो लड़कों को?'

एक दिन काजमी साहब ने हमारे क्लास में लड़कों से पूछ दिया, 'पंडितजी ने गीता का कोई सलोक पढ़ाया है?'

और पंडितजी की हालत खराब! गीता का कोई श्लोक तो उन्होंने हमें पढ़ाया ही नहीं था और लड़कों से 'नहीं' जवाब सुनकर काजमी साहब पंडितजी की जो खबर लेते कि बस!

मेरे दिमाग में तुरन्त झूठ कौंधा और मैंने खड़े होकर कहा, 'जी, पढ़ाया है।'

'याद है?'

'जी हाँ!'

'सुनाओ...।'

और मैंने धाराप्रवाह सुनाना शुरू कर दिया :

'अहं मुनिनाम् वचनम् शृणोमि,
शृणोति राजंस गवास्य वाच्यम्।
न च तस्य दोषो—न च मे गुणोवा,
संसर्ग चा दोषो-गुणा भवन्ति।'

अर्थात् श्रीकृष्णजी कहते हैं कि हे अर्जुन...।

और काजमी साहब 'ठीक है', 'ठीक है' कहते हुए क्लास से बाहर निकल गए।

'हे अर्जुन' के बाद वह रुके नहीं। और पंडितजी के चेहरे पर जो खुशी की चमक थी, जैसे मैंने उन्हें फाँसी पर लटकने से बचा लिया हो! लड़कों की हँसी को उन्होंने इशारे से रोका। श्लोक दरअसल मैंने अपनी पाठ्य-पुस्तक 'बाल-नीति-मंजरी' का सुनाया था, जिसका भावार्थ इस प्रकार है :

एक राजा के दो तोते थे। एक तोता दिन-रात भगवान का नाम लेता था, दूसरा दिन-भर गाली बकता था। राजा ने एक दिन निश्चय किया कि गाली बकनेवाले तोते को जल्लाद के हाथों मरवा दिया जाए। राजा जब जल्लाद को लेकर पहुँचे, तब भगवान को रटनेवाला तोता बोला, 'हे राजन, मैंने एक दिन मुनियों के वचन सुने हैं और वह सारे दिन गलत लोगों के वचन सुनता रहा है। न तो इसमें इसका दोष है कि वह गाली बकता रहता है, न मेरा गुण कि मैं भगवान का नाम लेता हूँ। संगति से ही गुण-दोष पैदा होते हैं। जिसे जैसी संगति मिलेगी, वह वैसा ही बनेगा!'

और इस तरह उस दिन झूठ बोलकर पंडितजी को मैंने बचा लिया। उस दिन अगर मैंने वैसा नहीं किया होता तो पता नहीं, काजमी साहब उनकी कैसी फजीहत करते!

मेरा बचपन

मेरा बचपन विराट नगर (नेपाल) के 'कोइराला निवास' में बीता—यानी 'कोइराला परिवार' में मेरा लालन-पालन हुआ। पिताजी (स्व. कृष्णप्रसाद कोइराला) नेपाल के आदि क्रान्तिकारी माने जाते हैं। उन्होंने अपने परिवार को अपने आदर्श के अनुसार संगठित किया था। 'कोइराला निवास' में वे हर नियम-कानून प्रचलित थे जो किसी 'आश्रम' के हो सकते हैं। अपने से बड़ों के सामने—चाहे वह चरवाहा ही क्यों न हो, हम कोई बेअदबी नहीं कर सकते थे। प्रार्थना की पहली पंक्ति थी: 'तेरे ही जलवे से जग के कर्ता, ये बागे-आलम महक रहा है।' परिवार का एक-एक सदस्य अपने को स्वयंसेवक समझता था। एक दैनिक (हस्तलिखित) बुलेटिन अंग्रेजी-हिन्दी-नेपाली में निकलता था, जिसमें निवास की खबरों के अलावा निवास में आए-गए अतिथियों के सम्बन्ध में जानकारी और बाजार-भाव आदि प्रकाशित होते थे...।

किन्तु इन सारी बातों के बावजूद निवास में दो ऐसे प्राणी थे जिन पर निवास के कई नियमों के उल्लंघन के आरोप अक्सर लगाए जाते। तारिणी प्रसाद कोइराला और फणीश्वरनाथ रेणु के नाम 'काले रजिस्टर' में दर्ज थे, क्योंकि दोनों ही सुबह आठ बजे तक सोते रहते। माँ तथा पिताजी ने हमारी इस आदत को छुड़ाने की बहुत चेष्टा की। हमारा सामाजिक बहिष्कार तक किया गया। सारे निवास के निवासियों और अभ्यागतों के सामने हमें लज्जित किया गया। 'निवास बुलेटिन' में हम पर फब्तियाँ कसी गईं। हमारे व्यंग्य-चित्र छपे, हमारी भद्द की गई। फिर, सहानुभूतिपूर्ण कई तरकीबों के प्रयोग भी हुए।

एक बार माँ ने, पिताजी के सामने, हम दोनों को बुलाकर बड़े प्यार से कहा, 'ठीक है! अब से तुम लोग जब तक जी चाहे, सोया करो। तुम दोनों

में पहले कौन उठता है? अच्छी बात! कल से एक काम करो। सबसे पहले उठकर कैलेंडर की तारीख और दिनवाले कार्ड को कौन बदलता है—यह देखना है। एक सप्ताह में जिसका ज्यादा नम्बर आएगा—उसको हर सप्ताह एक सुन्दर पुरस्कार दिया जाएगा, समझे?'

हम दोनों मित्रों ने आज्ञाकारी बालकों की तरह सिर झुकाकर प्रस्ताव को स्वीकार किया और अपने कमरे में वापस आ गए। रात में देर तक हम बातें करते रहे। किन्तु, रात के ठीक एक बजे जब मैं बैठकखाने की दीवार टटोलने लगा तो कोई आहट हुई। माँ ने अपने कमरे से ही पूछा, 'कोन हो?' अर्थात् कौन हो?'

'हुजूर, मैं रेणु! तारीख और दिन बदल रहा हूँ।'

एक क्षण की चुप्पी के बाद पिताजी के कमरे से उनकी उन्मुक्त खिलखिलाहट सुनाई पड़ी। इसके बाद निवास के सभी प्राणी जग गए थे और सभी के बीच में मैं सिर झुकाकर खड़ा था और माँ मुझे डाँट रही थी और आँखें मलता हुआ उनींदा तारणी, मेरी ओर से बहस करने की चेष्टा कर रहा था, 'आमाँ, नया दिन और नई तारीख तो बारह बजकर एक मिनट से ही शुरू...।'

माँ ने झिड़की देते हुए कहा था, 'चुप रहो। कल सुबह तुम दोनों का जलपान बन्द! तुमसे बातचीत बन्द! और तारीख बदलना भी बन्द...!'

सन् 1930-31 की बात है। मैं उन दिनों अररिया हाईस्कूल में चौथे दर्जे में पढ़ता था। महात्मा गांधी की गिरफ्तारी की खबर मिलते ही सारा बाजार बन्द हो गया और स्कूल के सभी छात्र बाहर निकल आए। दूसरे दिन भी हम हड़ताल पर रहे। चूँकि मैं खद्दरधारी था, इसलिए हड़ताल के अलावा 'पिकेटिंग' भी कर रहा था। अतिरिक्त उत्साह में मैंने स्कूल के असिस्टेंट हेडमास्टर साहब को भी रोका। उन्होंने झुँझलाकर बंगला में कहा था,'तोमरा चुलोय जाच्छो, जाओ! आमाके केन टानछो...?' अर्थात् तुम लोग चूल्हे-भाड़ में जाते हो, जाओ; मुझे क्यों खींचते हो?

मैंने तत्काल जवाब दिया, 'आप हमारे गुरु जो हैं।'

दूसरे दिन हम स्कूल पहुँचे तो मालूम हुआ कि हर हड़ताली विद्यार्थी को आठ आने पैसे जुर्माने की सज़ा होगी। दो-तीन घंटी की पढ़ाई होने के बाद हेडमास्टर साहब का नोटिस निकला : 'जो विद्यार्थी कल नहीं आए थे, उन्हें

आठ आने बतौर जुर्माने के...और जो लोग बीमार थे अथवा अन्य किसी कारण से स्कूल नहीं आ सके, उन्हें दर्खास्त लिखकर देना होगा...। और जो लोग अपनी गलती स्वीकार कर माफी माँगना चाहें, वे भी दर्खास्त दें...।'

नोटिस के अन्त में विशेष रूप से मेरा नाम और वर्ग लिखकर कहा गया था कि असिस्टेंट हेडमास्टर साहब के साथ अशोभनीय बर्ताव (इम्पर्टिनेंट बिहेवियर) के लिए—सारे स्कूल के छात्रों के सामने पाँचवीं घंटी के बाद इस लड़के को दस बेंत लगाए जाएँगे।

नोटिस निकलने के बाद ही मैं अचानक 'हीरो' हो गया। ऊँचे दर्जे के विद्यार्थी मुझे ढाढ़स बँधाते, शाबाशी देते और कोई-कोई तरस खाकर कहते—माफी माँग लो।

लेकिन, मैंने जलियाँबाग कांड, मदनगोपाल की कहानी पढ़ी थी। मेरे सिर पर मदनगोपाल की आत्मा आकर सवार हो गई मानो। कई अध्यापकों ने भी आकर समझाया-डराया-धमकाया, लेकिन मैं माफी माँगने को तैयार नहीं हुआ।

तब तक मित्रों ने न जाने कहाँ से फूलमाला, चन्दन आदि की व्यवस्था कर ली थी!

नियत समय पर 'वार्निंग बेल' बजा। सभी वर्ग के छात्र सामने मैदान में आकर एकत्रित हुए। सिक्स्थ मास्टर साहब, तुर्की टोपी और शेरवानी पहने—हाथ में बेंत घुमाते हुए मैदान के बीच में आए। सभी शिक्षक सिर झुकाकर खड़े थे। मेरे नाम की पुकार हुई और मैं रिंग में जाकर खड़ा हो गया, ठीक विवेकानन्दीय मुद्रा में—दोनों बाँहों को समेटकर। बेंत मारने के पहले, मास्टर साहब ने अंग्रेजी में कुछ कहा। फिर चिल्लाए :

'स्टेच योर हैंड।'

'व्हिच हैंड—लेफ्ट ऑर राइट?'

भीड़ से कई आवाज एक साथ, 'शाबाश!'

मास्टर साहब ने जब 'राइट' कहा, तभी मैंने हाथ पसारा।

मास्टर साहब ने शुरू किया, 'वन!'

'बंदे मातरम्!' मैंने नारा लगाया।

एकत्रित छात्रों ने दुहराया : 'बंदे मातरम्!'

'टू!'

'महात्मा गांधी की जै।'

अब सड़क, कचहरियों और बाजार से लोग दौड़े, नारा लगाते : 'महात्मा गांधी की जै!'

'श्री-ई-ई!'

'जवाहरलाल नेहरू की जै!'

'जै-जै-जै-जै-जै—बंदे मातरम्। झंडे तिरंगे-कौमी नारा—महात्मा गांधी की जै-जै!'

'इलाके के मशहूर सुराजी' सत्याग्रही चुन्नीदास गुसाईं उस भीड़ को चीरकर न जाने कहाँ से आ गए। जनता नारे लगाने लगी। हेडमास्टर साहब ने 'केनिंग' रोकवा दिया। छुट्टी की घंटी बजा दी गई। लेकिन, भीड़ बढ़ती ही गई और नारे बुलंद होते रहे। सारा कस्बा उमड़ पड़ा। इसके बाद मुझे किसी ने कंधे पर चढ़ा लिया और लोग जुलूस बनाकर निकल पड़े।

दस में सिर्फ तीन बेंत ही लगे। दूसरे दिन सारा बाजार फिर बन्द रहा और स्कूल के सभी छात्र हड़ताल पर रहे।

मैंने अपने उपन्यास 'कितने चौराहे' में इस घटना के आधार पर एक दृश्य की रचना की है।

[रेणु : *संस्मरण और श्रद्धांजलि* से, 1977]

पुरानी याद

किसी बात या घटना की याद क्यों और कैसे आती है, इसका शास्त्रीय विवेचन मनोविज्ञान के विशेषज्ञों का विषय है। हम साधारण जन तो इतना ही कह सकते हैं कि पुरानी याद उस सोने की तरह है, जिसमें मिली हुई खाद समय की आँच में तप-गलकर स्वयं ही अलग-विलग हो जाती है।

पिछले साल दूर देहात में, अपने एक निकट सम्बन्धी के घर पर दो-चार दिनों के लिए ठहरना पड़ा। साथ में जो एकमात्र मासिक पत्रिका थी, उसकी सभी पठनीय और अपाठ्य सामग्रियों को एक ही दिन में दो बार पढ़ चुका था। विज्ञापनों से दूसरे दिन की दोपहरी किसी तरह कटी। किन्तु, तीसरे दिन को काटने के लिए मेरे पास कुछ नहीं था और सुबह से शाम तक मैं खुद कटता रहा। मेरी बेचैनी का कारण जानकर मेरे सम्बन्धी ने दुख प्रकट करते हुए कहा, 'घर में तो पोथी-पत्तर के नाम पर बस एक रामायणजी हैं। रामायण पढ़िएगा?'

अन्दर हवेली से सीकी की एक पुरानी पिटारी लेकर आए। पिटारी से रामायणजी के साथ और भी कई किताबें निकलीं। एक—उस जमाने की एक मशहूर पेटेंट दवा की कम्पनी का सचित्र पंचांग (सूची-पत्र सहित) था। दूसरी थी—सन् उन्नीस सौ अट्ठाइस में मिडिल में पढ़ाई जानेवाली किताब—साहित्य-पाठ। दृष्टि पड़ते ही मेरा कलेजा धड़क उठा। पृष्ठ उलटकर देखा...अस्य पुस्तकाधिकारी...?

अपने हाथ की पुरानी लिखावट को पहचानने में देर नहीं लगी। किताब मेरी ही थी, जो न जाने कब और कैसे यहाँ आकर सुरक्षित पड़ी हुई थी। रामायणजी के बालकांड तथा उत्तरकांड के अधिकांश पृष्ठ दीमकयुक्त हो चुके थे। किन्तु, मेरी किताब की प्रत्येक पंक्ति में मेरा बालकांड छपा हुआ था—मानो। सचित्र

साहित्य-पाठ के कई पाठों के आसपास हाशिए पर अंग्रेजी में 'इम्प.' अर्थात् इंपोर्टेंट, 'वी. इम्प.' अर्थात् वेरी इम्पोर्टेंट, और कहीं-कहीं 'वेरी-वेरी इम्पोर्टेंट' आदि लाल-सतर्क वाणियाँ इतने दिनों के बाद भी मुझे सतर्क कर रही थीं...।

यत्र-तत्र, लाल पेंसिल से पंक्तियाँ रेखांकित थीं और किसी तसवीर की मूँछ 'रिटच' करके सँवारी गई थी। किसी संत कवि को चश्मा पहना दिया गया था।...जयद्रथ-वध...'उस काल पश्चिम ओर रवि की रह गई बस लालिमा, होने लगी कुछ-कुछ प्रकट-सी यामिनी की कालिमा'...डोमन खतबे ने परीक्षा में इन पंक्तियों का अर्थ 'सन्दर्भ सहित' लिखा था—रवि की लाली-माँ भी रह गई और जामिनी की काली-माँ तब सामने आ गई...बचपन की हँसी फिर लौट आई मेरे ओठों पर...।

एक पृष्ठ पर डाल्हिया फूल की कई बदरंग पंखुड़ियाँ चिपकी पड़ी मिलीं। तितली के पंखों-जैसी। और उन्हीं पंखों के सहारे मैं तीस-बत्तीस साल पहले की दुनिया में जा पहुँचा...।

स्कूल के हेडमास्टर साहब के कमरे के सामने, बाग में एक नया फूल खिला है—अंग्रेजी फूल, डाल्हिया! हम सभी महीनों से इस फूल के खिलने की प्रतीक्षा कर रहे थे। जिस दिन वह खिला, हेडमास्टर साहब की बाछें खिल गईं। इतने प्रफुल्लित हुए कि एक घंटा पहले ही छुट्टी की घंटी बजवा दी।...हेडमास्टर साहब ने वी. पी. से उस फूल का कंद (बल्ब) मँगवाकर अपने हाथों रोपा-सींचा था। छुट्टी की घंटी बजी। ड्रिल पीरियड और ड्रिल-मास्टर साहब से त्राण पाकर हम प्रसन्न हुए—जै हो डाल्हिया फूल की!

किन्तु हम स्कूल के अहाते से निकलकर एक फर्लांग भी नहीं जा पाए थे कि पीछे से स्कूल के चपरासी की पुकार सुनाई पड़ी। उधर स्कूल की घंटी फिर जोर-जोर से बजने लगी : टन-टनांग, टन-टनांग!...एक, दो, तीन... दस, ग्यारह...!

हेडमास्टर साहब स्वयं घंटी बजा रहे थे।

घंटी बन्द हुई तो स्काउट-मास्टर की सीटी बजने लगी—खतरे की सीटी। डेंजर? डेंजर...? विभिन्न दिशाओं की पगडंडियों पर जाते हुए विद्यार्थी मुड़े, लौटे और दौड़े—क्या हुआ? क्या हो गया? किधर आग लगी? कौन डूबा?

स्कूल के अहाते में लौटकर देखा—हेडमास्टर साहब अगिया-बैताल होकर चिल्ला रहे हैं—किसने तोड़ा? फूल किसने तोड़ा?

एक-एक की तलाशी ली गई, हाजिरी-बहियाँ खोलकर हर दर्जे के विद्यार्थी की उपस्थिति-अनुपस्थिति मिलाई गई। पर वह फूल तो पौराणिक कथाओं का फूल हो गया।

अन्त में हेडमास्टर साहब झमाकर बैठ गए, मानो उस फूल में ही उनकी जान बसी हुई थी! हम सभी झमा गए। हाय!

दूसरे दिन हेडमास्टर साहब के दफ्तर में जिन कई गिने-चुने छात्रों की बुलाहट हुई, उसमें एक मैं भी था। इतना ही नहीं, दफ्तर में पहुँचकर सुना—हेडमास्टर साहब का विश्वास एकदम पक्का है कि मेरे सिवा और किसी ने यह काम नहीं किया है। सन्देह के कारण? क्योंकि, मैंने उनसे पूछा था, 'सर! क्या इस फूल में ज़रा भी सुगंध नहीं होती? तब, इस फूल की क्या कीमत?'...और, इसलिए भी कि खिले हुए फूल को, हेडमास्टर साहब के कथनानुसार—मैं बड़ी भूखी निगाह से देख रहा था!

मेरी कोई सफाई नहीं सुनी गई और कसूर कबूल करवाने के लिए तमाचे से लेकर छड़ी तक की सहायता ली गई। मेरा चेहरा लाल हो गया। लेकिन फूल...?

चोट, लाज और ग्लानि के मारे मैं बीमार हो गया। तेज बुखार में मेरी आँखों के आगे सैकड़ों डाल्हिया के फूल खिले, मुरझाए और फिर धू-धू कर जले। रात-भर मैं डाल्हिया के बाग में भरमता रहा—राह खोकर।

दूसरे दिन शाम को जी ज़रा हल्का था। पास के गाँव से मेरा एक सहपाठी मुझसे मिलने आया। उसने मेरी हालत पर हार्दिक दुख प्रकट किया और मुझे 'विद्या-कसम' खिलाने के बाद फुसफुसाकर बतलाया, 'देखो, फूल मैंने तोड़ा है।...हेडमास्टर साहब के चपरासी ने बतलाया था एक दिन कि इसका पहला फूल जिसके पास हो, वह किसी 'इम्तहान' में फेल कर नहीं सकता। खास कर अंग्रेजी में तो कभी नहीं, क्योंकि फूल अंग्रेजी है। और, तुम जानते ही हो कि मैं सभी सब्जेक्ट में कैसा भुसकोल हूँ!'

इतना कहने के बाद उसने अपने अँगोछे में लिपटे फूल को निकाला—बासी, मुरझाई और झड़ी पपड़ियाँ, पंखुड़ियाँ!

फिर उसने इस फूल की कुछ पंखुड़ियाँ मुझे देकर इसके व्यवहार की विधि भी बतलाई, 'जिस विषय में ज्यादा नम्बर पाने की इच्छा हो, उस विषय की किताब में इन पंखुड़ियों को दबाकर रख दो। फिर, काम सोना!'

चोट, दर्द और बुखार के बाद असल आसामी को बा-माल देखकर मैं तनिक उत्तेजित हुआ, किन्तु! किन्तु...!

किन्तु, पढ़ने में बोदा होने के बावजूद उससे मेरी दोस्ती थी। वह फुटबॉल का अच्छा खिलाड़ी था। हमारे बालचर दल का मुस्तंड साथी।

इसके अलावा बार-बार माफी माँगते समय वह अपना मुँह सामने कर देता था। कनपटी टेढ़ी करके कहता, 'तुमको जितनी मार लगी है, उससे ज्यादा मुझे मार लो।'

मैंने फूल की पंखुड़ियों को साहित्य-पाठ के पृष्ठों में दबाकर रख दिया और फिर कभी उस किताब को स्कूल नहीं ले गया।

सबसे अचरज की बात जो याद आ रही है, वह यह कि परीक्षाफल निकलने के बाद मेरा वह फूलचोर-मित्र सभी विषयों में फेल होकर भी मुझसे सोत्साह कहने आया, 'देखी न तुमने इस फूल की महिमा? जिस किताब में दबाकर रखा, उसमें तो सबसे ज्यादा नम्बर तुम्हीं को आया न?'

खुद अपने बारे में उसने स्वीकार किया, चूँकि फूल हेडमास्टर साहब का था और सबसे बड़े गुरु का दिल दुखाकर पास करना खेल नहीं...।

मेरे उस मित्र ने आठ वर्ष पूर्व 'बिहार एलेवन' में 'सेलेक्ट' होकर—कलकत्ते के मैदान में चार दिनों तक कमाल दिखलाया था। अखबारों में उसकी तसवीर छपी थी...।

साहित्य-पाठ की उन पंखुड़ियों को बटोरकर मनी-बैग में रख लिया।

...हमने जिसे प्यार किया था, उसको एक दिन राज्य-भर के क्रीड़ा-प्रेमियों ने प्यार किया—उसके नाम को और भी संक्षिप्त करके एक मीठा-सा नाम दिया...।

अट्ठाइस-उनतीस साल के बाद, अपनी पढ़ी हुई, कोर्स की किताब को फिर से देख पाना ही अपने में एक बड़ी बात है। तिस पर, उसके पन्नों के बीच पुरानी याद की कुछ पंखुड़ियाँ दबी-चिपकी पड़ी हों...?

नेपाल—मेरी सानो आमाँ!

सानो आमाँ, माने छोटी माँ।...

नेपाल में मेरी छोटी माँ रहती है। हर साल विजयादशमी में प्रणाम भेजता हूँ—आशीष पाता हूँ। जब कभी नेपाल की धरती पर पाँव रखता हूँ—पहले झुककर एक चुटकी धूल सिर पर डाल लेता हूँ। रोम-रोम बज उठते हैं, स्मृतियाँ जग पड़ती हैं—जय नेपाल! नेपाल—मेरी सानो आमाँ...!

1935 के एक बरसाती दिन की बात!

गर्मी की छुट्टियों का शेषांश चल रहा था। इसलिए, बाकी बचे दो-तीन दिनों को और भी आजादी से बिताने के लिए मैं अपने एक रिश्तेदार के घर मेहमानी गया था।

लौटने के दिन सुबह से घनघोर वर्षा हो रही थी।

गढ़बनैली का छोटा-सा रेलवे स्टेशन, जहाँ उन दिनों गाड़ियाँ अनिच्छा से रुकती थीं और जहाँ प्लेटफॉर्म के नाम पर कोयले की 'छाय' बिछी रहती थी।

हमारी गाड़ी—यानी जोगबनी की ओर जानेवाली गाड़ी जब पहुँची, तो पानी के साथ पुरवा हवा भी जोर से चल रही थी। इसलिए, छाता-छतरी रहते हुए भी लोग, दौड़-भीगकर गाड़ी में सवार हो रहे थे। गाड़ी के सभी डिब्बों की खिड़कियाँ बन्द, दरवाजों पर भीड़।...गार्ड साहब को तीखी सीटी के बाद इंजन का मोटा सुर बजा। मैं तब तक इधर-उधर दौड़-भाग ही कर रहा था। गाड़ी चल पड़ी...।

चलती हुई गाड़ी का जो डिब्बा सामने से निकला जा रहा था—हैंडिल पकड़कर लटक गया। एक ग्रामीण ने अपने छुटे हुए संगी को पुकारकर

कहा—हत्था पकड़ऽ, हत्था! बस, मुझे भी प्रेरणा मिली। लटक गया। पाँवदान पर पाँव जमाने के पहले कंधे से लटकती हुई मेरी छतरी गिरी। उस समय प्लेटफॉर्म पर जो हो-हल्ला हो रहा था—वह मेरे ही लिए। गढ़बनैली के अध-पगला प्वाइंट्समैन की बोली आज भी कानों के पास स्पष्ट गूँज जाती है : 'ए...य! छोटे मियाँ-आँ-आँ—मरेगा साला!'

छोटे मियाँ उसने मुझे ही कहा था और गाली मुझे ही दी गई थी। बात यह है कि हमारे इलाके में उन दिनों पाजामा पहनने का रिवाज आम नहीं हुआ था। इसे मुसलमानों की ही पोशाक समझा जाता था। पाजामा नहीं—सूथना!

...छोटे मियाँ मरेगा। हवा और बारिश की बूँदों की मिली-जुली मार को कब तक बर्दाश्त कर सकेगा! जलालगढ़ पहुँचने के पहले ही वह गिरेगा-मरेगा। छोटे मियाँ काँप उठा। लपककर 'हत्था' पकड़ते समय ही उसने दरवाजे पर फर्स्ट क्लास का रोमन-अंक देख लिया था।...अन्दर कोई अँगरेज या एंग्लो बैठा होगा। अनुनय-विनय करने पर दरवाजा खोलेगा। खादी का पाजामा-कुर्ता देखकर बूट की ठोकर मारकर गिरा देगा। छोटे मियाँ का कलेजा धड़कने लगा। जीभ सूखकर पहले ही लकड़ी हो चुकी थी।...मरता क्या न करता! छोटे मियाँ के मुँह से बमुश्किल निकला—ओपेन सर—प्लीज, आइ एम डाइंग-डाइंग—ओपेन...!

दरवाजा खुला। एक गोरी कलाई, एक गोरा मुँह?

छोटे मियाँ ने आँखें मूँद लीं—अब बूट मारा!

हैंडिल से हाथ कैसे छुटा और मैं डिब्बे के अन्दर कैसे गया—सो, न आज याद है और न उस दिन!

गौर वर्ण व्यक्ति कोई गोरा या एंग्लो नहीं? शुद्ध खादीधारी! स्वजनोचित मुस्कान? शुद्ध हिन्दी में ही उन्होंने पूछा, 'क्यों? चलती गाड़ी में क्यों सवार हुए आप?'

'जी, गाड़ी यहाँ ठहरना ही नहीं चाहती...।'

'कौन-सा स्टेशन था यह?'

'गढ़बनैली।'

'कहाँ जाना है?'

'सिमराहा स्टेशन।'

मैं लज्जित हुआ। क्योंकि बर्थ पर बैठी लड़की शुरू से ही मुस्कुरा रही थी—एक ही अन्दाज से। भले आदमी ने उस लड़की से कुछ कहा। न अँगरेजी,

न हिन्दी, न ही बंगला-मैथिली। किन्तु, एकदम ग्रीक या चीनी भी नहीं। मैंने जितना-सा समझा—ठीक ही समझा। उन्होंने कहा था—अभी तो यह गिरकर मरता।...लूगा? कपड़े को हमारे गाँव में भी 'लूगा' ही कहते हैं।

'लूगा' सुनते ही मुस्कुराती हुई लड़की उठी। चमड़े के बक्स से खादी की धोती निकालकर वह अपनी ही भाषा में बोली, 'धोती तो हुई लेकिन कुर्ता?'

मैंने कहा, 'क्या जरूरत है। सूख जाएगा...।'

भद्र व्यक्ति ने मेरे हाथ में धोती देते हुए बाथरूम का दरवाजा दिखलाया। शहर की धुली खादी की महीन धोती पहनकर निकला—देखा, एक धुला हुआ हाफ शर्ट। पहनकर देखा—बिलकुल फिट। कमीज के अन्दर गर्दन के पास लाल सूत से एक मोनोग्राम अंकित था टी. पी. के. ...।

गाड़ी जलालगढ़ स्टेशन पर आकर रुकी। चेकर ने मुझे गढ़बनैली में ही देखा था। अतः गाड़ी रुकते ही दौड़ा आया, 'कहाँ गया वह छोकरा?' फिर, मुझ पर दृष्टि पड़ते ही कर्कश स्वर में चिल्लाया, 'बाहर निकलो...'

भद्र व्यक्ति ने रोककर कहा, 'सिमराहा तक इसके पास थर्ड-क्लास का हाफ टिकट है। फर्स्ट क्लास का बना दीजिए।'

धोती-कुर्ता लेने के समय मैंने थोड़ा 'किन्तु-परन्तु' किया था। इस बार कुछ बोल ही न सका। उधर वह लड़की, जो मेरी ही उम्र की रही होगी—मुस्कुराती जा रही थी।

इसके बाद, भले आदमी ने मुझे अपने पास बैठाया।

नाम-धाम, पढ़ाई-लिखाई के बारे में पूछा। मैंने देखा, लड़की 'चाँद' मासिक पत्रिका को खोलकर हँसी को छिपाने की चेष्टा कर रही थी।

मैंने कहा, 'इन स्कूलों में मेरा मन नहीं लगता है। पहले गुरुकुल काँगड़ी जाना चाहता था। बाबूजी तैयार नहीं हुए। अब कहता हूँ कि शान्तिनिकेतन भेज दीजिए, तो माँ तैयार नहीं होती।'

लड़की ने 'चाँद' के पृष्ठों को बन्द कर रख दिया। इस बार भले आदमी ने भी मुस्कुराना शुरू किया। मैं 'चाँद' का अंक हाथ में लेकर बोला, 'नया अंक है!' दुबेजी की चिट्ठी निकालकर पढ़ने लगा। फिर बात कैसे बढ़ी कि मैंने 'भारत-भारती' का सस्वर पाठ शुरू कर दिया : 'भगवान भारतवर्ष में गूँजे हमारी भारती!'

भद्र व्यक्ति मंत्रमग्ध हुए थे या नहीं; किन्तु मुस्कुराहट मुझे पल-पल उत्साहित कर रही थी। और उनके साथ की लड़की की मुस्कुराहट मुझे उत्तेजित। इसके बाद, रवीन्द्रनाथ ठाकुर की कई कविताएँ : 'दिनेर शेषे-घूमेर देश घोमता परा ए छाया...भूलालॅ रे भूलालॅ मोर प्राण...नव वत्सरे करिलाम पन लॅबॅ स्वदेशेर दीक्षा...।'

बारिश रुक गई थी। मेरा स्टेशन निकटतर होता जा रहा था। स्वरचित कविता सुनाने का समय नहीं। अब मेरी प्रश्नावली की बारी थी।

'आपका नाम? कहाँ जाइएगा? कहाँ से आ रहे हैं? घर कहाँ?'

नाम सुनकर तनिक चमत्कृत हुआ था...कोइलावाला?

घर विराटनगर बताया, तो मुझे अचानक अपने 'दोस्तबाप' की याद आई—विराटनगर के खरदार साहब, जिन्हें मैंने देखा नहीं। माँ और बाबूजी के मुँह से सुनी कहानी—दोस्तबाप की...।

मैंने कहा, 'मेरे दोस्तबाप...माने मेरे बाबूजी के मित्र विराटनगर में रहते हैं।'

'क्या नाम है आपके पिताजी के मित्र का?'

'खरदार साहेब!'

बस, रूपवती कन्या की हँसी छलक पड़ी। बेवजह की इस हँसी का क्या अर्थ? मैं अप्रतिभ तनिक भी नहीं हुआ, किन्तु।

'कौन खरदार साहेब? वहाँ तो कई खरदार साहेब हैं। नाम क्या है उनका? ...खरदार साहेब नाम नहीं। वह तो आपके यहाँ जैसे कहते हैं न—मुंसिफ, डिप्टी, कलक्टर...!'

छोटे मियाँ का मुँह छोटा हो गया। तो, खरदार साहब नाम नहीं? वह कुनमुनाया, 'नाम नहीं?...जिन्होंने टेढ़ी में आश्रम बनाया था। जिनका स्कूल है।'

'अच्छा!...कभी आप गए नहीं विराटनगर? नहीं? तो आइए कभी। आपके पिताजी के मित्र पहले से हैं—अब आपसे मेरी मिताई...'

इस बार वह सौभाग्यवती (कहना भूल गया, माँग में सिंदूर की रेखा थोड़ी देर पहले ही दिखलाई पड़ी थी) हँसते-हँसते मर गई मानो।

मैं बोला, 'आने का मन तो बहुत दिनों से है। लेकिन...'

मेरी मंजिल निकटतम की सीमा-रेखा पार कर डिस्टेंट-सिगनल के पास पहुँची तो सकपकाया—ये कपड़े...कमीज धोती?

बोले, 'ठीक है। आप आ ही रहे हैं...।'

अपने गाँव का स्टेशन—सिमराहा स्टेशन इतना शीघ्र पहुँचने का दुख पहली बार हुआ। इसके पहले, गाड़ी पर सवार होते ही सोचता—बीच के स्टेशनों पर नहीं रुककर, सीधे हमारे स्टेशन पर आकर क्यों नहीं रुकती गाड़ी?

गाँव की सीमा से बाहर ही मालूम हुआ कि घर का वातावरण असाधारण रूप से गर्म है। बाबूजी कल से ही अगिया-बैताल होकर, मेरी पीठ के पहुँचने की प्रतीक्षा कर रहे हैं।...खड़ाऊँ की जोड़ी एकदम नई है!

बाबूजी हाल ही में आर्यसमाजी हुए थे। जब से आर्यसमाज की चर्चा शुरू की, बाबूजी का 'तामस' तेज होने लगा। हम पर, यानी अपनी सन्तानों पर ही उन्होंने आर्यसमाज के आर्ष वाक्यों का प्रथम प्रयोग शुरू किया। बच्चों को पीटने के पहले और बाद में नियमपूर्वक एक श्लोक पढ़ते, जिसका अर्थ था—पाँच वर्ष की उम्र तक लालन, दस वर्ष के बाद, सम्भवतः सोलह तक ताड़न—इसके बाद पुत्र से मित्र का व्यवहार करना चाहिए। सो मित्रता की मंजिल दूर थी। और इस बार बाबूजी को अपना आर्यत्व दिखाने का अपूर्व संयोग...!

गृह-संवाददाता से मालूम हुआ, बाबूजी को मेरी निजी छुट्टी का पता लग गया है। लम्बी छुट्टियों में अन्ततः एक सप्ताह अपनी ओर से जोड़कर घर में सुनाता—एक बार डेढ़ महीने से भी ज्यादे की छुट्टी है। और इस प्राइवेट छुट्टी के अलावा भी मैं तीन दिनों से मेहमानी उड़ा रहा था।...छतरी जो गिरी, बाबूजी की ही थी। नई थी! होस्टल का बाकी-बकाया छुट्टी के पहले ही घर से वसूल किया था सो जमा नहीं किया—बाबूजी को इसकी खबर भी मिली है।... चलती गाड़ी पर क्यों चढ़ने गया था?—इस अकेले प्रश्न पर ही पाँच बेंत!...उँहु! इस बार हल्दी-चूना के गर्म लेप से भी देह का दर्द नहीं जाएगा।...मार-मारकर सत्यार्थ-प्रकाश बना डालेंगे, इस बार।

गृह-संवाददाता को इकन्नी देकर निज-संवाददाता बनाया। गाँव की सीमा के अन्दर पैर नहीं दिया। पैदल, आठ माइल फारबिसगंज जाकर रुका।

गाजीराम की दुकान पर रात-भर एक बेंच पर लेटा—स्टेशन के चौराहे पर होनेवाली 'रासलीला' का गीत सुनता रहा।...मेरे गाँव के आसपास रामलीलावाले या रासलीलावाले पिछले चार-पाँच वर्ष से नहीं आते थे। कारण, इलाके में बहुत लोग आर्यसमाजी हुए थे। और, राम तथा कृष्ण अथवा राधा के रूप में

लड़कों को नचानेवाली मंडलियों को धूर्तों का गिरोह कहते थे, वे।...बाबूजी के मित्र खरदार साहेब भी आर्यसमाजी तो नहीं हैं?

माँ के मुँह से सुनी कहानी की कुछ पंक्तियाँ याद हैं आज भी : 'तुम्हारे जन्म की क्या बात—उस साल मैं गौने के बाद पहली बार ससुराल आई थी। चौथे दिन साँझ के झुटपुट में टप्पर से उतरा एक देवता-जैसा पुरुष और उसके साथ देवी दुर्गा-जैसी स्त्री। बुखार से लबेजान बेचारी! तुम्हारे बाबू ने तुम्हारी दादी से कहा—माँ, शायद देवता ही हैं ये!'

...खरदार साहेब! शिक्षा-प्रचार करने के जुर्म में—पिंजड़े में बन्द करके सपरिवार काठमांडू भेजने का हुक्म हुआ था। किन्तु बड़े हाकिम की बुद्धिमानी से सीमा पार कर इस पार आए। दूर जाना है—कलकत्ता, प्रयाग! पुलिस को पता न हो। खरदार साहेब की पत्नी मैलेरिया से ग्रस्त।...पन्द्रह दिनों तक मिट्टी और फूस के घरों में देव-देवी ने वास किया! जाते समय कह गए—ये दिन और यह दोस्ती नहीं भूलूँगा!

...इतने दिनों के बाद, पिछले साल बाबूजी ने आकर एक दिन कहा, 'खरदार साहेब को नये तीन सरकार (प्रधानमंत्री) ने वापस बुला लिया है। शिक्षा-प्रचार करने का शाही हुक्म मिला है। विराटनगर में एक आदर्श विद्यालय खोला है—टेढ़ी आश्रम के सभी शिक्षक आदर्श विद्यालय में काम करते हैं।'

उँह! मैं बाबूजी के घर नहीं जाऊँगा। मैं अपने मित्र के पास जाऊँगा!

सुबह की पहली गाड़ी से मैं जीवन में पहली बार—भारत की धरती के एक कगार पर स्थित—जोगबनी पहुँचा!

जोगबनी!

पच्चीस साल पहले का जोगबनी। उत्तर घनी काली तराई, हिमालय की चोटियों पर चमकती हुई धूप। तराई में सदैव कुहरा-कुहासे की चदरी—सामने जहाँ तक दृष्टि जाती, लकड़ियाँ-सिल्लियाँ बिछी हुईं! इस पार—भारत में एक धनकुट्टा-मिल। उस पार पहला जूट-मिल बन रहा था!

इसके पहले जब कभी घर से भागा—हमेशा दक्खिन-पूरब की ओर। कलकत्ता, भागलपुर, गोहाटी! किन्तु, उत्तरांचल की ओर चौदह साल की उम्र में पहली बार मुँह किया था।

उन दिनों जोगबनी स्टेशन पर टी-स्टॉल में जैसी चाय मिलती थी—आज पटने के बड़े-से-बड़े होटल में नहीं मिल सकती। कटिहार-जोगबनी लाइन में पूर्णिया के बाद जोगबनी में ही रेलवे टी-स्टॉल था। आज भी है, लेकिन वैसी चाय पिछले बारह-तेरह साल से नहीं मिलती।

स्टेशन के पूरब, सीमा के पास अन्य यात्रियों के साथ मोटर-लौरी की प्रतीक्षा करते समय मालूम हुआ कि बीड़ी-सिगरेट जिसके पास पकड़ी जाएगी—उसको काठ में थुन दिया जाएगा, अर्थात् जेल भेज दिया जाएगा! बात उन दिनों की है जब नेपाल के महाराजाधिराज यानी पाँच सरकार के जन्मोत्सव में एकाध दीप टिमटिमाते थे और तीन सरकार (प्रधानमंत्री) के जन्मदिन पर विराटनगर में होली और दीपावली एक साथ मनाई जाती थी। तीन दिनों तक उत्सव के बाजे बजते रहते थे। इसलिए, छोटी-सी बात पर भी काठ में थुने जाने का खतरा था। इतनी-सी राजनीतिक चेतना उस समय भी थी!

मोटर-लौरी तो नहीं—ट्रक!

(आज भी यातायात में विशेष सुधार नहीं हुआ है।)

ट्रक नहीं—जंगली भैंसा। घुटनों तक कीचड़ में कर्दमक्रीड़ा करके आया हो, मानो! ट्रक में खचमखच पहाड़ी-पहाड़िनें—नेपाली, गैर-नेपाली कूद-कूदकर इधर-उधर उतरे। चढ़ने के लिए भी ऐसी ही कलाबाजी...।

हाथ में खादी का झोला लटकाए—निराश मुद्रा में मैंने ड्राइवर से प्रार्थना की। ड्राइवर के बगल में बैठे हुए पंडितजी ने मुझे अपने पास बैठा लिया।

बैठते ही एक सुगंध से प्राण भर गया। पंडितजी के ललाट पर चन्दन के साथ चावल के कुछ दाने चिपके हुए थे। देखा, इधर के लोग भी खादी पहनते हैं! कौन कहता है, नेपाली गन्दे होते हैं? वे तो बेचारे पहाड़ी हैं जो महीनों पानी नहीं छू पाते!

पंडितजी ने पूछा, 'कहाँ जाना है?'

'अपने मित्र के घर।'

'क्या नाम है मित्र का?'

'नाम? अस्पताल से पच्छिम घर है।...कोइलवरवाला...खूब गोरे हैं... मुस्कुराते रहते हैं...खादी पहनते हैं!'

जोगबनी से विराटनगर की सड़क?

कीचड़ में फँसी गाड़ी पाँच-पाँच दिनों तक फँसी रहती थी।

जंगल और तराई के बीच—कच्ची सड़क की कीचड़ को मथती हुई हमारी गाड़ी बाजार-अड्डा पर जा लगी।...चुंगी दफ्तर!

पंडितजी ने कहा, 'चलो, मैं पहुँचा दूँगा। मेरा घर भी अस्पताल के पच्छिम है। लेकिन, कोई कोइलवरवाला नहीं रहता मेरे घर के पास!'

मैंने पूछा, 'कोयलावाला कोई...?'

कीचड़ से मुझे सावधान करते हुए वे हँसे थे।

राह में मैंने पछा, 'यहाँ कोई म्युनिसिपल बोर्ड या लोकल बोर्ड-जैसी चीज नहीं?'

वे बोले, 'अपने मित्र से पूछना घर चलकर। यहाँ राह चलते लोग कीचड़ और धूल से बचते हैं—बोलते नहीं।'

एक लकड़ी के घर के पास आकर मैं ठिठक गया। वे बोले, 'क्या है?'

मुझे लगा, मुस्कुरानेवाली लड़की एक खिड़की से झाँक रही थी। तब तो, मेरे मित्र का यही घर है! मैंने कहा, 'यहाँ पूछ लूँ।'

हँसकर बोले, 'वो—वहाँ है आपके मित्र का घर। लकड़ी का दुमंजिला!'

देखा, मेरा मित्र भी कुछ कम नहीं! दुनिया-भर का गिर्दाब है घर के चारों ओर!...अरे, यह तो लड़की है घोड़े पर सवार?

'बिशु को मीत आयेको छ!' पंडितजी ने नीचे से ही आवाज दी।

सीढ़ी के पास पंडितजी पैर धोने लगे।

मैंने कहा, 'बहुत-बहुत धन्यवाद। अब आप जाइए पंडितजी!'

वे बोले, 'पहले पैर धो लो!'

पैर धोकर मुँह ऊपर किया। दुमंजिले के बरामदे पर एक दर्जन से अधिक लोग—रेलिंग के सहारे खड़े मुस्कुरा रहे थे। उनमें मेरे मित्र भी थे! ट्रेन में मुस्कुरानेवाली वह शादीशुदा लड़की भी थी।

देखा, न जाने किस बात पर परिवार के सभी सदस्य हँस रहे हैं!

देखा, पंडितजी मुझे पहुँचाकर वहीं आसनी पर बैठे रहे।

मेरे मित्र ने पंडितजी से परिचय कराया, 'मेरे पिताजी!'

एँय? यह पंडितजी...पिताजी?

मित्र बोले, 'आपके दोस्तबाप भी।...खरदार साहेब!'

पंडितजी...पिताजी? चरण छूकर प्रणाम किया।

पिताजी बोले, 'उधर वे लोग क्यों हँस रहे हैं, जानते हो?'

हँसती हुई बुनू (विजयलक्ष्मी) तुतलाकर बोली, 'छक्क पर्ने—अचरज की बात! हाफ शर्ट पहना तारिणी दाज्यु का और दोस्त कहते हैं सांदाज्यु को!'

मुस्कुरानेवाली लड़की बोली, 'मैं तो ट्रेन से ही हँसते-हँसते मर रही हूँ।' उन्होंने (अर्थात् टी.पी.ने) कहा, 'अब आपसे मेरी मिताई हुई—हि-हि-हि-हि!!'

इस बार परिवार के सांदाज्यु यानी मेरे अब तक के मित्र ने उस हँसनेवाली लड़की का परिचय दिया, 'यह सुशीला है। आपके दर्जे में ही पढ़ती है, लेकिन 'भारत-भारती' सस्वर नहीं पाठ कर सकती!'

तब तक हाफ शर्ट का मालिक आ पहुँचा। आते ही मुझे अँकवार में भर लिया, 'देखा भाभी! देखा न—मैंने कहा था न, मेरी खोई हुई कमीज कुछ खोजकर वापस आएगी। एक 'मुसल्लम मित्तर' मिल गया।'

तुरन्त, दोस्ती बदल दी गई। बेतकल्लुफ मित्र तारिणी ने मुझे जीत लिया। हँसनेवाली सौभाग्यवती—सुशीला भाभी को भक्तिपूर्ण प्रणाम किया झुककर। भाभी ने कोई आशीर्वाद नहीं दिया—हँसती रहीं।

तो, सांदाज्यु, छोटे भाई श्री विश्वेश्वर प्रसाद कोइराला!

ठुलो दाज्यु—बड़े भाई श्री मातृका प्रसाद कोइराला, जो काठमांडू में थे और जिनकी तसवीर हर भाई-बहन के कमरे में लटक रही थी। सांदाज्यु ने गर्व और भक्ति भरे स्वर में कहा था, 'हमारे ठुलो दाज्यु! सदाकत आश्रम पटना में जब थे—उस समय की तसवीर है!'

मझले—कोशु दाज्यु। केशव प्रसाद कोइराला! कलकत्ते में पढ़ते हैं। उनकी चिट्ठी आई है—पार्सल से बागबाजार का रसगुल्ला आ रहा है।

सबसे छोटा भाई गिरजा प्रसाद कोइराला, जो मुश्किल से सात-आठ साल का था—बड़े पहाड़ी घोड़े को नचा रहा थ। इतना बड़ा घोड़ा और इतना छोटा सवार?

श्री कृष्ण प्रसाद कोइराला—सारे विराटनगर के...सारे मोरंग जिले के... समस्त नेपाल के 'पिताजी' थे।

पिताजी, कोइराला-निवास, आदर्श विद्यालय!

गोशाले से भी बदतर एक घास-फूस के घर में आदर्श विद्यालय के क्लास लगते थे। एक बार क्लास में बैठने के बाद मैंने निश्चय कर लिया—यहीं पढ़ूँगा।

पिताजी ने बाबूजी को पत्र लिख दिया : 'रेणु यहीं पढ़ेगा।'

'रेणु' नाम भी पिताजी का ही दिया हुआ है।

उन्होंने मुझसे पूछा, 'घर में किस नाम से पुकारते हैं तुम्हें?'

मैं क्या कहता! चूँकि, जिस साल मेरा जन्म हुआ, उसी वर्ष एक बड़े फौजदारी मुकदमे के सिलसिले में परिवार में पहली बार ऋण हुआ। इसलिए, दुलार से मेरी दादी और माँ 'रिनवाँ' (ऋणवाँ) कहतीं। बाबूजी 'तमसाए' हुए होते हैं, तभी इस नाम से पुकारते हैं। गाँववाले यथायोग्य—रनवाँ, रुनु, रुनुक, रीनू कहते।...यदि पहली फौजदारी होती तो मेरा नाम निश्चय ही फौजदार पड़ता!

मैंने यथासाध्य नाम को सुधारकर कहा, 'राणा कहते हैं।'

आसपास एकत्रित सभी हँसे। मेरे मित्र तारिणी ने कहा, 'यह राणाशाही नहीं चलेगी यहाँ!'

पिताजी बोले, 'लो, यह रेणु हो गया।'

बस, यही नाम रह गया। हालाँकि इस नाम और लम्बे केश के कारण बहुत बार लज्जित होना पड़ा है।

इसके बाद, कभी लगातार तीन महीने तक अपने गाँव में नहीं रहा। आज तक नहीं।

1935 से 1942 तक पिताजी के सहज स्नेह का अधिकांश मुझे मिलता रहा। आश्रमतुल्य कोइराला-निवास में मेरी सारी महत्त्वाकांक्षाओं को सहारा मिला। साहित्य, राजनीति और कला की त्रिवेणी कोइराला-निवास! जहाँ भी रहा—मन विराटनगर पर टँगा रहा। बाहर से जब लौटता—सीधे विराटनगर पहुँचता। मेरे इस व्यवहार से मेरे बाबूजी-माँ दुखित होते, कभी-कभी।

मैंने देखा है, कोइराला-निवास के एक छोटे-से कमरे में नेपाल की मुक्ति की परिकल्पना नये सिरे से की जा रही थी। शहीद शुक्रराज जोशी आदि की हत्या की गूँज—इसी कमरे से निकलकर भारतीय पत्रों में प्रकाशित हुई थी।...'जनता' में नेपाल की चिट्ठी छपाने की योजना बनाई जा रही थी।

और, श्री विश्वेश्वर प्रसाद कोइराला के कथाकार की श्रेष्ठ कहानियों की रचना भी उसी कोठरी में हुई। संसार के सभी प्रसिद्ध लेखकों के सम्बन्ध में बातें वहीं सुनीं—उनकी किताबें भी निवास-पुस्तकालय में ही पढ़ने को मिलीं। उन दिनों विजया (पाँच साल की थी, तब) हमेशा एक किताब का नाम रटती, खेलती—नो पासाराँ—नो बागाराँ!

सानो आमाँ—श्रीमती दिव्या कोइराला सबसे कहतीं, 'मेरे पाँच नहीं, छै बेटे हैं!'

...1950 की दीपावली की झिलमिलाती रात!

जय नेपाल!—मुक्ति-संग्राम के सिपाहियों ने ट्रिगर दबाया। फर्स्ट राउंड गोली—थ्री-नॉट-थ्री की सनसनाकर निकली। मैंने देखा था : नेपाल—माँ मेरी सानो आमाँ—खिलखिलाकर हँस पड़ी थीं—तिमि पनि आएको?...तो, तुम भी आए हो? तुम भी? इस फौजी वर्दी में तुम?

—सांदाज्यु को देखिएगा, मुझे क्या देखती हैं। ईस्टर्न कमांड—श्री वी. पी. कोइराला की। कलम नहीं, उनके हाथ में है एक कीमती गन—डेढ़ सौ गोलियाँ उगल सकती है :

ट्रट्ठाँय! ट्रट्ठाँय!

—बिकू? लेट जा भैया! लेट जा!

राणाशाही स्टेनगन ने जवाब दिया—ट-ट-ट-ट! ट-ट-ट-ट! ट-ट-ट-ट...!

—बिकू। तुम्हारे पास गोलियाँ हैं, गिरजा को फेंको!

बिकू को—कोइराला-निवास में ही पलनेवाला—वी. पी. के छोटे मौसेरे भाई को गोली लगी है।...मौसी की याद आती है। सानो माँ...मौसी! बिकू के पास मैं हूँ, गिरजा भी है!!

—ट्रट्ठाँय! ट्रट्ठाँय!!

जय नेपाल! जय नेपाल!

राणाशाही स्टेनगन चुप रहा।

बागमती के किनारे—एक गन्दे धर्मशाले की कालकोठरी में नेपाल के पिताजी ने बन्दी-अवस्था में दम तोड़ा था। भारत के बापू आगा खाँ के राजभवन में बन्दी थे। और नेपाल के पिताजी उसी जुर्म में—नेपाल में नजरबन्द थे। भारतीय मुक्ति-संग्राम के लिए—अपने देश में इस तरह शहीद होने का दूसरा उदाहरण मुझे आज तक नहीं मिला।...बगल में लेटकर धुआँधार फायरिंग करनेवाले उस सुकुमार के चेहरे पर पिताजी की आत्मा की झलक मिली—गिरजा के चेहरे पर। पिताजी का सबसे छोटा पुत्र, हमारा सबसे प्यारा छोटा भाई।...रेणु दाज्यु! जेल फतेह। माल-अड्डा—बाजार अड्डा, अमीनी सब फतेह!! बिकू कहता है—खून की धारा बन्द नहीं हो रही है। कोई कपड़ा है?

राणाशाही स्टेनगन फिर आग उगलने लगी!

मुक्ति-संग्राम के सिपाहियों ने जवाबी गोली नहीं दी। गुरिल्ला लड़ाई के नियम ही अलग हैं।

विराटनगर के हर घर पर क्रान्ति का झंडा लहरा रहा है।

—बड़े हाकिम उत्तमविक्रम राणा ने अपने घर को ही किला बना लिया है।

—मुक्ति-सेना ने विराटनगर के मिलों पर कब्जा कर लिया है—दो-दो जूट मिल, एक कॉटन मिल, एक दियासलाई फैक्टरी, हाइड्रो...।

—शहर खाली करवाने की योजना चालू है।

मैं सानो माँ को पत्र लिख रहा हूँ—काशी। मौसी, बिकू को हवाई जहाज से पटना भेज दिया गया है। मामली घाव है...।

इस बार विजयादशमी का विशेष प्रणाम प्रेषित करते समय—सानो आमाँ की तसवीर को गौर से देखा, मानो पूछ रही हैं—क्यों, तुमने तो कहा था, महाराजा कवि और प्रधानमंत्री कथाकार...संसार में ऐसी जोड़ी बहुत कम मिली है। ...साहित्यिकों के हाथ में एक देश की बागडोर है।...तो अपनी छोटी माँ, सानो आमाँ, नेपाल की याद अभी भी है? क्यों...?

कोई जवाब नहीं फुरा!

[*ज्योत्स्ना* : नवम्बर, 1961]

अपनी कथा

आप अपनी कथा के पात्र का नाम राम-श्याम-यदू रखिए या हेरी-डिक-टाम; बुझक्कड़ लोग उसको आपकी ही कहानी बुझेंगे। आपको ही आपकी कथा का पात्र मानेंगे। और, जिस दिन आप सचमुच में अपनी कथा, अर्थात् आत्मकथा सुनाने बैठेंगे, बुझक्कड़ों की मंडली त्राहि-त्राहि पुकार उठेगी...अहं की भी सीमा होती है।...अपने को पंडित नेहरू समझने लगा है...मानसिक चिकित्सागार में भेजो, इसको!

पता नहीं, आप वैसी स्थिति में क्या कीजिएगा? किन्तु, मैंने जब अपनी कथा शुरू कर दी है तो, अन्त तक सुनाकर ही उठूँगा। मानसिक चिकित्सागार में भेजकर मेरी कहानी को बन्द कैसे कर सकता है, कोई? मेरा अनुमान है, अपनी कथा सुनानेवाला वहाँ भी अपनी कथा सुनाता होगा। वहाँ भी सुननेवाले होंगे—रसिक-सरस-सहृदय श्रोता, पाठक!

कथा-शास्त्रियों का कथन है, सभी कथा में एक जीवन-दर्शन होना आवश्यक है। हर कथाकार का जीवन-दर्शन होना चाहिए, कोई।

अपनी कथा का जीवन-दर्शन, सोदाहरण प्रस्तुत कर रहा हूँ...।

अपनी गली की गूँगी बूढ़ी को मैंने अपनी इस कथा की पात्री के रूप में पेश किया है। तो, मैं ही यह गूँगी हूँ। उस बूढ़ी को सबसे अधिक सतानेवाला, गली का सर्वोच्च शैतान छोकरा सतना भी मैं हूँ। क्लाइमेक्स के आसपास, गूँगी बूढ़ी को चिढ़ाने-सताने में मशगूल सतना का प्यारा कुत्ता मोटर के नीचे कुचलकर मर गया जो, वह मैं ही था। वह चीख मेरे ही कंठ से निकली थी। कथा के अन्त में, सतना रोया, मैं रोया। अपने सबसे वड़े दुश्मन के प्यारे कुत्ते

की मौत पर बूढ़ी रोई, मैं ही रोया। बूढ़ी ने सतना की पीठ पर बड़े प्यार से अपनी हथेली रखी, मैंने अपनी पीठ पर अपना हाथ रखा...!

मतलब यह कि हर कथा को लेखक की आत्मकथा होना चाहिए। वरना, कथा असफल है।...मेरे सामने समस्या है, अपनी कथा से अपने को कैसे बहिष्कृत करूँ? कैसे निकाल दूँ, 'मैं' को? क्यों निकाल दूँ? असफल कथाकार कौन कहलाना चाहेगा, भला?

1943-44 : भागलपुर सेंट्रल जेल; सेग्रिगेसन वार्ड

गर्मियों की रात में, कुछ दिनों के लिए, हमें बाहर में सोने की इजाजत मिली थी। हर रोज, लॉक-अप (तालाबन्दी) के पहले ही, उच्च श्रेणी के नजरबन्दों के वार्ड के सामने बाबुओं की खाट-खटाली लग जाती। मशहरियाँ तन जातीं। (...वे नवाबी के दिन!)

रात को, भोजनोपरान्त हम बेल-तले बैठते थे। इसी बैठने-बिठाने के सिलसिले में, सप्ताह में एक दिन 'गब्बे हाउस' का कार्यक्रम भी हो जाता था। 'गब्बे हाउस' के तत्कालीन संचालक, वर्तमान काल में बिहार सरकार के मंत्रियों में से एक हैं। सदस्यों में कई, अपने संचालक की तरह स्थूलकाय होने के अलावा मोटे-तगड़े कई ग्रंथों के प्रणेता थे। उपनामधारी असाहित्यिक व्यक्तियों की संख्या अधिक थी। मेरे जैसा पिद्दी सदस्य एक और था, जो आजकल 'डिल्ली' में रहता है...।

जो भी हो, वैसी अच्छी साहित्यिक बैठकियों का आनन्द, बाहर कभी प्राप्त हुआ हो...याद नहीं! न जेल जाने के पहले, न बाद में। 'गब्बे हाउस' में लोग अपनी कथा सुनाते थे। अपनी कथा, आपबीती, आपदेखी, आपसुनी—भूत प्रेत की, आदमी की, जानवर की। संचालक जिसको हुक्म दे दें, बगैर झिझक के शुरू कर देना ही सदस्यता-रक्षा की पहली शर्त थी। नहीं तो जाइए! शतरंज खेलिए या गीत गाइए! फिर, कथा चढ़ती कसौटी पर। खरी उतरने पर कथा कहनेवाला खुद-ब-खुद माननीय सदस्यता प्राप्त कर लेता था।

...भूत की कहानी सुनानेवाले कई सदस्य बीच में 'आउट' कर दिये गए। प्रचलित, यानी ट्रेडिशनल भूतकथा की कोई कड़ी पकड़ी गई और 'आउट' घोषित हो गए। भूत का खैनी-तम्बाकू माँगना, पीछे-पीछे नाम लेकर पुकारना,

आदि बातें चालू कथा की श्रेणी में आ जाती थीं। और हमारे 'गब्बे हाउस' में चालू कथा नहीं चल सकती थी।

पहले ही कह चुका हूँ, उस 'गब्बे हाउस' का एक पिद्दी सदस्य यह अपात्र भी था। मेरी पात्रता परखने के लिए या संचालकीय विधान के अनुसार एक दिन मुझे हुक्म हुआ—आज 'हाउस' तुम्हारा 'गब्बे' सुनेगा।

हुक्म तो नहीं, लगा, पेड़ से बेल गिर! संचालक महोदय हुक्म देने के बाद घड़ी देख रहे थे!

अपात्र ने अपनी पात्रता प्रमाणित करने के लिए कथा शुरू कर दी! भूत से हाथ मिलाने की कथा!—बतौर शीर्षक के मुँह से पहले ही निकल गया। हाथी के दाँत की तरह?

सभी सदस्य उत्कर्ण हुए! भूत की कथा कहने नें मात्र एक ही व्यक्ति माननीयता प्राप्त कर सके थे, अब तक। संचालक महोदय प्रेततत्त्व के परम पंडित समझे जाते थे। बहुत सारी अँगरेजी, बंगला, संस्कृत पुस्तकों का हवाला देकर भूत-कथाओं को 'आउट' कर देते थे!

सो, इस पिद्दी की हिम्मत पर कई सदस्यों ने अचरज भी प्रकट किया। कुछ लोगों ने व्यंग्यबाण भी छोड़े—नर-भूत या मादा-भूत? मैंने सदस्यों को स्मरण करा दिया—अकारण व्यंग्य करनेवाले अथवा कथा में अन्यथा अटकाव डालनेवाला, संचालक के कथनानुसार 'हाउस' का गब्बू, 'डबल गब्बू' और 'डम्फास' कहलाता है।

अपात्र ने अपनी कथा की भूमिका में—हाउस में उपस्थित एक अर्द्धवधिर सदस्य को साक्षी-साथी के रूप में पेश किया। वे जमींदार थे, शिकार-विकार की बात उन्हीं के सिर खेल गया। उनकी मंद-मंद मुस्कुराहट से मेरी कथा को बल प्राप्त हो रहा था।...मान लीजिए, उनका नाम रायजी था।

हमारे मित्र रायजी जमींदार-सुत हैं, यह तो आप जान्ते ही हैं। इनके पूर्वजों ने बाघ-भालू का शिकार किया होगा। किन्तु, रायजी वैसे खूँखार शिकारी नहीं।

रायजी अपने मित्रों को हर वर्ष चिड़ियों के शिकार का प्रलोभन देते और बात पक्की होकर पत्र लिखने की अवधि तक मौसम समाप्त हो जाता और चिड़ियाँ उड़ जातीं—अपने देश! हर बार वे लाल-सर और मुर्गाबियों से लेकर किसी-न-किसी अजनबी तथा 'अब अलभ्य' जाति की पंछी की चर्बीदार चर्चा करते, जिसके मारने पर बन्दूक जब्त हो जाती है, पाँच सौ रुपये दंड...।

उस बार, रायजी मिले, तो चिड़ियों के साथ-साथ भूत की चर्चा में दिलचस्पी दिखलाई और कहा, 'इस बार अगहन में मेरे 'कामत' पर आओ। बस्टर्ड का गोस्त चखाऊँ और भूत से करमर्दन करवा दूँ।'

रायजी के ऐसे आमंत्रणों को हमने कभी 'सिरियसली' नहीं ग्रहण किया। उस बार भी हम भूल-भुला चुके थे। एक दिन रायजी का पत्र मिला—मित्रों को सम्मिलित आमंत्रण! अमुक तिथि को, अमुक ट्रेन से, अमुक स्टेशन पर उतरो।... निमंत्रण-पत्र में नये साल की किसी नई चिड़िया का जिक्र था। नाम याद नहीं।

हमारे यहाँ हर छोटे-बड़े जमींदारों के कामत होते। घर से दूर, दूसरे इलाके में, बकाश्त जमीनों की दखली के लिए वे कचहरी बनाते थे। हल-बैल रखते, हलवाहे-चरवाहे बहाल करते थे। घर का एक सदस्य कामत का इंचार्ज होता था। कामत पर घर की स्त्रियों को रखने का रिवाज नहीं था।

वर्षों से उड़ती हुई चिड़िया मानो खुद हमारे हाथ में आकर बैठ गई। हमने प्रोग्राम बना लिया, चिट्ठी का जवाब दे दिया।

छोटा-सा गँवई स्टेशन! जहाँ गाड़ी शायद अनिच्छापूर्वक रुक जाती है। रुकते-रुकते खुल जाती है। रायजी ने अपने पत्र में लिख दिया था, स्टेशन से गाँव ज्यादा दूर नहीं। पगडंडी पकड़कर, अगहनी धान के खेतों के मेंड़ों को पार कर मैदान में आओगे, तो गाँव के शिवाला का कलस,पेड़ की आड़ से निकलकर दिखलाई पड़ेगा।...सामान ढोने के लिए बैलगाड़ी मौजूद रहेगी, स्टेशन पर।

स्टेशन पर उतरकर हमने पूछताछ की। रायजी की गाड़ी कहीं नहीं मिली। स्टेशन के प्वाइंट्समैन को पैटमान बाबू-पैटमान बाबू कहकर प्रसन्न किया, तो वे सामान का जिम्मा लेने को तैयार हो गए—मुदा जान लीजिए, डाकगाड़ी आने के पहले ही बैलगाड़ी भेज दीजिएगा! नहीं तो, गोदाम में बन्द हो जाएगा सामान।

अगहनी धान के खेतों को पार कर हम मैदान में पहुँचे, तो डूबते हुए सूरज की अन्तिम किरण शिवाला के कलस पर चमक रही थी। धान काटकर घर लौटते हुए मजदूरों से मालूम हुआ—चनपटिया के बाबू रायजी आजकल अपने कामत पर ही हैं। धान के बोझ से लदी एक बूढ़ी ने कहा—आज सुबह को ही कामत का नौकर गुअरटोला से घी खरीदकर ले गया। नसीबन का बेटा अंडे बेच आया है।

हमने एक-दूसरे की ओर देखा। घी, अंडे? देह में गर्मी आ गई। अगहन की उस साँझ की याद मुझे हमेशा आती है। गाँव के पास, सरसों के खेत के

पार एक गाँव की एक गोरी रह-रहकर अपनी गाय को पुकार रही थी—गोली-ई-ई...गोली-इ-ई-ई! हि-बा-हि! हि-बा-हि!

उस लड़की की साड़ी, लाह की चूड़ी और माँग के सिंदूर को देखकर हमने समझ लिया, इसका हाल ही में गौना हुआ है। ससुराल से मायके आई है...। परदेसियों को देखकर ज़रा चौंकी। कमर खोंसी हुई साड़ी के छोर को ठीक करती हुई वह हमें देखती रही।

मैंने परदेसी होने का हक अदा किया। असल में, उस लड़की से बात करने की वासना पर विजय नहीं प्राप्त कर सका। पूछा—चनपटिया के बाबू का कामत किधर है, बता सकती हो...दाय?

दाय! अर्थात् छोटी बहन!...मुझे अपनी छोटी बहन की याद आई!

लड़की ने जवाब दिया—पछियारी टाल के किनारे पर, बँगला-घर है। इस रास्ते से जाइए!

वह अपनी गोली गैया को पुकारने लगी।

रायजी के कामत पर पहुँचते-पहुँचते गाँव-भर में संझाबाती हो चुकी थी। कामत के बँगला-घर में भी रोशनी हो रही थी।...वही रोशनी देख रहे हैं न, वही है कामत!

कामत! बँगला-घर!

बँगला-घर के ओसारे पर एक झबरा नेपाली कुत्ता सोया हुआ था। हमें देखकर उसने सिर उठाया, एक बार। फिर, चुपचाप लेट गया। हमने, हम सभी ने बारी-बारी से कुत्तों के विभिन्न नामों से उसको पुकारा—टामी...टाइगर...किटी...। किन्तु, उसने सिर उठाकर देखने का कष्ट नहीं किया!

किन्तु, कामत के बँगला-घर की खामोशी से हम शंकित हुए। किसी की आहट तक नहीं मिली। खाँसने की आवाज भी नहीं सुनाई पड़ी, किसी की।

एक मित्र ने आवाज लगाई, 'रायजी-ई!...' जवाब नदारद! मित्र की आवाज से कुत्ते की नींद भी न खुली। कामत-बँगले की निस्तब्धता में कोई बाधा नहीं पड़ी। बँगले के दोनों कमरों में हरिकेन-लालटेन की रोशनी हो रही थी। बगल, रसोईघर में हल्की रोशनी, टिमटिमाते हुए चिराग की ही होगी।

हम, एक क्षण किसी की, कहीं से प्रकट होने की, आशा में खड़े रहे। मित्रों में एक मित्र को हम क्रान्तिकारी मानते थे।...क्रां-दोस्त कहते हम।

(मैंने 'गब्बे हाउस' के सदस्यों को अपने उस दोस्त का नाम बताया। क्रा-दोस्त उसी जेल के 'ओल्ड सेल' में डंडा-बेड़ी की सजा भुगत रहा था।)

उसने आगे बढ़कर कहा, 'मालूम होता है, बैलगाड़ी लेकर खुद स्टेशन गया है...।'

हम लोगों ने पगडंडी पकड़कर गलती की। घरवाला नहीं है तो क्या, घर तो खुला है!

रायजी घर खुला छोड़कर स्टेशन गए हैं, यह मैं नहीं मान सका। क्रां-दोस्त के पीछे-पीछे हम बँगला-घर के ओसारे पर गए। उन्होंने कमरे में झाँककर देखा और पाँवपोश पर जूते के तल्लों को घसते हुए बोले, 'अन्दर बैठना ही अच्छा होगा।...पूरा साहबी-ठाठ है, यहाँ तो।'

एकमात्र आरामकुर्सी पर चादर ओढ़कर लेटते हुए वे एक विकट हँसी हँसे। मेरी निगाह, ओसारे पर सोए हुए रायजी के रखवारे श्वान पर थी। बीमार तो नहीं मालूम पड़ता! हम अँगनाई से ओसारे पर चढ़े, ओसारे से कमरे में गए। और, रायजी का (नमकहराम!) कुत्ता सोया रहा चुपचाप!

क्रां-दोस्त दूसरे कमरे में ताक-झाँक आए। हमारे सोने की व्यवस्था दूसरे कमरे में की गई थी। जमीन पर पुआल की गद्दी पर गद्दा और गद्दे पर बगुले के पंख की तरह सफेद चदरी।...रायजी, पूरे रायजी हैं। वाह रे रायजी!

दोस्त बगल के दूसरे कमरे में लालटेन लेकर घुसे, 'आनन्द ही आनन्द है दोस्तो!...अंडे हैं, स्टोव है, दूध है, चीनी है। भूख लगी है, सर्दी ज्यादा है। ...अरे, रायजी पूरे रायजी हैं!'

क्रां-दोस्त का प्रफुल्ल-उत्फुल्ल मुखमंडल देखने योग्य था।...भाय-रे-भाय! जुट पड़ो! टूट पड़ो!

हम सभी तुरत मूड में आ गए। बहुत दिनों के बाद मौके से हाथ लगा है। क्यों न सूद सहित वसूल कर लिया जाए?

मेरे मन में खटकनेवाली शंका (कि इस गाँव में अशोक का शासन कहाँ से आकर छा गया है?) दूर हो गई, आप-ही-आप।

स्टोव की सनसनाहट क्रमशः तेज हुई। रायजी के लौटने के पहले अंडा और चाय तैयार हो जाए तो खूब रहे। अपने ही घर में अपने को मेहमान पाएँगे।

स्टेशन पर बैलगाड़ी नहीं देखकर, लौटती हुई गाड़ी से ही लौटने का प्रथम प्रस्ताव करनेवाला मित्र अब खुशी से कोई गीत गुनगुना रहा था। हम सभी किसी-न-किसी तरह, उसकी गुनगुनाहट के ताल पर झूम रहे थे।

राय? नहीं, कोई और है।

दरवाजे पर एक सुदर्शन युवक मुस्कुराता हुआ खड़ा था। सफेद पतलून, चेक का कुर्ता, पैरों में केड्स-जूता। घुँघराले बाल। क्रां-दोस्त ने स्वागत शब्द के लिए वैसी मसालेदार भाषा का क्यों प्रयोग किया, आज तक नहीं समझ सका हूँ। उन्होंने हाथ में चाय का प्याला लेकर अजस्र अभिनय और अदा के साथ कहा, 'तसरूँ-उ-उ-फ्फ् फर्रमाइए जनाब!'

आगन्तुक युवक इस अप्रत्याशित व्यवहार से अप्रतिभ हुआ। धीमे स्वर में बोला, 'रायजी नहीं?'...

क्रां-दोस्त नाराज होकर, मेरी ओर आग्नेय आँखों से देखते रहे। किन्तु मैंने उनको बात करने का मौका नहीं दिया। नम्रतापूर्वक कहा मैंने, 'आइए।'

...हमने समझा, रायजी ही आए। हम भी उन्हीं की प्रतीक्षा कर रहे हैं।

'और रायजी आप लोगों की सुबह से ही प्रतीक्षा कर रहे हैं।' सुदर्शन युवक आकर मेरे पास बैठ गया। उसकी मुस्कुराहट खूबसूरत होती ही गई। कुछ क्षण चुप रहकर बोला। बोलते समय थोड़ा हकलाया, 'मैं रायजी का मित्र हूँ।'

'तो, लिया जाए!' क्रां-दोस्त ने अपनी गलती सुधारने के लिए चाय की प्याली युवक के सामने रखते हुए, फिर अंडा बढ़ाते हुए कहा, 'खाया जाए!'

रागी मित्र की गुनगुनाहट बीच में ही कट गई थी। युवक ने कहा, 'बहुत अच्छा गीत गा रहे थे।...मेरा दुर्भाग्य, मेरे आते ही बन्द हो गया।'

क्रां-दोस्त ने पुनः अपनी सरदारी शुरू की। बोले, 'जी हाँ। वो ज़रा फिल्मिस्तानी है।'

'ज़रा आप भी!' युवक के इस क्षिप्र और संक्षिप्त व्यंग्य पर मैं ठठाकर हँस पड़ा।

क्रां-दोस्त की समझ में बात नहीं आई। और वे अपनी हँसी को समेटकर कुछ टटोलने लगे, बोलने को। मैंने युवक से पूछा, 'आप, इसी गाँव में रहते हैं?'

'जी हाँ।'

'क्या करते हैं? पढ़ते हैं कहीं?'

'नहीं। मैं यहाँ डॉक्टरी करता था।'

तीन कप पर-हेड के हिसाब से चाय का पानी डाला गया था। रह-रहकर क्रां-दोस्त की गुड़गुड़ाहटदार चुस्की प्रतिध्वनित होती और बार-बार अजनबी युवक चौंक-चौंककर देखता। क्रां-दोस्त के चेहरे पर चाय की गर्मी चमक रही थी। पूछा, 'जनाब का नाम?'

'पी. के. बनर्जी!'

'तो, आप बोंगाली मोशाय हैं?' क्रां-दोस्त गोल-गोल बोली निकालने के लिए अपने ओठों को संकुचित कर गोल बनाये रहे! एक मिर्चखोर दोस्त ने अंडे के मिर्च को चबाकर, सिसियाते हुए चाय में चुस्की ली और 'आ...ह' कर उठा।

मैंने पूछा, 'अब क्या करते हैं?'

'कुछ नहीं।' युवक ने अपने चाय का प्याला जमीन पर रखते हुए कहा, 'क्या कर सकता हूँ?'

'डॉक्टरी क्यों छोड़ दी आपने? इलाका तो खूब अच्छा है!'

'हेमोपेथी करते होंगे।' क्रां-दोस्त अपनी मित्रमंडली की ओर आँखें मारकर हँसे। मैं चुपचाप उस युवक का सप्रतिभ चेहरा देख रहा था।

'नहीं। एलोपेथी।...छोड़ नहीं दी। कर नहीं सकता। मैं कुछ नहीं कर सकता।'

ऐसे युवक के मुँह में ऐसी उखड़ी-उखड़ी बातें नहीं शोभा दे रही थीं। क्रां-दोस्त पर मन-ही-मन क्रोधित हुआ मैं। मैंने कहा, 'बनर्जी बाबू! आप रायजी के मित्र हैं। हमें भी मित्र ही मानिए।'

'जरूर...जरूर...निश्चय...निश्चय! मैं झूठ नहीं कहता, मैं सब कुछ करना चाहता! कर कुछ नहीं सकता, किन्तु।...कभी कुछ नहीं कर सका। क्या कर सका?'

बनर्जी के दिमाग पर सन्देह करने की इच्छा नहीं हुई। हालाँकि क्रां-दोस्त अपने सिर के इर्द-गिर्द अपने बाएँ हाथ की एक उँगली चक्रवत् घुमाकर मित्रों को दिखा रहा था...ढीला है!

बनर्जी ने अपनी निगाह एक बार इधर-उधर घुमाई। फिर स्वयं ही बोलने लगा, 'मैं दस वर्ष पहले इस गाँव में आया था। इसी कामत के बगल में मेरी डिस्पेंसरी थी। मैं गरीबों से विजिट का पैसा नहीं लेता था। उस समय लोग इसी तरह अपने सिर के पास उँगली घुमा-घुमाकर मेरे सिर के पुर्जों को ढीले होने की बात करते थे। मैं कहता, मेरे सिर में पुर्जे हैं ही नहीं। ढीला क्या होगा? हा-हा-हा...!'

युवक की खुली हँसी सुनकर क्रां-दोस्त कुछ आतंकित हो गए।

बनर्जी कहने लगा, 'आठ साल तक मैंने यहाँ काम किया, कभी बीमार नहीं हुआ। उन दिनों, इस इलाके को काला-आजार का मजबूत किला कहा जाता था। नौवें साल, मैं बीमार पड़ा। साल-भर बीमार रहा...।'

मैंने बात काटते हुए कहा, 'एक साल? काला–आजार?'

बनर्जी फिर हँसा, 'नहीं। काला नहीं, गुलाबी-आजार!'

'लंग्स?'

'नहीं भाई, उसको तो सफेद-प्लेग कहते हैं डॉक्टरी-कोड-भाषा में—व्हाइट—प्लेग...गुलाबी-आजार!'

(गब्बे हाउस के अभिव्यंजनावादी सदस्य ने गब्बे हाउस की खामोशी को तोड़ते हुए बात पकड़ी—प्रेम-व्रेम तो नहीं?

मैंने कहा—जी!)

गुलाबी-आजार का मतलब सुन-समझकर क्रां-दोस्त ने ठहाका लगाया, 'वा-वा-वा-वा-क-ह! जनाब तो ज़रा-मरा नहीं; पूरे फिल्मिस्तानी हैं। हा-हा-हा!... उस...जालिया का नाम?'

बनर्जी दिल खोलकर हँसा, किन्तु, तुरन गम्भीर हो गया। मैं उसके चेहरे को गौर से देख रहा था।

(संचालक महोदय ने टोका—और, वह कुत्ता?

—वह लेटा ही रहा, पूर्ववत्!

—ओ!

गब्बे हाउस शान्त! सदस्यों के चेहरे पर बारी-बारी से नजर दौड़ाई, मैंने!)

बनर्जी ने अब और भी सहज सुर में शुरू किया, 'इस गाँव के एक प्रमुख और प्रतिष्ठित परिवार की कन्या थी वह। सो, हम साल-भर तक एक-दूसरे को देखते ही रहे। आँखों-ही-आँखों में बातें होती रहीं...। जिस दिन वह बोली...पहली बोली उसकी भूल सकता हूँ भला? बोलो नहीं, बजी—मीठे सुर में—तुम मेरे दुलहा हो न?—मैंने कहा—'हूँ। लेकिन...।—वह जिद्दी लड़की की तरह बोली—लेकिन-बेकिन कुछ नहीं। तुम मेरे 'वर' हो, दुलहा हो।... हम चोरी-चोरी मिलते।—वह हर बार एक ही बात पूछती, पूछती ही रहती लगातार—हो न? तुम मेरे वर हो, तुम दुलहा....!—साल-भर में मेरे कितने रोगी मरे, कितने बचे—मुझे याद नहीं।...एक दिन हम दोनों ने एक-दूसरे को

बेचैन होकर पूछा—कैसे क्या हो?—हमने तरह-तरह के रास्ते सोचे अन्त में, उसने हिम्मत के साथ कहा— कल! बस, कल! मैं माँ से कहूँगी, डॉक्टर मेरा 'दुलहा' है। इसके बाद जो हो, कुछ होकर रहे। मैं तुमको बुलाऊँगी। डरना नहीं, आना। कहना—हाँ, मैं दुलहा हूँ, कमली का, कमली मेरी दुलहिन है। मैं कहूँगी—हाँ!—उसकी बहादुरी-भरे प्रस्ताव से मेरा साहस बढ़ा—आऊँगा!'

'वाह दोस्त! मर्द की बात और हाथी का दाँत!'

क्रां-दोस्त की टीका-टिपकारी बुरी नहीं लगी—बनर्जी को। उसने उत्साहित होकर कहा, 'आप ठीक कहते हैं।'

मैं, बनर्जी के चेहरे पर आँखें गड़ाकर बैठा था—पर चुपचाप। उसके ओठ ज़रा कँपे। उसकी बोली ज़रा लड़खड़ाई। वह हकलाता हुआ बोला, 'दूसरे दिन, शाम को उसका नौकर दौड़ता आया—कमली दीदी को न जाने क्या हो गया है। जल्दी चलिए, तहसीलदार साहब बुला रहे हैं।—समझ गया, कमली ने बम फेंक दिया है। इसके बाद, मेरा काम है। तुरत चल पड़ा। साथ नें कुछ नहीं लिया। जानता था, दवा के बक्स की कोई जरूरत नहीं...।'

'जी हाँ! गुलाबी-आजार में बक्स और शीशी की दवा क्या काम करेगी?'

हम हँसे। किन्तु, बनर्जी अब एक पुतले की तरह, निर्विकार मुद्रा में कहता गया, 'लेकिन, वहाँ जाकर देखा, जरूरत दवा की ही थी।—रात-भर वह मेरे हाथ की दवा पीती रही, सूई लेती रही। भोर होने के पहले, वह चली गई। जाते-जाते मुझे पुकार गई।'

बनर्जी के मुखड़े पर बहुत देर के बाद एक रेखा उभरी—दर्द की! फिर बोला, 'उसके बाद रोज आने लगी!...फिर वही सवाल, प्रश्नों की झड़ी—हुए न? तुम मेरे दुलहा हुए, तो मेरे साथ चलते क्यों नहीं?—कब तक उसकी बात को टालता!...एक दिन, उसने मुझे पुकारा। मैंने जवाब दिया, साथ हो लिया। वह हँसी, खिलखिलाकर। उस दिन से हम साथ हैं...'

'साथ हैं?' प्रायः सभी के मुँह से एक ही साथ निकला।

'हाँ, साथ-साथ!...थोड़ी देर भी अलग होता हूँ तो वह घबड़ा जाती है।'

कामत-बँगले के ठीक ऊपर, आकाश में कोई जल-पक्षी पुकार उठा।

बनर्जी उठ खड़ा हुआ, अचानक, 'वही...बुला रही है!...अच्छा तो, अभी मैं चला। आपके मित्र रायजी आवें तो...।' बनर्जी ने बात अधूरी रखकर मेरी ओर हाथ बढ़ाया, 'आप चाहेंगे, तो फिर मिलूँगा। आज, बस...।'

बनर्जी की हथेली अपने हाथ में लेते ही मैं सिहर उठा—बर्फ...ज्जा!

बाहर फिर एक पंछी की किलकिलाहट सुनाई पड़ी। रायजी के कुत्ते ने इतनी देर के बाद खामोशी तोड़ी। एक बार 'हुँक' कहकर उठ बैठा। इतने लोगों के बीच खड़ा हँसता-मुस्कुराता मुझसे हाथ मिलाता हुआ वह गायब हो गया। हम सभी ने एक ही साथ कुछ पुकारने की चेष्टा की। सिर्फ क्रां-दोस्त की आवाज फूट सकी, 'ह-हो य-हो-य।'

मैं एक कट्टर आर्यसमाजी का अकाल-परिपक्व बेटा—भगवान को मनुष्य का मानव-पुत्र माननेवाला! 'जय माँ काली, जय माँ काली' जप रहा था कातर स्वर में।

बाहर, घोड़े के टापों की खटपटाहट सुनाई पड़ी। कुत्ता बँगले के ओसारे से नीचे कूद गया और उछल-कूदकर भूँकने लगा।...किसी ने मेरा नाम लेकर पुकारा। खिड़की से बाहर झाँकने की हिम्मत नहीं हुई। गीत गुनगुनानेवाले मित्र ने कहा, 'रायजी। रायजी आए।' लेकिन, यह रायजी, रायजी ही हैं, क्या सबूत?

रायजी ने सब कुछ समझ लिया पलक मारते, 'ओ! बनर्जी आया था शायद?'

हम सभी एक साथ बोले, 'हाँ।'

रायजी ने पूछा, 'हाथ भी मिलाया किसी से? किससे मिलाया?'

'मुझसे!' मैंने कहा।

रायजी ने प्रफुल्लित होकर, 'मैंने कहा था न? मेरा खयाल है, वह किसी और से हाथ मिलाता भी नहीं।—क्यों?...क्या होगा?'

रायजी स्टोव को फिर से जलाने की तैयारी में लगे। उधर स्टेशन से बैलगाड़ी भी लौट आई। खाली नहीं, पैटमान से रायजी के गाड़ीवान नागेसर राम की दोस्ती है, पुरानी।

'होगा क्या! भूत से दोस्ती हुई है। निभाइए...!'

(मेरी कहानी खत्म हुई। 'गब्बे हाउस' में सन्नाटा छाया रहा। मित्र रायजी के ओठों पर अर्द्धवधिरोचित मुस्कुराहट जस-की-तस बनी रही। संचालक ने अपने भारी-भरकम शरीर को तौलते हुए 'गब्बे हाउस' के सदस्यों से पूछा, 'वह कुत्ता अर्द्धमृतकावस्था में क्यों पड़ा रहा, समझे?' फिर, उन्होंने इसकी प्रेतवैज्ञानिक व्याख्या की।

पिद्दी सदस्य को माननीयता प्राप्त हो गई। किन्तु, उस रात बाहर सोनेवालों ने कई बार उठते-बैठते और करवट लेते हए व्यक्तियों से अकचकाकर पूछा, 'कौन? कौन?'

सुबह को रायजी ने मुझे उठाकर पूछा, 'कौन-सी कहानी थी रात जो लोग भोरे-भोर मुझे तंग कर रहे हैं कि बनर्जी से आपकी पहली भेंट कैसे हुई?... कौन है यह बनर्जी?'

'क्या कहूँ?' मैंने बीच में ही रायजी की हथेली टीप दी।

रायजी विहँस पड़े। पूरे एक सप्ताह के बाद रायजी मुखबीर हो गए, यानी मेरी कहानी को कोरी काल्पनिक प्रमाणित कर दिया। उन्होंने तो 'गब्बे हाउस' के सदस्यों से मिल-जुलकर मेरी पीठ की अच्छी मरम्मत की। मार रहे थे या ठोक रहे थे, याद नहीं; किन्तु, संचालक ने कहा, 'मैं इसको काल्पनिक कहानी नहीं मानता। हमने अपनी आँखों से देखा है। तुमने हाथ मिलाया है। रायजी के कहने से क्या होता है! कहानी घटते समय वहाँ रायजी का कुत्ता जिस अवस्था में था, कहते समय रायजी स्वयं उसी अवस्था में...तुम्हारी सदस्यता कोई नहीं छीन सकता!')

1945 से लेकर 1952 तक कल्पना-प्रसूत प्रशान्त बनर्जी की याद करता, वह हाथ बढ़ाता, मैं भी हाथ बढ़ाता। और अन्त में मैं हाथ मलकर हँसने लगता अपने आप पर!

बीमार पड़ा, अस्पताल में दाखिल हुआ। काला-आजार अथवा गुलाबी-आजार नहीं! एकदम खाँटी व्हाइट प्लेग!...मित्रों ने देखा, ऑक्सीजन सिलिंडर घसीटकर मेरे पलँग के पास लाया जा रहा है। समझ लिया, कुछ देर के बाद पलँग को घसीटकर बाहर किया जाएगा।

कहते हैं, फेफड़े का रोगी मुँह में पानी देनेवाले को भी पहचानता है। गो-दान की सारी विधियों को समझता-बूझता हुआ, धीरे-धीरे सो जाता है सदा के लिए। मेरा निजी अनुभव है।

आँखें झपकीं, समझ गया—चिरनिद्रा आ गई। बर्फ! किसी ने मेरे ओठ पर बर्फ का टुकड़ा रख दिया। डेटॉल की गंध से समझ गया, नर्स की उँगलियाँ हैं, नाक के पास। आँखें खोलने की चेष्टा की, किन्तु किसी को देखकर रुक गया। आँखें मूँदे ही रहा।

'...कौन? प्रशान्त बनर्जी?'

उसने कहा, 'हाँ, दोस्त! उस दिन हाथ मिलाकर फिर भूल हो गए? कभी तो याद किया होता!...चलो, ज़रा सरको! आज मुझे भी सोने दो अपने पास। खटमल-बटमल तो नहीं हैं, पलँग में?' वह मेरे पास आकर सो गया।

'गर्म...गर्म...आह! डॉक्टर...प्रशान्त!...बनर्जी...दोस्त...मैं इतनी गर्मी में पिघल जाऊँगा...।'

उसने करवट लेते हुए कहा, 'वाह रे मोम का पुतला! पिघल जाएगा! चुपचाप सो रहो! देखूँ, किस तरह पिघलते हो!'

सुबह आँखें खुलीं और मुझे लगा—मैं स्वस्थ हूँ। एकदम स्वस्थ।

डॉक्टर राउंड में आए और मैंने मुस्कुराकर कहा, 'मैं स्वस्थ हो गया।'

डॉक्टर भी बहुत देर तक...मेरी आँखों में आँखें डालकर—मुझे देखते रहे!...कुछ बुदबुदाए मन-ही-मन। उनकी बुदबुदाहट मेरे मन में बहुत जोरों से प्रतिध्वनित हुई—ला-इ-लाही...!

अस्पताल से भला-चंगा होकर बाहर निकला। कुछ दिनों तक अपनी बदली हुई सूरत और निखरी हुई काया को निहारता और पूछता, अपने से—मैं क्यों लौट आया? मुझे क्यों लौटाया गया? किसलिए? मैं किस काम का हूँ?—कोई जवाब नहीं!

एक रात को छटपटा रहा था कि मेरे अन्दर प्रशान्त बनर्जी ने आवाज दी, 'क्यों भाई, नींद नहीं आ रही?...मैं जानता हूँ। इस अनिद्रा से लाभ क्यों नहीं उठाते?'

'प्रशान्त, मुझे बताओ, मैं क्या करूँ?'

'मेरी सहायता लोगे? दोस्ती तोड़ोगे तो नहीं?'

'कभी नहीं।'

'उठो! तुम्हारे पास 1950 की एक मोटी, किन्तु एकदम निष्कलंक डायरी है। ले आओ। कलम पकड़ो। लिखो—प्रशान्त की कहानी, कमली की कहानी। हमें जीवन दो। हम तुम्हारे साथ रहेंगे। हम दोस्त हैं।'

और मैंने शुरू कर दी प्रशान्त की कहानी, कमली की कहानी...अन्ततोगत्वा अपनी ही कहानी।

आपने पढ़ी है?

एक स्मृति : एक पत्र

आदरणीय

विजयादशमी के दिन उनके यहाँ मध्याह्न भोजन के पहले एक जाति-विशेष के विरुद्ध आपकी 'कुपितवाणी' सुनकर आतंकित हो गया। यों; इसके पहले एक कविता में आपकी घृणा की हल्की झलक मिल चुकी थी। नहीं-नहीं, इससे भी पहले 'अग्नियुग' में, अनेक के सुर-में-सुर मिलाकर आपने भी 'दूधवस्त्र' पानेवाले श्वानों के प्रति आक्रोश प्रकट किया था। स्वीकार करता हूँ, हमें प्रेरणा मिली थी उन पंक्तियों से।

स्वतंत्रता-प्राप्ति के बाद, राम-राज्य के किसी राम के कुत्ते के प्रति लिखित आपकी 'घृणावादी' कविता पढ़कर सहानुभूति हुई थी। आँखों के सामने जो छवि उतरी थी, उसे यहाँ आँकने की चेष्टा कर रहा हूँ।...सफेद खादी की धोती और रेशमी खादी कुर्ते में एक व्यक्ति, अति विरक्त मुद्रा में, बाएँ हाथ से धोती की फुकुंदी पकड़े, दाहिने हाथ की लाठी ऊपर उठी-टिकी आकाश में, सड़क के किनारे, डस्टबिन के पास किसी राम के कुत्ते द्वारा उत्पीड़ित-आतंकित! लाठी से इसलिए नहीं मार सकते कि लाठी कीमती है और राम का कुत्ता है 'घवहा', यानी घाववाला। क्षत-विक्षत, गलित अंग-प्रत्यंग! भद्र व्यक्ति इस पर नालवाले जूते से ही प्रहार कर सकते हैं। अतः कामना करते हैं कि हे राम! या तो मेरे जूते में नाल दो, अथवा अपने कुत्ते के गले में चमोटी एक डाल दो।

आपकी उक्त घृणावादी कविता को पढ़कर भरोसा हुआ था कि चमोटी-पट्टावालों से आप नाराज नहीं हैं। चाहे, वह राम का घवहा कुत्ता ही क्यों न हो!

किन्तु, उस दिन जितना-सा और जो कुछ भी सुना, सुनकर दुखित हुआ।

इसलिए, सेवा में यह लम्बा पत्र!

...उस दिन दिवंगत सिप्पी के लिए मेरा मन और भी ज्यादा रोया। क्योंकि पिछले आठ वर्षों से, वह विजया के आनन्द-उत्सव में हमारे साथ था। यह पहली विजयादशमी थी, हम बिना सिप्पी के 'देवीदर्शन' को गए थे।...मेरा सिप्पी जब अपने अगले दोनों पाँवों को झुकाकर, लम्बे-झबरे काले बालोंवाले कानों को हिला-डुलाकर, थुथनी धरती पर रखकर देवी को साष्टांग दंडवत् करता, तब देवमन्दिर में एकत्रित...!

क्षमा कीजिएगा! कुत्ता पालनेवालों की पहली कमजोरी यह होती है कि वे हर बात में अपने कुत्ते की भी बात मिलाकर बोलते हैं। और, एक बार मौका मिल जाए, तो घंटों वे अपने कुत्ते की कहानी कहते रहेंगे...।

हर कुत्ता पालनेवालों की तरह, मुझे भी यह ज्ञान प्राप्त हो चुका है कि दुनिया दो भागों में विभक्त है। एक श्वान-प्रेमियों की, दूसरी कुकुर-विरोधियों की। मैं नहीं चाहता कि मेरी आशंका सही साबित हो और आपको विरोधी-कैंप में देखूँ। साहस करके, इतना लम्बा साहित्यिक पत्र इसलिए लिख रहा हूँ कि आप कवि हैं। कोई इतना बड़ा कवि, श्वान-विरोधी कैसे हो सकता है? नहीं तो, मुझे कुत्ते ने नहीं काटा कि एक जाने-माने श्वान-विरोधी के सामने अपने पोष्य श्वान का गुणगान करूँ।

हिन्दी के अन्य लेखक-कवियों ने भी यदा-कदा श्वान-चर्चा की है। सूर-तुलसी-कबीर से लेकर (इस छोर पर किसका नाम उचारूँ?) दासानुदास तक को उद्धृत कर सकता था। किन्तु, नहीं करूँगा। और, कुछेक का चर्चा करने का लोभ सँवरण भी नहीं करूँगा—आप पत्र पढ़ना फिलहाल स्थगित कर सकते हैं।

[अँगरेजी में, जैक लडन की किताब—White fang (व्हाइट फैंग) बहुत अच्छी किताबों में से एक है। उनकी एक कहानी 'आग' में भी एक कुत्ता है।...अँगरेजी नहीं?]

महाकवि निराला का श्वान-प्रेम किससे छिपा है। को नहिं जानत?...हिन्दी में 'अश्क' की पुरानी कहानियों में उस अन्धश्वान की कहानी सभी श्वान-प्रेमियों द्वारा याद की जाएगी—युगों तक! मेरा विश्वास दृढ़ है कि कुकुर-विरोधियों ने उसे पढ़ा भी नहीं होगा। और, पढ़े बिना ही—मेरी इस सामान्य उक्ति के लिए 'युद्धमदेहि' कहकर आस्तीन समेटेंगे।

नये कवियों में श्रीमान लक्ष्मीकांत वर्मा की एक कविता! बस, यही समझिए कि सैकड़ों राम के सैकड़ों कुत्तों से परेशान नगरी का एक जीवंत रूप आँक

दिया है—ल. का. वर्मा साहब ने।...इलाहाबाद में चातुर्मास व्यतीत करने के बाद ही उस कविता का सही मूल्य आँका जा सकता है। चार महीने में एक दिन—किसी-न-किसी दिन—प्रयाग की किसी सड़क पर एक ऐसी गाड़ी देखेंगे; नहीं-नहीं, सुनेंगे—क्योंकि उस गाड़ी के चलने की आवाज को सुनते ही सभी राम के कुत्ते भाग-भागकर अली-गली में छिपने लगते हैं। उस पिंजड़ानुमा झड़झड़ाती-हड़हड़ाती गाड़ी के पास आने पर आप देखेंगे कि उसमें एकाध दर्जन राम के कुत्ते, बगैर पट्टा-चमोटीवाले, सभी किस्म के मरियल कुत्ते, संतों की सूरत बनाकर बैठे हैं। घाव से जर्जर, क्षत-विक्षत...गाड़ी की कर्कश झड़झड़ाहट...[अब इसको सही शब्द (आवाज) चित्र के रूप में कौन पेश करे? करने पर, कुछ जन कान बन्द कर कोसने लगते हैं।] मेरा अनुमान है (हल्का, दावा भी!) कि प्रयाग को छोड़कर ऐसी अद्भुत 'कुत्ता-पकड़-गाड़ी' और किसी नगर की नगरपालिका के पास नहीं होगी। श्रीमान लक्ष्मीकांत वर्मा की उस कविता को पढ़ने के पहले मैंने वह गाड़ी देखी थी या बाद में, यह याद नहीं। किन्तु, आज भी जब-जब उस कविता को पढ़ता हूँ—कुत्तागाड़ी की झड़झड़ाहट के साथ पकड़े जानेवाले अभागे कुत्तों की चीख-कराह और पकड़नेवालों की क्रूर किलकिलाहट—सब कुछ स्पष्ट सुनता हूँ।...बहुत देर तक, सिर्फ इलायची चबाने को मन करता है।

कुट्टिचातन् ने (हाँ, हिन्दी में ही) अपनी 'सब रंग' में 'कुछ वर्गवाद' शीर्षक प्रबन्ध में सुथरी और वैज्ञानिक चर्चा की है, श्वान की। शायद, इसी कारणवश किसी आलोचक ने वैसी अच्छी किताब की कहीं भी चर्चा नहीं की—तिल-भर भी।

और दासानुदास ने अपने मीत को रूपायित करने की चेष्टा की, तो कुछ जन ने आरोप लगाया कि किताब खोलते ही, भूँकने लगता है—बाँख-बाँख! पढ़ना मुश्किल है, भौंक के मारे!

इतना कुछ कहने के बाद निवेदन कर रहा हूँ, अपने उसी मीत, दिवंगत सिप्पी की स्मृति-कथाओं में से एक छोटी कथा! सिप्पी मेरा प्यारा साथी, जिसने इस धराधाम पर किसी चूक के कारण, श्वान-कुल में जन्म पाया था (यों कहिए कि श्वान के रूप में वह आदमी था)। 'धराधाम पर जन्म पाया था'—कहना ठीक नहीं हुआ। क्योंकि, सिप्पी का जन्म वायुयान में हुआ था। कलकत्ते से काठमांडू जा रही थी सिप्पी की माँ।...एक बात। यदि कोई श्वानपालक अपने

कुत्ते के उच्च और पवित्र वंश का दावा करें, तो उस पर अविश्वास मत प्रकट कीजिए। सिप्पी के सहोदर अन्य बहन-भाई राजघराने में पले, अब भी पल रहे हैं। सिप्पी ने हमारे साथ फकीरी स्वीकार की।...अब क्या कहूँ, आपने कभी पाला ही नहीं कोई। किसी भी जाति का नहीं।

कुत्ता पालने के दूसरे ही दिन आप देखेंगे कि आपके बहुत-सारे पुराने मित्र हठात् दुश्मन हो गए हैं और अनेक नये लोगों की मित्रता आपको अनायास ही प्राप्त हो गई है। शाम की गोष्ठियों में—साहित्य और राजनीति के बादशाह-वजीरों की शह-मात पर बहस करने के बदले, आपके विषय होंगे—कुत्ते को मिठाई क्यों नहीं देनी चाहिए? केनाइन-टुथवाले प्राणी शाकाहारी हो सकते हैं या नहीं? कुत्ते पर अंतरिक्ष-यात्रा की प्रारम्भिक परीक्षा मानवीय कर्म है या दानवीय अथवा अमानवीय? आदि-आदि!

जो आपके साथ ही आपके कुत्ते को प्यार करेगा, उसे ही आप अपना सच्चा मित्र मानने लगिएगा। और, सबसे बड़ी बात तो यह कि कुत्ता पालने के बाद आपकी भी—सिक्स्थ सेंस यानी छठी ज्ञानेन्द्रिय सक्रिय हो जाएगी। जीवशास्त्रियों के कथनानुसार, कुत्ते की छठी ज्ञानेन्द्रिय बहुत सक्रिय होती है। सूँघकर आगत-अभ्यागत को समझ लेता है।...गाँव में महामारी के दिनों, रात में कुत्तों को दल बाँधकर रोते सुना है, आपने? मैंने देखा है, वे अक्सर चौराहे पर बैठकर सम्मिलित रोदन करते हैं। कहने का मतलब यह कि कुत्ता पालने के बाद आप भी सूँघकर सब कुछ समझ सकेंगे। पलक मारते ही सारी परिस्थितियों को भाँप सकते हैं। कठिन-से-कठिन घड़ी में आपकी बुद्धि आपका साथ नहीं छोड़ेगी। सदा सतर्क रहना आपका स्वभाव हो जाएगा। रात में जगने की आदत लग जाएगी, दिन की एकाध झपकियों से ही काम चल जाएगा। कभी-कभी ऐसा होता है कि श्वान-पालक के व्यक्तित्व की विशेषताओं के कारण, कोई कुत्ता अभूतपूर्व हो जाता है। आपका पोष्य श्वान ऐसा हो कि उसके बाद उस स्वभाव का कोई कहीं नहीं दिखाई पड़े। शरत्चन्द्र चट्टोपाध्याय के स्नेह में पले 'भेलू' के बारे में लोगों का यही कहना है—वैसा स्वभाववाला कुत्ता और कहीं नहीं देखा! (शरत् बाबू के भेलू की कई कहानियाँ याद आ रही हैं लेकिन लिखूँगा नहीं!) जब आप पालना चाहें, कॉकर स्पेनियल ही पालें। ये कलाकारों के लिए ही जन्म लेते हैं। और, उसका दुम जड़ से कटाना नहीं भूलेंगे। सिर्फ यही जाति है जिसकी पूँछ उसकी सारी सुन्दरता को विनष्ट करती है। फिर कुत्ते

का दुम हिलाना ही एक कुत्ते को कुत्ता बनाता है। आपका कुत्ता दुम हिलाए, यह कैसी भद्दी बात होगी, सोचिए ज़रा!

सिप्पी के रूप-रंग की सुन्दरता और स्वभाव की विशिष्टता के बारे में मैं कुछ नहीं कहूँगा। हिन्दी तथा बंगला के बहुत सारे लेखकों और कवियों का स्नेह-स्पर्श उसे प्राप्त था। प्रयाग में एक वर्ष रहा। वहाँ तीन-तीन अखिल भारतीय सम्मेलन हुए, साहित्यिकों के!...पंतजी ने बहुत मीठे शब्दों में, उसकी देह पर, हाथ फेरते हुए कहा था—मित्र हूँ, तुम्हारा! समझे, सिप्पी!...मशहूर (बदनाम!) मितभाषी अज्ञेय को, सिप्पी से घंटों बातें करते, देखा-सुना गया। बेनीपुरीजी कहीं भी मिलते तो सबसे पहले पूछते—तुम्हारा मीत कैसा है? भैरव प्रसाद गुप्तजी पर, न जाने क्यों टूटता था सिप्पी उस तरह नाराज होकर—समझ नहीं सका। डंडा हाथ में लेकर तो अन्य लेखकगण भी आते थे। और, भैरवजी हमसे मिलनेवाले हर मित्र को सावधान करना नहीं भूलते थे—उनका कुत्ता बदमाश है। ज़रा सँभल के जाइएगा!—श्वान के रूप में उस आदमी को जिसने नहीं पहचाना, वह...वह...क्या कहूँ—उसे?

...बात यह है कि तीन-चार मास पूर्व ही उसकी मृत्यु हुई है। घाव इतना ताजा है कि उसके सम्बन्ध में कुछ बोलते समय मन का बाँध टूट जाता है!... विजयादशमी के दिन मुझे सिप्पी की काशी-यात्रा की याद आती रही। सिप्पी की याद कभी अकेली नहीं आती। बचपन से अब तक के सभी पोसे-पाले पशु-पक्षियों की यादों की भीड़ लग जाती है।...कीर-कपोत-कूजन, नेवले की गुर्राहट, बिल्ली की म्याऊँ, हिरण के गले की बजती घंटी और कुत्तों की विभिन्न बोलियाँ गूँजने लगती हैं मन में! सिप्पी ने काशीधाम में गंगा-स्नान किया था। प्रयाग में त्रिवेणी-संगम पर नहाया था। निराला-दर्शन किया था। विश्वनाथ-दर्शन किया था। बराहक्षेत्र-धाम की पहाड़ी यात्रा भी उसने खुशी-खुशी तय की थी।... काशी से लौटने के बाद किसी भी पूर्णिमा को उसने मांसाहार नहीं किया।... मेरे दो पत्रकार मित्रों को उसने काटकर मेरा दुश्मन बना दिया या वे दुश्मन ही थे—इसलिए उसने काट लिया—कह नहीं सकता। सिप्पी के बनाये मित्रों में—प्रसिद्ध भरतनाट्यम नाचनेवाली...आज भी...छोड़िए...अब सिप्पी की काशी-यात्रा की कथा सुन लीजिए!

उस समय सिप्पी मात्र तीन साल का था। पूजा की छुट्टियाँ काशीधाम में काटने के पवित्र प्रस्ताव को मैं बार-बार काट देता। पत्नी ने अन्त में झुँझलाकर

पूछा, 'आखिर, इस बार काशी जाने का उत्साह तुम्हारा इतना कम कैसे हो गया? तुम! काशी नाम सुनते ही सदा उत्फुल्ल होनेवाले तुम! तुमको क्या हो गया?'

मैंने हारकर, बात साफ कर दी—उँगली से दिखलाकर कहा, 'यह तुम्हारा सिप्पी। यह भी जाएगा तो?'

'जाएगा? माने...क्या कहते हो, तुम? इसको पन्द्रह-बीस दिनों तक छोड़कर जाने की कल्पना भी तुम कर सकते हो?' पत्नी ने मुझे इस तरह देखा मानो मैं सौ हृदयहीनों का एक हृदयहीन होऊँ।

सिप्पी की काशी-यात्रा के विरुद्ध एकत्रित छोटे-मोटे कारण सिलसिलेवार सुनाता गया मैं, और तरकारी काटती हुई पत्नी मेरी हर दलील को थोथी बताकर किनारे रखती गई। मैंने कहा, 'होटलवाले उसके प्रवेश पर एतराज करेंगे।'

'नहीं जाना है किसी होटल-वोटल में।' मेरी पत्नी ने पुरानी बातों का बंडल खोला, 'उस बार सात ही दिन में कितना वसूल किया होटलवाले ने आँख में धूल झोंककर, सो याद नहीं? मैं तो इस बार कोई कमरा भाड़ा लेकर रहूँगी। जिसे होटल में रहना है, रहे।'

मैंने अपना अन्तिम एतराज सुनाया, 'फिर, काशी-जैसी पवित्र नगरी में कुत्ते को लेकर जाने में क्या तुक है? न घाट पर जा सको इसको लेकर और न किसी मन्दिर में।'

सड़े हुए बैंगन के टुकड़े को दूर फेंकते हुए पत्नी बोली, 'तो क्या हुआ? काशी में कुत्ते नहीं होते क्या?'

बात आगे नहीं बढ़ पाई, क्योंकि बातचीत के दरमियान गुमसुम बैठा हमारा प्यारा झबरा, रेशमी काले बालोंवाला मीत...सिप्पी उठकर अचानक उछल-कूद करने लगा। उसने सूँघकर समझ लिया कि उसकी यात्रा की बात भी पक्की!! नियत तिथि को हम चले। सिप्पी के टिकट में इस बार कोई दिक्कत नहीं हुई। विथ ओनर यानी अपने साथ ले चलने के लिए अलग अनुमति लेनी पड़ती है...कुछ अतिरिक्त भाड़ा देकर। किन्तु, गार्ड के साथ उस पिंजड़े में कुत्तों को ले चलनेवाले आखिर कुत्ता पालते ही क्यों हैं, समझ नहीं सका!...स्टेशन के मालबाबू श्वान-प्रेमी जीव निकले। गाड़ी आने ही वाली थी और चेन में बँधा हुआ सिप्पी मुझे राह दिखाता हुआ 'पार्सल रूम' में ले गया। पहुँचकर उसने मालबाबू के टेबिल पर अपने अगले दोनों पाँवों को रख दिया। मालबाबू ने प्यार से कुछ कहा, फिर सभी कामों को एक ओर रखकर सबसे पहले सिप्पी

का टिकट बना दिया। उन्होंने टिकट बनाते समय पूछा, 'पियोर कॉकर स्पेनियल है न?' फिर, धीरे से बोले, 'लवली।'

गाड़ी में, खिड़कियों पर दोनों पैर रखकर भागती हुई धरती को अचरज से देखता...तेज हवा को सूँघता हुआ वह बैठा रहा, फिर बर्थ के नीचे जाकर सो गया। इसके पहले की यात्रा में मुगलसराय में एक बार एक बन्दर ने हमें थोड़ा परेशान किया था, बनारसी चूड़ी और चुनार की मिट्टी के शेर बेचनेवालों ने भी कई बार ठग लिया था। इस बार सभी वेंडर हमारी खिड़की के पास आकर हाँक लगाते और सिप्पी की डाँट खाकर अकचकाकर भागते—हमारी खिड़की के पास कोई आवे तो—न आदमी, न बन्दर! काशी में गाड़ी से उतरते समय, बगल के कम्पार्टमेंट से एक कलकतिया परिवार उतरा—छोटे-बड़े सब मिलाकर बीस-बाईस तो होंगे ही। परिवार की बड़ी माँ, अधेड़ बंग भद्र महिला सिप्पी को देखकर मुँह बनाती बोली, 'ओ बाबा! कुकुर एसे छे काशी?' भद्र महिला की मंडली के सबसे नटखट बालक को तब तक सिप्पी ने एक डाँट बता दी, 'ए! कंकड़ी से मारता क्यों है?'

इस बार हमारे ताँगे की बल्लियों को पकड़कर दोनों ओर साइकिल पर चलते हुए, अपने होटलों की तारीफ करते हुए अभद्र होटल-दलालों की भी नहीं चली। सबसे पहला जो आया, वह अपने होटल का नाम भी नहीं कह सका पूरा; ताँगे की बल्ली पर हाथ रखा कि चीख पड़ा सिप्पी, 'ए! क्या अभद्रता है?' और वह साइकिल सहित लड़खड़ाकर गिरा। इसके बाद फिर पास खड़े पोथी-पतरा लेकर प्रस्तुत पंडाजी की भी हिम्मत नहीं हुई। और, और...उधर उस कलकतिया परिवार के ताँगे के पीछे? हरि बोल! पंडे, होटल-दलाल, कुली वगैरह सब मिलाकर एक छोटी-मोटी भीड़। बाल-बच्चों से खचमखच ताँगे और उसके पीछे अपनी-अपनी टेर लगाते हुए ये लोग! दशाश्वमेध पहुँचकर फुटपाथ पर हमारे ही साथ कलकतिया परिवार ने भी अपना सामान उतरवाया। सिप्पी ने भद्र महिला की परेशानी का अन्दाज लगा लिया था—एक ही मिनट में उसने सारी परोपजीवियों की टोली को दस फलाँग दूर हटा दिया। भद्र महिला ने आशीर्वाद दिया था—दोनों हाथ उठाकर, 'बेचे थाक बाबा! ए बार बुझलाम, ये तुमी केन काशी एसेछो!'

आज अनुभव करता हूँ कि उस यात्रा में सम्भवत: उसी भद्र महिला के आशीर्वाद ने सिप्पी को बचा लिया। क्योंकि, दूसरे ही दिन उसको प्राण-घातक

संकट का सामना करना पड़ा। कमरा भाड़ा लेकर हमने रात काटी और अहले सुबह आवश्यक सामान लेने निकल पड़े सिप्पी के साथ। आप तो जानते ही हैं—उस समय दशाश्वमेध घाट पर सुबह का मेला लगा रहता है। रंगीन बैलून और गुब्बारों को देखता, तरह-तरह के बाजों का सुर सुनता वह चेन में बँधा—हमें भीड़ में राह दिखाता आगे बढ़ रहा था कि, न जाने किधर से एक विकराल रूपवाला बिना चमोटी-पट्टावाला कुत्ता आया और उसने बिल्ली की तरह पीछे से टूटकर सिप्पी की गर्दन पकड़ ली। पकड़कर इस तरह झकझोरना शुरू किया कि मेरे हाथ से चेन छूटकर गिर पड़ी। मुझे तो काठ मार गया—पत्नी के हाथ में तुरत खरीदी हुई लोहे की कलछी थी—किन्तु वह भी सिर्फ चीखती रही। लपककर चेन पकड़ा किन्तु सिप्पी के गले का पट्टा कट चुका था। किसी तरह छुड़ाया तो सिप्पी की जीभ मुँह से बाहर निकलकर काली पड़ गई थी। साँस का कोई पता नहीं, प्राण का कोई चिह्न नहीं। वह दृश्य कभी नहीं भूल सकता—मेरी पत्नी उसको गोद में लेकर सड़क पर पगली की तरह दौड़ रही है, चीख रही है, 'कोई पानी दो—एक चुल्लू—अरे, मेरा सिप्पी मर रहा है!' गंगा नहाकर वापस जानेवाले पुण्यात्मा कुत्ते के लिए अपनी झारी से कैसे जल दें? पास ही एक घोड़ा-हौज दिखाई पड़ा। हम उस पर पहुँचे तो ताँगेवालों ने एक स्वर से विरोध किया, 'हें, हें, उसमें नहीं!' लेकिन मेरी पत्नी ने कुछ नहीं सुना—मुँह पर पानी के छींटे डाल-डालकर उसने सिप्पी की मूर्च्छा तोड़ी। रक्त और पानी से लथ-पथ शरीर सिप्पी का—मेरी पत्नी का वह रूप, हमें घेरकर खड़ी एक भीड़। किन्तु, भीड़ में भी वही बात; आधी दुनिया श्वान-प्रेमियों की और आधी विरोधियों की। श्वान-विरोधियों के चेहरों पर सन्तोष के भाव थे, मुँह में विष-व्यंग्य में बुझी बातें थीं, 'अजब शौक है! कुत्ते के लिए कलेजा पीटते हैं लोग—बड़ा पुण्यवान था, काशी में मर गया!'

श्वान-प्रेमियों की हमदर्दी बिना किसी मिलावट की थी। निकटतम पशु-अस्पताल की सूचना देने से लेकर घाव पर तुरत कौन-सी दवा लगाई जाए—प्रेमियों ने बता दिया। एक प्रेमी बालक दौड़कर कोई टैबलेट ले आया। हमने जिस मुहल्ले में कमरा लिया था, उसके बच्चों से सिप्पी ने एक ही घंटे में दोस्ती-दुश्मनी कायम कर ली थी—सो, जब घायल सिप्पी को गोद में लेकर हम गली में घुसे—हमारे पीछे उस मुहल्ले के बच्चों की एक पूरी मंडली थी—चुपचाप, शोकातुर, मंगलकामना में गुमसुम! उनकी फिसफिसाहट अब

भी सुनता हूँ, मानो।...'काट लिया है—हाय-हाय! बहुत घाव है, भगवान जाने! जै बाबा विश्वनाथ!'

पड़ोस की अन्धी बूढ़ी ने कहा, 'भैया, कालभैंरो को कुछ कबूल देव। सब ठीक हो जाई।' पत्नी कालभैंरो और आसभैंरो को मना आई। तीन दिनों तक सिप्पी बिछावन पर लेटा रहा। तीन दिनों तक हमारी हर खिड़कियों के पास—उदास गुमसुम सिप्पी के नये बालसखाओं का दल आता और बिना कुछ बोले वापस चला जाता।

चौथे दिन सुबह, वह चंगा हुआ। घाव सूख चले थे और उसके कंठ में उसकी बोली वापस लौट आई थी। उसकी पहली ही पुकार पर हम प्रसन्न होकर जगे—जै बाबा विश्वनाथ! सिप्पी बोलता है!

पास-पड़ोस के प्यारे बच्चे दौड़े आए—प्रसन्न! सिप्पी अच्छा हो गया? चंगा हो गया? भालो हये गेछे...?

उस यात्रा में, सिप्पी ने गंगा-स्नान किया और जहाँ से एक श्वान जितना-सा विश्वनाथजी का दर्शन प्राप्त कर सकता है, किया। दुर्गाजी को प्रणाम किया। विसर्जन के दिन, भीड़ में हमारे साथ रहा, हमें रास्ता दिखाता हुआ। इतना सतर्क कि राम या विश्वनाथ के किसी कुत्ते को देखते ही टूट पड़ता!

उस यात्रा में बनाये मित्रों की चिट्ठियाँ अब भी आती हैं—सिप्पी के नाम!

यदि आप चाहें तो आपके लिए एक 'पप्पी' की व्यवस्था की जा सकती है।...खत बन्द करने का मन नहीं करता। लेकिन सोचता हूँ, कहीं आप मेरे पोष्य की कहानी सुनते-सुनते विवश होकर कुत्ता नहीं पालने की प्रतिज्ञा न कर बैठें! अत: इत्यलम्।

आपका—
दासानुदास!

जहाँ पमन को गमन नहि

गाँव से कुछ-न-कुछ 'नया' लेकर आता हूँ—हर बार। कभी नया चूड़ा, नया चावल, नया गुड़ और कभी—नया शब्द! बिना डूबे हुए क्या ऐसी नई वस्तु—'शब्दमोती' किसी को मिल सकती है? गाँव से लौटकर आता हूँ तो शहर के मित्रों को इसी प्रश्न का उत्तर मुझे हर बार देना पड़ता है, 'क्यों भाय, कहाँ जाके डूब जाते हैं?'

समझ में बात आई...गाँव जाने का अर्थ हुआ—डूब जाना। एक मायने में यह सही भी है अर्थात् मैं गाँव जाकर डूब जाता हूँ, मतलब यह कि मुझे जब भी डूबने का मन होता है, तब मैं गाँव की दिशा में चल देता हूँ। भगवान और भगवती की सम्मिलित कृपा से मेरा गाँव आज भी घोर गाँव ही है। मेरे गाँव में पढ़ना-लिखना किसी को नहीं धारता है। और धारने-साजने की बात? किसी को पान का लतर लगाना नहीं धारता है तो किसी को नारियल रोपना और किसी को कुत्ता पोसना। उस पर भी मेरे गाँव में जो कोई भी 'दु अछर' लिख लेता है, वह गाँव छोड़कर विदा हो जाता है।

शहर में सुबह-सुबह, जब तक अखबारवाला अखबार नहीं दे जाता—दीर्घ या लघु, किसी भी शंका का निवारण सरलता से सम्भव नहीं, परन्तु गाँव पहुँचते ही अखबार का नशा अपने-आप ही टूट जाता है। हमारे गाँव के पाँच-सात सौ व्यक्ति बिना अखबार पढ़े जहाँ जीवित रहते हैं—निर्भय-नि:शंक; वहीं मैं भी जीता हूँ। नहीं कहीं लड़ाई, नहीं कहीं दंगा-फसाद, नहीं कोई बम विस्फोट की हुमकी-धमकी! अब कोलालालंपुर में कोई मात एक ही साथ पाँच बच्चों को जन्म दे अथवा कोस्तर्मरका में प्रलयंकारी भूकम्प आए—मुझे इससे क्या? उस पर, एक सप्ताह भी गाँव हो आता हूँ तो लगता है—सूखा हुआ मन पुनः पनिया

गया है, साथ ही कान, आँख और नाक—सबको 'नया' मिल गया है। और भी क्या सब मिलता है—सो सब तो विस्तारपूर्वक क्रमबद्ध तरीके से तो नहीं कह सकता—किन्तु, गाँव से कुछ-न-कुछ 'नया' लेकर आता हूँ—हर बार! किसी बार नया चूड़ा, नया चावल, नया गुड़ और कई बार—नया शब्द! बिना डूबे ऐसी नई वस्तु—'शब्दमोती' किसी को मिलती है भला?

गाँव का नया नहर कहीं टूट गया था। पूरा गाँव-घर,खेत-खलिहान जलामय! मेरे गाँव की भाषा में 'उजहिया' कहा जाता है इसे। अघोरीदास हरवाहा से पूछा, 'की हौ? कोन ठाम नहरि टूटल छैक?' अर्थात् क्या हो, किस जगह नहर टूटी है?

जवाब मिला, 'टूटल नहिं छै। कनेक सन 'बिरचि' भ गेल छैक, दस 'आरडी' लग।' अर्थात् टूटी नहीं है। कहीं 'बिरचि' हो गया है। 'दस आरडी' के पास। कौन पतिआएगा यानी विश्वास करेगा कि ऐसे घनघोर गाँव का यह अघोरीदास हरवाहा—बासी भात के साथ हरी मिर्च की तरह—एक ही साथ दो पूरे हरे अंग्रेजी शब्द कचर गया...'टूटल नहिं छैक—कनेक बिरचि'...बिरचि माने ब्रीच...।

किन्तु, ई 'आरडी' की? पूछा, 'ई दस आरडी कोन ठाम छैक हौ...?' अर्थात् यह दस आरडी किस जगह है?

बोला, 'दुगछिया लग!'

पूछा, ''आपन हर कत' बहैत छहु?' यानी अपना हल कहाँ चल रहा है?

जवाब मिला, 'मैनरक ओहि पार, साइफन सँ उत्तर—भीसीक भिठवा पर।' अर्थात् मैनर के उस पार, साइफन से उत्तर, भीसी के भिठवा पर।

इसके बाद मेरा सब साहस ही फुरा गया। समझिए—'आरडी' का अर्थ तो नहीं ही मिला। ऊपर से 'भीसीक भिठवा'। इस बार डरता-डरता अन्तिम प्रश्न, 'तो तुम लोग बैल हाँकने किधर जाओगे?'

वह बोला, 'ओही ठाम 'कलवर्ट' पर जाएब...।'

गाँव की नवनिर्मित नहर टूट गई है, नहीं-नहीं—दस आरडी के पास... कहीं ब्रीच हो गया है और चारों ओर जलामय...उजहिया! गाँव के लोग सब धाँसा-धिम्मरि, टोपीजाल, कोयना आदि मछली पकड़ने की औजार-पाती लेकर मछुबरबा बाँध के पास—धनखेतों के मेंड़-मेंड़ पर बैठकर मछली पकड़ते हुए

कोलाहल कर रहे हैं। एक महोत्सव ही समझिए—मत्स्य-क्रीड़ा का किल्लोल! छोटे-छोटे बच्चों का भी अंग-अंग फड़कता हुआ!

धाँसा-धिम्मरि में सोना-चाँदी का लावा-फरही फूट रहा हो जैसे—पोठी, चुन्नी, टेंगरा, पैना आदि छोटी मछलियाँ सब! किसी धाँसा में एक-आध अमेरिकन 'कबैय' मछली देखकर कोई बोला, 'जा-जा, ले अल्हुआ! फोचाय बाबू के पोखर सेहो 'उमटाम' भेलौ रे!'

इस गाँव में अमेरिकन 'कबैय' फोचाय बाबू ही सिर्फ अपने पोखर में पालते हैं। इसी से इसने यह अनुमान लगाया कि फोचाय बाबू का पोखर 'उमटाम' हो गया है। और उसका अनुमान सोलहो आना सच!

मछुबरबा बाँध पर मैं भी मत्स्य-क्रीड़ा में मग्न हो गया हूँ। इसी बाँध पर बैठा था, गाँव का सबसे अहद्दी छौंरा—क्या तो सुन्दर-सा नाम है उसका—अब वही बाँध का 'पेट्रोल' हो गया है। इस पेट्रोल साहब से, हरवाहा अघोरीदास से सुबह प्राप्त शब्दों की अर्थावली समझी तथा और भी कितने ही नवागत शब्दों से परिचित हुआ। 'आरडी' का अर्थ हुआ—रिडयूस्ड डिस्टैंट। 'मैनर' माने माइनर अर्थात् छोटी नहर। 'साइफन' और 'कलवर्ट' में क्या अन्तर होता है! 'भीसी' का मतलब—विलेज चैनल!

मछली पकड़नेवाले दल में एक कोलाहल हुआ—गंगाजी की मछली! देखा—ठीक तो—एक आदमी टापी से छापकर हिल्सा मछली पकड़े है! फोचाय बाबू के पोखर के अमेरिकन कबैय को पहचाननेवाला मछली-बुझक्कड़ चिन्तित स्वर में बोला, 'ओह, ससुराल के तरफ के सभी गाँव-घर गंगाजी में भसिया (डूब) गए होंगे...'

उसकी ससुराल—हमारे गाँव से तीस कोस दक्षिण सेमपुर काबर कोठी-गंगा के पास में और हमारे गाँव के मछिबरबा बाँध के पास धान के खेत में मात्र एक हिल्सा मछली पकड़ी—जिसे देखकर बूझनेवाला बूझ गया कि फलाँ इलाका का गाँव-घर गंगा की बाढ़ में जलमग्न हो गया...बुझनिहारजी को चिन्तित छोड़कर एक अन्य आदमी बोला, 'हौ, इसमें आश्चर्य करने को क्या है? ऐसा चारों ओर 'जलामय' होने से तो समुद्र की मछली भी इस बाँध के कछार पर बैठकर पकड़ सकते हो...' मछलो के सभी शिकारियों की रसना एक ही साथ सरसराकर सरस हो गई, 'एह! समुद्र की मछली? सुनते हैं कि समुद्र की मछली में नमक देने की कोई जरूरत नहीं! ठीके हौ?'

मैं मन-ही-मन सोचने लगा—हँ! चारों ओर जलमग्न—तो समुद्र की मछली क्या, और सात समुद्र पार का शब्द क्या? सब यहाँ, इस जगह—छलमल करता हुआ—छटपट करता हुआ—धाँसा, कोयना, धिम्मरि—इन्हीं में फँसना ही है।

नया माछ, नया शब्द! दोनों के सम्बन्ध में कुछ 'नई' अनुभूति हुई।

इसके बाद एक आदमी बोला, 'ऐसा बाढ़ रहा तो इस बार फिर धान का कमीशन...'

कमीशन? नहीं-नहीं—कमीशन माने इस जगह वह 'कमीशन' नहीं! कमीशन का यहाँ अर्थ हुआ—अभाव!

ऐसे ही बहुत-से विदेशी-देशी शब्द हैं, जिन्हें मेरे गाँववाले सूखी हुई मछली की सुगंठी की तरह उपयोग करते हैं। अब गाँव में किसी से अनबन, झगड़ादान, बोला-भुक्की बन्द आदि स्थानों पर एक ही शब्द से काम चलता है—'कनटेस'! आजकल फलाने से उनका कनटेस (कंटेस्ट) चलता है—फलाने बाबू उनका 'सपोट' (सपोर्ट) क्या करेंगे? जहाँ तक होगा, 'प्रोटेस' (प्रोटेस्ट) करेंगे।

मेरे गाँव के किसी-न-किसी टोले में, कालांतर में—एकाध ऐसा आदमी अवश्य ही उत्पन्न होता रहा है, जो अपने-अपने युग में नया-नया शब्द, नई-नई गारी (गाली) एवं एक-से-एक विकट कहावत गढ़कर मेरे गाँव की सरस्वती के 'मुनहर' में जमा कर जाता रहा है।

एक बार मेरे कवि मित्र—सुकंठ-कवि-गायक मित्र से एक पसनिहाँ बनिहार ने पूछ दिया, 'बाबू, अपने तो इसलोक (श्लोक)-दोहा कवित्त बनाते हैं। हमको इसका अरथ बुझा दीजिए कि जहाँ पमन को गमन नहि, रवि-ससि उगे न भान; कि जो फल बरमाह रचौ नहिं, की सो अबला माँगति दान।—ई कौन फल...?'

मेरे साहित्यिक मित्र गाँव के एक भद्र व्यक्ति के 'सार' (साले) थे; और हमारे गाँव में अभी तक ऐसे प्रिय 'कुटुम' (सम्बन्धी) को सार्वजनिक सम्पत्ति समझा जाता है। तो जब कविजी को कोई जवाब नहीं सूझा तो वह बनिहार 'कूट' (व्यंग्य) करता हुआ बोला, 'की हौ कुटुम? 'सोन-पिपही' सटक गेल...?'

सोन-पिपही का अर्थ क्या? यह देखने में कहीं 'चिड़िया-चुनमुनी' अथवा कोई बाजा कि सोन-पिपही नामक कोई वस्तु होती है या नहीं—यह किसी की समझ में नहीं आया, किन्तु 'सोन-पिपही' शब्द सुनते ही जो हँसी का एक हिलोर उठा तो उसके बाद गाँव में यह शब्द टिक ही गया—मेरे कवि मित्र

के नये कथा-संग्रह को उपयुक्त नाम मिल गया—'सोन-पिपही' उनकी प्रकाशित होकर विख्यात हुई और शब्दकोश के अन्तर्गत एक शब्द की बढ़ोतरी हो गई, जिस 'सोन-पिपही' का अर्थ हुआ—उत्तर बिहार तथा नेपाल की तराई की तरफ बजनेवाला वाद्ययंत्र!

एक बात और मेरी स्मृति में आ गई है। खेती-बाड़ी में गृहस्थ की सहायता एवं सलाह देनेवाले किसी विभाग के एक अधिकारी साहेब 'जीप' पर आ रहे थे। गाँव से पचास रस्सी दूर पर ही सड़क के किनारे एक गृहस्थ को मड़ुआ रोपते देखकर साहेब जीप रोककर पूछने लगे, 'बूढ़े, धान छोड़कर मड़ुआ क्यों रोपते हो?'

अपनी झुकी हुई कमर को सीधा करते हुए उसने जवाब दिया, 'बाबू, आपकी गाड़ी तो चार ही पहिये पर चलती है—यह पाँचवाँ पहिया पीछे की तरफ क्यों खोंस लेते हैं?—जैसे आपका पाँचवाँ पहिया, वैसे ही हम लोगों का यह मड़ुआ! धान, गेहूँ, जौ, मकई—नहीं हुआ, तो नहीं हुआ, पर यह मड़ुआ तो कभी नहीं 'नहीं होनेवाला' है।

वे साहब मेरे गाँव से एक नया शब्द ले गए और अपने गाँव में चला दिये—'स्टेपनी क्राप'! मड़ुआ, कौनी, सावाँ आदि—स्टेप्नी क्राप!

एक बार मेरे साथ चलकर डुबकी लगा आइए। मोती अथवा शंख अथवा घोंघी अथवा माछ—कुछ-न-कुछ 'नया' अवश्य ही मिल जाएगा।

मैथिली से अनुवाद : भारत यायावर
[*सारिका* : 1-15 मार्च, 1985]

आत्म-वक्तव्य

खेती में कविता का आनन्द

धान की इतनी अच्छी फसल, जितनी अच्छी इस साल है, हो तो खेती करने में कविता करने का आनन्द है। खेती और कविता में ज़रा भी फर्क न लगे। एक बार ताइचून रोपते समय वर्षा में भीगते हुए मैंने एक कविता रची। मन हुआ कि राजकमल चौधरी को भेज दूँ। लेकिन बाद में भूल-भाल गया।...मेरा तो कभी-कभी मन करता है और मुझसे बन पड़े तो लिखना-विखना छोड़कर केवल खेती ही करूँ।

...जे.पी. फारबिसगंज आए थे। सभा में मैं भी आमंत्रित था। जे.पी. ने पूछा, 'आप यहाँ कब से हैं?'

मैंने कहा, 'करीब पन्द्रह दिनों से।'

फिर उन्होंने पूछा, 'क्या हो रहा है? कुछ लेखन-कार्य?'

मैंने उत्तर दिया, 'अभी तो ताइचून लगा रहे हैं...मेरे विचार से तो अभी एक बीघा खेत में खेती कर लेना पाँच लेख और पाँच कहानियाँ लिखने से ज्यादा फायदेमन्द है।'

जे.पी. उत्तर सुनकर प्रसन्न नज़र आए।

खूब हुआ है धान। मैं तो इन खेतों में बराबर टहला करता हूँ। सुबह कुहरे में उठते हुए खेतों का सलेटी वर्ण, दोपहर धानी रंग और शाम को ढलते हुए सूरज की किरणों से निखरी हुई इन खेतों की स्वर्णाभा दर्शनीय होती है। अलग-अलग समय में खेतों का अलग-अलग रंग-वर्ण ही नहीं, अलग-अलग गंध भी सहज ग्राह्य है।...इस फसल की लहलहाहट में तो अब पात्र भी लहलहा रहे हैं। लिखने को मन कुलबुला रहा है। यहाँ से पटना लौटकर कुछ-न-कुछ लिखूँगा। फिलहाल 'कनकजीर' धान की पाँच-पाँच बालियाँ दोस्तों को भिजवा रहा हूँ। हमारा मेक्सिकन गेहूँ 'लरमा रोजो' देखने आप अवश्य आइए।

कल और आज का पूर्णिया

नहरों के बनने से पहले यहाँ पाट और कुछ मात्रा में कहीं-कहीं धान पैदा होता था। पाट का पैसा नगद मिल जाता था और इसलिए भी धान को लोग धान नहीं समझते थे। खरीद-फरोख़्त में दो पूलें पाट या चार सेर धान—यही हिसाब था। सच पूछिए तो लोग पहले खेती नहीं करते थे, नवाबी करते थे। आपने कदाचित् यह कहावत सुनी होगी :

आभरन देवे पाट, पेटभरन देवे धान,
परानपुर के बेफिकरा सोवे चादर तान।

कोसी-प्रोजेक्ट की कृपा से ऊसर ज़र्मीन में भी अब धान, गेहूँ, सरसों, चना, मटर, जौ आदि पैदा होंगे। पिछली नवाबी खतम। ज़मीनवाले मेहनत करेंगे। करना ही होगा। 'आलसीपन' का कारण यही था कि मेहनत का फल पाने की आशा पहले नहीं रहती थी। एक कारण और था, और वह यह कि मलेरिया और कालाजार के भीषण प्रकोप के चलते घर-के-घर, गाँव-के-गाँव सुनसान बने रहते। कभी-कभी परिवार के सारे सदस्य इस बीमारी की चपेट में आ जाते और कोई पानी देने के लिए भी बचा नहीं रहता था। सन् '45 से '50 तक यह रोग जोरों से फैला था। यूँ कहिए कि 'सुराज' का अगर तुरत का कुछ फल था तो मलेरिया-उन्मूलन। इस इलाके के दो प्रमुख अभिशाप थे—कोसी और कालाजार। कोसी के चलते सिमरबनी आदि की फसल चौपट और कालाजार के चलते आदमी चौपट। दोनों का सालाना नृत्य चलता ही रहता।

अब न तो बीमारी की विभीषिका रही, न कोसी की। गाँव-गाँव में बिजली और पनबिजली आ रही है। कृषकों को कृषि की सारी सुविधाएँ प्राप्त हो रही

हैं। अब खेती करने में उत्साह भी होना चाहिए। फिर अब तो साम्प्रतिक अकाल और इंटरनेशनल हंगर—अन्तर्राष्ट्रीय भूख ने अन्न का महत्त्व प्रतिपादित कर दिया है। खेती का नहीं किया जाना अब क्राइम-जैसा लगता है।

लोग कोसी-योजना को पहले सन्देह की दृष्टि से देखते थे। उन्हें प्रकृति की उच्छृंखलता के संयमन में मानव-विजय जैसी सफलता जो आप देख रहे हैं—इसकी आशा नहीं थी। अब उन्होंने प्रगति की ओर ज़माने की रफ्तार देखी है और अब मानव-शक्ति में उनकी आशा बलवती होती जा रही है। कोसी-योजना के यांत्रिक और वैज्ञानिक परिवेश के सम्पर्क में आने के कारण जन की मान्यताओं और विश्वासों में तर्कों का प्रवेश हो रहा है।

सवाल आदमी का

सवाल शहर और गाँव का नहीं, आदमी का है। 'मैला आँचल' में मैंने कहा था कि आदमी बनाना है, आदमी अभी बना कहाँ है? आजादी के बीस साल हो गए लेकिन आदमी अभी तक आदमी नहीं बना। बिगड़ा ही है और भी ज्यादा।

'परती : परिकथा' में भी मैंने इसी तरह की कुछ बातें कही थीं कि अब मनुष्य को यंत्र चला रहा है। 'टेक्नोलॉजी' के युग में हम लोग जीवन-उपभोग का मूल तकनीक ही खो बैठे हैं। हजारों-हजार जनता के बीच भी हरेक आदमी विच्छिन्न है, अकेला है। हँसी-खुशी, उत्तेजना-अवसाद, आनन्द-उल्लास—सभी यांत्रिक हैं। धरती की पपड़ी टूट गई है, मन की पपड़ी ज्यों-की-त्यों पड़ी हुई है। वीरान होती जा रही है। लगता है, मन को छूनेवाला मंत्र ही हम भूल गए हैं।

सारे देश में निराशा का वातावरण है। लेकिन इस वातावरण में रहते हुए भी मैं निराश नहीं हूँ। गाँव में अब भी सुकून है। शहर में सुकून नहीं है। गाँव में मैं एक प्रकार का आश्वासन पाता हूँ। इसीलिए तो गाँव चला आता हूँ बराबर।

...तब राजेन्द्र नगर में प्लॉटों की बिक्री हो रही थी। कुछ बन्धु वहाँ घर बनाने के लिए मुझे उकसा रहे थे। मेरे पास उन दिनों कुछ हजार रुपये भी थे। सो, जी ललच रहा था मेरा भी। मित्रों ने कागज-पत्तर ठीक कर रखा था।

उन्हीं दिनों वी.पी. ने मुझसे कहा था, 'राजेन्द्र नगर में ही क्यों घर बनाना चाहते हो? शिमला-मसूरी-सिलीगुड़ी आदि में क्यों नहीं?...जब गाँव छोड़ ही देना है, तो फिर पटने में ही घर बनाने में क्या तुक है? तुम कोई बैरिस्टर वगैरह भी तो नहीं कि तुम्हें पटने में 'ऑफिस-अटेंड' करना होगा!'

वी.पी. की बात मुझे जँच गई और मैंने वह विचार त्याग दिया। पूर्णिया जिले—अपनी 'नेटिव' जगह से मुझे खासा मोह है। यह अभी की बात नहीं

है, जब ज़मीन बंजर ही थी तभी से पूर्णिया का उच्चारण-मात्र मुझे रोमांचित करता रहा है।

...तो आपका प्रश्न? शहर का ग्रामीकरण होने से तो रहा। गाँव का शहरीकरण भी—जिस बुरे (!) 'सेंस' में आप प्रयोग कर रहे हैं, अलम् नहीं। हाँ, सरकार गाँवों को मॉडर्न घर तथा आवागमन की सविधाएँ दे। इसके अलावे स्वास्थ्य, शिक्षा, को-ऑपरेटिव बैंक आदि की सुविधाएँ गाँवों को मिलनी अनिवार्य हैं।

गाँव और शहर

अब तो कितने ही गाँवों में कतिपय नगरोचित सुविधाएँ प्राप्त हैं—मसलन, सड़कें, बिजली, सुलभ-शिक्षा, पुस्तकालय, स्पोर्ट्स आदि। यदि ऐसे गाँवों को गाँव मानें तो गाँवों को कोटियाँ निर्धारित करनी होंगी। यदि इन्हें शहर मानें तो निश्चय ही भारत में गाँवों की संख्या कुछ कम हो गई है।

शहर ने गाँवों को आकर्षित किया है। जैसे शहर के लोग बम्बई भाग जाते हैं, उसी तरह गाँव के लोग शहर की ओर। यहाँ का मजदूर-वर्ग शहर के बारे में सोचता है कि साला 'रिक्शा डिलैवरी' भी करेंगे तो तीन सौ रुपया महीना!

शहर में क्या नहीं है? पैसा का तमाशा है—'खोलो पैसा, देखो तमाशा!' गाँव में पैसा खोलकर भी क्या तमाशा देखा जा सकता है? इसीलिए तो मुर्गी गाँव में बोलती है, मगर अंडा शहर में बिकता है।

शहर में एक बात और है। वहाँ जो अच्छे कपड़े पहनता है, उससे कम अच्छे कपड़ेवाला उसे 'बाबू' कहता है। गाँव में कितना ही अच्छा कपड़ा कोई क्यों न पहन ले, 'फलनमा' ('फलाँ' का बिगड़ा हुआ रूप) ही कहलाएगा।

शहर में जात-पाँत से मुक्ति है, क्योंकि वहाँ धन की ऊँचाई जाति के बुर्ज से भी ऊँची होती है। अब गाँव में भी छुआछूत की समस्या पहले-जैसी नहीं है और पैसा ही जाति है। फिर भी छुआछूत कमोबेश विद्यमान है ही।

गाँव में युग के प्रतिकूल कुछ परम्पराएँ बुरी तरह ढोई जा रही हैं। प्राचीन प्रथाओं के अवशेष भी बचे हैं। जमींदारी प्रथा तो खतम हो गई लेकिन जमींदार तो खतम नहीं हुए। रघुवंशनारायण सिंह के 'स्टैंडर्ड ऑव लिविंग' में रत्ती-भर भी कमी हुई है? क्या उन्होंने तसर पहनना छोड़ दिया?

कुछ व्यक्ति होते हैं जो स्थिति से समझौता करके आनन्द से रहते हैं। अधिकांश गाँववाले गाँव में ही खुशी देखते हैं। किन्तु नई पीढ़ी शहर की ओर ज्यादा आकर्षित है। गाँवों में शिक्षा का प्रचार-प्रसार होने पर भी छात्र शहर की ओर भागते हैं, क्योंकि उन्हें ज्ञात होता है कि फारबिसगंज और पूर्णिया के कॉलेजों के प्राध्यापकों का 'पे' और 'रिजल्ट' कम है, मगर पटने के प्रोफेसर का 'फर्स्ट क्लास' है!

दूर का ढोल सुहावना होता है या दूसरे शब्दों में कह लीजिए—घर की मुर्गी दाल बराबर। मुझे तो गाँव में शहर याद आता है और शहर में गाँव। गाँव में आकर मैं शहर की कहानियाँ लिख लेता हूँ।

गाँव के लोग

क्या शहर, क्या देहात—हर जगह चीजें, सारी चीजें अवमूल्यित हुई हैं। देखिए, आपने जब चर्चा छेड़ ही दी तो मैं 'परती : परिकथा' की ओर आपका ध्यान ले जाना चाहूँगा। उसमें व्यक्ति के टूटते हुए सामाजिक सम्बन्धों पर विचार किया गया था। सर्वे के समय में परिवार टूटा। जैसे लड्डू से बुँदिया झरता है न, उसी तरह झर-झर झड़ते हुए लोग—समाज से और परिवार से। मैंने लिखा था : 'कोई घर साबुत नहीं—क्या गरीब, क्या अमीर! अब परिवार का एक प्राणी दूसरे को सन्देह-भरी निगाहों से देख रहा है। एक-एक आदमी अपने को किला बना रहा है। सभी कछुए हुए जा रहे हैं।'

'परती : परिकथा' में ही उदाहरणस्वरूप एक कहानी आती है—एक प्रतिष्ठित परिवार के दो भाइयों की। बड़े भाई सरबन बाबू ने सर्वे के समय सभी प्लॉट अपने लड़कों और स्त्री के नाम पर लिखवा लिया तो दूसरे ही दिन छोटे भाई लालचन बाबू ने लाठी से सिर फोड़कर सरबन बाबू यानी अपने बड़े भाई को आगे...कचहरी बढ़ा दिया। सरबन बाबू भी कुछ कम नहीं थे। उन्होंने भी भरी कचहरी में हल्फ लेकर कह दिया, 'लालचन मेरा कोई नहीं। इसके बाप का ठिकाना नहीं। मेरे बाबूजी के मरने के तीन बरस बाद...।' तो इस भयानकता से टूटा है परिवार। भाई-भाई में बनती नहीं, ठनती जरूर है; क्योंकि कहावत बन गई है : 'भाय-भैयारी भैंसी की सींघ, जखने जनमल तखने भिन्न।' मान लीजिए, किसी परिवार में चार भाई हैं। परिवार में इमली का एक ही पेड़ है। आपस में लड़-झगड़कर चारों भाई एक-एक इमली भी नहीं तोड़ पाते हैं, किन्तु दूसरे आदमी इस फूट से फायदा उठाकर इमली तोड़ ले जाते हैं।

मतलब यह कि हर सम्बन्ध में दरार है। कहीं वह स्पष्ट परिलक्षित होती है तो कहीं उसे मिट्‌टी से लेप दिया गया है। लेकिन दरार तो है। अपना परिचय देते वक्त गाँव में प्राय: ऐसे प्रश्नों का सामना करना पड़ता है—कितने भाई हैं? साथ हैं या अलग-अलग?

...अब गाँव का आदमी उतना मूर्ख या भोंदू या ये दोनों शब्द अच्छे न लगें, तो कह लीजिए, भोला नहीं रहा, जितना पहले का था, या जितना शहर में अब भी समझा जाता है। 'वोटिंग' को ही ले लीजिए। अब ग्रामीण भेड़िया-धसान होना पसन्द नहीं करते। लोगों में 'इनडिविजुअलिटी' की 'फीलिंग' पनपने लगी है। उसे समूह में किसी रास्ते पर हाँकना आसान नहीं रह गया। वह अब बगल के रास्ते से भी चलने की बात सोचने लगा है।

चौपाल, अलाव-गोष्ठी आदि से सम्बन्धित गँवई लोगों की कहानियाँ तो आदिम गाँवों की प्रतीत होती हैं। अब तो अगर कोई ग्रामीण मेले में 'लाउड स्पीकर' से किसी दंत-मंजन का भी प्रचार सुनेगा तो मन में ही रखेगा। रात को घर आकर एकांत में अपनी पत्नी से कहेगा, 'सुनती हो, एक बड़ी 'प्रायबिट' बात है। बाजार में एक बढ़िया दंत-मंजन बिक रहा है। कहो तो कल खरीद लें? और हाँ, सुनो, किसी को पता नहीं चलने पाए, नहीं तो वह भी खरीद लेगा।'

मनुष्य हर जगह संशयग्रस्त है...।

बीमारी के बारे में

'लास्ट मोमेंट' जैसी मेरी आदत है, उपन्यास लिखूँगा, मगर नामकरण नहीं किया जाएगा। मैटर प्रेस में चला जाएगा, तब कुछ नाम सोचूँगा। कहानियों के साथ भी ऐसी स्थिति है। कभी-कभी तो लिफाफा खोलकर नाम बदलता 'आदिम रात्रि की महक' के कई नाम सोचे : 'आदिम गंध', 'महक की महक'। फिर सोचा, चलो, सीधा-सा नाम रख दो, 'करम की कहानी'। लेकिन नहाते समय फिर खयाल आया, 'आदिम रात्रि की महक' और फिर लिफाफा खोलकर यही नाम दे दिया। 'नई कहानियाँ' में आई थी यह कहानी। कमलेश्वर तो काफी छूट देता है, मगर मार्कंडेय घबरा गया। 'माया' का विशेषांक निकाल रहा था। एक कहानी जल्दी-जल्दी में भेज दी थी। फिर सोचा, यह बात साफ नहीं हुई है। एक पोस्टकार्ड गिराया, 'फेयर करते समय ये पंक्तियाँ छूट गई हैं, जोड़ लो।' दूसरे दिन फिर लगा कि इतना और जुड़ना चाहिए। फिर कार्ड गिराया। तब मार्कंडेय का पत्र मिला, 'बस-बस, अब कहानी प्रेस नें दे रहा हूँ। अब नहीं।'

मैं उस समय एक बात सोचता था कि यदि मैं मरनेवाला हूँ तब तो सब कुछ बदल जाना चाहिए था। लेकिन लतिका तो अब भी पहले की तरह ही डाँटती है। शायद कहीं कुछ नहीं बदला है तब तो...फिर लगातार यह सब क्यों? जीवनी-शक्ति ही नहीं है...कि एक सज्जन जिनसे मैंने कुछ भी नहीं कहा, कहते हैं, 'जीवनी-शक्ति तो भरपूर है। आपको कुछ नहीं होगा। जल्दी अच्छे होकर प्राकृतिक चिकित्सा करवाइए।'

कुछ दिनों से काफी दुखी था। जब रोग का दोषारोपण रोगी पर किया जाता है, तब कितना दुख होता है! बड़े-बूढ़े कहते : अपनी चाल से यह हालत बना ली है। तभी बगल के बेड पर एक रोगी आया। एकदम यही

बीमारी। वह न पान खाता, न सिगरेट-दारू पीता। सुपारी तक नहीं। उसे क्यों यह बीमारी हुई?...मुझे काफी बल मिला। फिर मैंने तो ऐसा कभी नहीं पिया, कि कहीं लुढ़क गया हूँ। जहाँ तक हुआ है, दूसरों को घर तक पहुँचाया है। पीना कैसे शुरू हुआ? अरे, हर काम शौक से शुरू होता है। चार यार-दोस्त के साथ पीने लगा। मगर बाद में, राजेन्द्र नगर में बन्द होकर पीने लगा। तब तो बाबा, मामला गम्भीर!

सबसे पहले राजकमल (चौधरी) का नक्शा मेरे सामने आया। फिर वही साहित्यिक ग्रुप। अखबार में भूल से भरे वक्तव्य। सरकार ध्यान दे। चन्दा। और तब मैंने नरेंद्र (घायल) से कहा, कि मेरी बीमारी के बारे में किसी को पता नहीं चलना चाहिए। आखिर साहित्यकार के बीमार पड़ने पर इतना हंगामा क्यों होता है? मुक्तिबोध से राजकमल तक इतना शोर क्यों? और कोई बीमार पड़ता है, तब यह बात क्यों नहीं होती? यह सब बेकार है।

दरभंगा से एक छोटा-सा पत्र मिला था। लिखनेवाले ने लिखा था : 'आपसे कभी भेंट नहीं हुई। कुछ नहीं माँगा। लेकिन बस, इतना माँगता हूँ कि आप जल्द ठीक हो जाएँ।'

दूसरा पत्र था : 'जैसा कि हम जानते हैं, एक लम्बी बीमारी ने आपसे 'मैला आँचल' लिखवाया। यह कहना अच्छा तो नहीं, पर कभी-कभी श्राप भी वरदान बन जाता है। आगे बीमारी भी आपसे वैसी ही कोई चीज लिखवाएगी।'

जनरल वार्ड से कॉटेज में आ गया हूँ। लेकिन लिखने के लिए छटपटा रहा हूँ। मगर यहाँ लिखना होगा नहीं। बिना घर जाए सम्भव नहीं। घर में पेट के नीचे तकिया दबाकर लिखता हूँ। वह भी रात में। लगता है, रात मेरे लिए (ही) बनी है। बस, लिखता हूँ। जिस दिन लिखना होता है, खीर या कोई हल्की चीज खाता हूँ। करीब-करीब लिखना समाप्त कर खुद ही कॉफी बनाकर पीता हूँ। और जमकर आठ बजे तक सोता हूँ। लोग कहते हैं—अरे, अभी तक सो रहे हो? लेकिन यह सोना अच्छा लगता है, क्योंकि रात-भर काम किया है। शराब पीकर लिख नहीं सकता। जिस दिन पी लेता हूँ, जल्द सो जाता हूँ। फिर तड़के नींद टूट जाती है। लोग खुश होते हैं कि आज रेणु सुबह-सुबह बाहर घूम रहा है। अरे, घूमेगा नहीं तो क्या करेगा?

मेरे खयाल से लिखना तो खुद एक नशा है। जब लिखने का नशा चढ़ जाए, तो शराब क्यों सूझेगी?

दिन में एक चिट्ठी भी नहीं लिख सकता हूँ। रेडियो पर जब काम मिला, तो सामने टेबिल। समझ नहीं आता कि इस पर किस प्रकार लिखा जाएगा? बिस्तर पर पेट के नीचे तकिया दबाकर लिखने की आदत है। खैर, बाद में रेणु जी ब्राडकास्ट के दस मिनट पहले किसी स्टूडियो में बन्द होकर स्क्रिप्ट लिखने लगे। लेकिन खाक लिखा! फिर कहानी देखते समय...यहाँ एस्प्रो। कलम रुक जाती। नाम न कहीं जाना चाहिए। एक बार भी नाम चला गया तो विज्ञापन हो जाएगा। फिर यह अश्लील है, वह अश्लील है, और बाद में तो ऐसा हो गया कि कोई भी अपनी चीज घर में लिखने बैठता तो लगता, यह नाम... यह बात...बड़ी दिक्कत होने लगी। अन्त में तंग आकर नौकरी ही छोड़ दी।

नक्षत्र मालाकार

मुझे विश्वास था कि जब कोसी-योजना सफल होगी तो जिन्हें अभी ज़मीन नहीं मिली है, उन्हें आगे चलकर मिल जाएगी। लेकिन वैसा नहीं हुआ।...आज भी 100 पीछे 75 लोग ऐसे हैं जिनके पास कोई भूमि नहीं है...इसके लिए कुछ होगा, ऐसी मुझे सचमुच आशा थी; पर किसी ने कुछ किया नहीं। आज जो लोग कुछ कर रहे हैं, वे नक्सलपंथी नाम से जाने जाते हैं, लेकिन ज़मीन की लड़ाई वे लड़ रहे हैं।

अभी नछत्तर है, जो नक्सलवादियों का जवाब है। हमारे यहाँ लोगों को भरोसा है कि नछत्तर नक्सलवादियों को रोके हुए है। गरीब उसे अपना नेता समझते हैं। एकाध बार तो जयप्रकाश बाबू ने भी कहा था कि अगर भूमिहीनों को भूमि नहीं दी गई तो दूसरा कौन उपाय है? लोग अपनी मर्जी से नहीं देंगे तो छीनकर नछत्तर कौन-सा गलत काम कर रहा है?

किन्तु क्या हमारे राजनीतिक दल भारत की धरती से ऐसा नेतृत्व विकसित होने देंगे जो विदेशी शक्तियों से जुड़ा न हो? यहाँ भी दक्षिणपंथी कम्यूनिस्ट नछत्तर को वामपंथी कम्यूनिस्टों के खिलाफ अपनी लड़ाई में एक हथियार के रूप में इस्तेमाल कर रहे जान पड़ते हैं। जेल से आने के बाद वह सीधे मेरे पास आया था। उसने लोगों से मेरे बारे में पूछा और मिलने आ गया। लेकिन जब वह आया तो कम्यूनिस्ट (दक्षिण) पार्टी के आदमी उसके साथ थे। चुनाव के समय उसने बहुत सक्रिय होकर काम किया था और जिन लोगों के जरा भी जीतने की उम्मीद न थी, उन्हें जिताया था। इसलिए उसको साथ रखने को वे लोग उत्सुक हैं और सन्देह करते हैं कि कहीं वह उनके हाथ से निकल न जाए...उसे अपने मन से कुछ करने नहीं दिया जाता। हज़ारों बीघे का एक

इलाका था जो बरसात में पानी में डूब जाता था। उसमें खेती करने का कोई उपाय नहीं था। अभी हाल में नछत्तर ने कहा : अगर नाली यहाँ से निकाली जाए तो पानी निकल जाएगा, खेती हो सकेगी। जिनकी ज़मीन ऊँचाई पर थी, उन्होंने कहा : नछत्तर की बात नहीं मानेंगे—कांग्रेस के, सोशलिस्ट पार्टी के लोग भी हैं, उन्हीं की मानेंगे। फिर नछत्तर ने अल्टीमेटम दिया और दो हज़ार फावड़ों के साथ पहुँचा। पुलिस आई। गिरफ्तार किया। हल्ला मचा कि गैर-कानूनी बात हो रही है। जब इसकी चर्चा कम्यूनिस्ट (दक्षिण) वालों से हुई और उनसे कहा गया कि नछत्तर को इस इलाके की पूरी जानकारी है—धरती का ऊँचा-नीचा भी पता है तो वे बोले : परन्तु इसके पीछे दिमाग तो कोई और ही है (वे खुद)। लगता है कि लोग उसे श्रेय नहीं देना चाहते। कहते हैं, नछत्तर के साथ इतने लोग हैं तो इसीलिए कि वह कम्यूनिस्ट पार्टी का मेम्बर है।

1947 में पूर्णिया जिले में अकाल की स्थिति आई थी। लोगों ने सोचा कि अनाज की कमी हो गई है। लेकिन स्थिति यह थी कि बड़े-बड़े किसानों और व्यापारियों ने बखारों में अनाज दबा दिया था। नछत्तर 1936 से ही सोशलिस्ट पार्टी का कार्यकर्ता था। उसने पार्टी के लोगों से कहा कि आप लोग आइए और लोगों को अनाज दिलवाइए। हम लोग प्रस्ताव पास करते थे, लेकिन कुछ करते नहीं थे। लेकिन वह आदमी बैठा रहनेवाला नहीं था। उसने बखार खुलवाकर अनाज बँटवाना शुरू कर दिया। मालिक जब पूछते तो वह कहता था कि चचा साहब, चारों तरफ अकाल है, लोग आपके यहाँ आए थे और आपने गाली-गलौज से बातचीत की। ये मर जाएँगे तो आपका अनाज किसके काम आएगा? मालिकों और सिपाहियों को कहता था, चुपचाप बैठे रहो सामने और लोगों से कहता था कि बखार में से निकालो और खाओ। पहले तो वह कभी-कभी कागज-पत्तर भी रखता था कि किसको कितना अनाज मिलेगा।... उसके बाद वह अज्ञातवासी हो गया। उसको इन लोगों ने खदेड़ना शुरू कर दिया। कुछ दिनों तक उससे लोग बहुत डरते रहे, क्योंकि उसका सिद्धान्त था कि जो सी.आई.डी. का काम करता हो, उसे तुरन्त उसकी सजा मिलनी चाहिए। अभी भी दो-तीन दर्जन लोग बिना नाक-कानवाले हैं। उन सबको नाक-कान काटकर इसी ने सजा दी। सन् '47 के बाद भी जब नछत्तर लोगों को अनाज दिलवाने लगा तो पार्टी के लोग भी उससे डरने लगे। अन्ततः उसे पार्टी से निकाल दिया गया।

नक्षत्र मालाकार

नछत्तर जब 1936 में सोशलिस्ट पार्टी में भर्ती होने आया तो जयप्रकाश बाबू ने नाम लिखते हुए कहा : नछत्तर माली क्या, नक्षत्र मालाकार कहो न! इसके पहले 1930 में वह जेल गया था। जेल में उसने कांग्रेस के नेताओं से पूछा कि जब सुराज हो जाएगा तो क्या आप लोग अपनी ज़मीनें लोगों में बाँट देंगे? तो उन नेताओं ने कहा कि नहीं। भला ऐसे कैसे हो सकता है? सभी अँगुलियाँ बराबर थोड़े ही होती हैं। उसने कहा कि तो फिर सुराज काहे का? 1942 में उसने सबसे ज्यादा काम किया, लेकिन नाम लूटा दूसरे लोगों ने। वह ढूँढ़-ढूँढ़कर बम बनानेवालों को, राइफलें बनानेवालों को जुटाता था। जब हम लोगों ने उसे व्यक्त कर दिया तभी वह पकड़ा गया।

'मैला आँचल' का चलित्तर कर्मकार यही नक्षत्र मालाकार है।

राजनीति के बारे में

जीवन की शुरुआत राजनीति से की थी मैंने, अथवा किसी 'नीति' से, कह नहीं सकता, मगर राजनीति हमारे लिए 'दाल-भात' की तरह है। अगर आपका मतलब 'राजनीतिक पार्टी' से है तो यह सही है कि अब मैं किसी पार्टी का सदस्य नहीं रहा। कारण?...क्या बताएँ आपको! समझिए कि 'मिसफिट' होने के कारण ही ऐसा हुआ होगा...देखिए, चरखा को मैंने, केवल मैंने यह नहीं समझा कि यह गांधीजी का है, वरन् यह समझा कि घर के कुदाल, खुरपी, हँसिया, हल वगैरह की तरह चरखा भी हमारे जीने का सामान है। परिवार में राजनीतिक चेतना पहले से थी। पिताजी कांग्रेस के मेंबर थे और पढ़ने के लिए बहुत-सी पत्रिकाएँ मँगवाते थे—हिन्दी और बंगला की। बचपन में, मेरी आँखों के सामने 'चाँद' के फाँसी अंक, 'हिन्दू-पंच' के बलिदान अंक और सुन्दरलाल की पुस्तक 'भारत में अंग्रेजी राज' के लिए मेरे घर की दो बार तलाशी ली गई थी। आर.एल बर्मन, कलकत्ता द्वारा प्रकाशित 'बोलशेविक रूस' या ऐसी ही कई पुस्तकों में लेनिन की तसवीर देखकर, उनकी पार्टी की तथा उनकी कहानियाँ पढ़कर रोमांचित होता था।...शायद, इसीलिए मुझ पर तलाशी की भय जैसी प्रतिक्रिया नहीं हुई, क्योंकि अन्दर-ही-अन्दर बाबूजी को भी इस पर गर्व था। मेरा तब एक संस्कार बना। अब भी किसानों-मजदूरों की मानसिकता से जुड़ा हूँ—मैं उनके हर आन्दोलन और एक्शन में अपने को इनवॉल्व्ड पाता हूँ।...उन दिनों जब मैं पार्टी का सदस्य था, कुछ भी लिखनेवाला साहित्यिक कहलाता था—अखबारों में 'संवाद' प्रकाशित करना, आम सभा के लिए पर्चे लिखना भी रचनात्मक साहित्य-सृजन था। प्रथम आम चुनाव के पहले से ही मैं अपने को 'पार्टी' के लिए अनुपयुक्त समझने लगा गया था। यह विश्वास

जरूर बन गया था कि लिखने के क्षेत्र में ही मैं कुछ कर सकता हूँ। उन्हीं दिनों, कहीं मुझे एक 'चिरकुट' में कुछ 'सुभाषित' जैसी पंक्तियाँ पढ़ने को मिल गईं। आप विश्वास कीजिए—मैं पढ़कर आतंकित-सा हो गया। किसी कीमती अंग्रेजी पत्रिका के किसी पृष्ठ का टुकड़ा था (कागज और छपाई देखकर जैसा समझा) और उस पर लिखा था—(मेरी वह डायरी ही खो गई)—उस पर जो कुछ भी लिखा था, उसका आशय यही था—ऐसा व्यक्ति, जिसका राजनीति और साहित्य में समान रूप से प्रवेश हो और दोनों ही क्षेत्र में काम करने की क्षमता बराबर हो और अगर कभी उसे दो में से एक को चुनना हो तो साहित्य का चुनाव करनेवाला व्यक्ति बुद्धिमान है। उन दिनों मैं बंगला कहावत के अनुसार 'का के धरी, का के छाड़ी—बुझिते ना पारी' वाली स्थिति से गुजर रहा था। उस टुकड़े से मेरे रचनाकार को बहुत बड़ी शक्ति मिली। इस 'संयोगवाणी' को अपने 'जीवन देवता' की वाणी समझकर मैं राजनीतिक दल की सक्रिय सदस्यता से अलग ही हो गया। मगर, लेखन में अभी भी राजनीतिज्ञ हूँ...।

लेखक-संगठन के बारे में

'प्रगतिशील लेखक संघ' या 'नव सांस्कृतिक संघ' अथवा ऐसे ही किसी संघ की बात? तब तक अपने अनुभवों के आधार पर मैं यह समझ चुका था कि राजनीतिक पार्टियों के ऐसे तथाकथित सांस्कृतिक मोर्चे क्या हैं और विशुद्ध राजनीति करनेवाले लोगों की निगाहों में लेखक, गीतकार, चित्रकार, अभिनेता आदि क्या हैं! भोले कलाकार बेचारे राजनीतिक दाँव-पेंच क्या समझें?...पार्टी में हम लोगों की हैसियत हमेशा 'दूसरे दर्जे के नागरिकों' जैसी रही। बल्कि, इस मामले में विद्यार्थी मोर्चे पर काम करनेवालों की ज्यादा वकत थी, और आज भी है—हर पार्टी में। अत: पार्टी का सदस्य होते हुए भी मैंने 'सांस्कृतिक संघ' की घोषणाओं पर कभी यकीन नहीं किया।...इस सम्बन्ध में कई घटनाओं की याद आती है...। एक बार पटना के पिंटू होटल में एक कोने में बैठकर चाय पीते हुए एक 'राय पंथी' कलाकार से बातें करते हुए, किसी पार्टी-सदस्य द्वारा देख लिया गया था। दूसरे ही दिन पार्टी के एक वरिष्ठ 'साथी नेता' ने मुझे एकान्त में बुलाकर एम.एन. राय के विरुद्ध सप्रमाण भाषण पिलाया। दूसरी बार मुझे भागलपुर में बुखारी नामक कम्यूनिस्ट छात्र नेता के साथ घुल-मिलकर बातें करता देख लिया गया...बुखारी 'फारुख़ी ग्रुप' वाले स्टूडेंट फेडरेशन का नेता था और मैं 'शाह ग्रुप' वाले स्टूडेंट फेडरेशन का कार्यकर्ता। सन् 1940-41 की बात होगी। हम एक-दूसरे को गालियाँ देते हुए मिलते, एक-दूसरे की पार्टियों के नेताओं को गालियाँ देते। मगर, जब मिलते थे, घंटों साथ रहते। यह बात बेनीपुरीजी को मालूम हुई। उन्होंने मुझे समझाया कि कम्यूनिस्टों से मुझे क्यों नहीं बातें करनी चाहिए। तो, हर पार्टी का अपना एक 'तबेला' होता—चारों तरफ दीवारों से घेरकर अपने 'कमअक्ल' कॉमरेडों को इसलिए रखना पड़ता कि

कहीं वे 'इधर' से 'उधर' आकर्षित न हो जाएँ...और मैं अपने को 'टेस्ट ट्यूब' में डालकर खोज रहा था।

जब कोई किसी पार्टी का सदस्य हो तो उसके अनुभव और विचार भी उस पार्टी के होंगे। किसान-मजदूरों में काम करने से मुझे कम फायदे नहीं—बल्कि सच पूछिए तो राजनीति ने मुझे बहुत दिया। अपने जिले के गाँव-गाँव घूमा, लोगों से मिला, उनके सुख-दुख से परिचित हुआ, चन्दे वसूले। अपनी सक्रियता के कारण साथियों के साथ गाँवों में रात के वक्त भी डेरा डालना पड़ता... रात में दूर से कभी ढोलक-झाँझ पर नाच-गान की स्वर-लहरी मँडराती आती और मैं अपने साथियों को सोते छोड़ वहाँ चल देता। कहीं 'बिदेशिया', कहीं 'जालिमसिंह सिपहिया' और किसी गाँव में 'ननदी भउजिया' के नाच-गान। मैं नाच देखने से ज्यादा नाच देखनेवालों को देखकर अचरज से मुग्ध हो जाता। तब समझा कि हमारे लच्छेदार भाषणों से ज्यादा प्रभाव उस सांस्कृतिक चेतना का होता है, जो उन्हें मुसीबतों में भी गाते रहने के लिए मजबूर किये रहती है। जहाँ तक बोली और भाषा का प्रश्न है, इन्हीं गाँवों में घूमकर भाषा की शक्ति को समझने का मौका मिला। मैं यह मानता हूँ कि वे लोग ही—गाँवों के किसान-मजदूर ही—मुझसे लिखवाते थे, ठीक उसी प्रकार, जैसे भूख लगने पर आदमी 'एक्शन' और तनाव, दोनों महसूस करता है।

चुनाव लड़ने के बारे में

मैं 1952 तक सक्रिय राजनीति में था, यह तो आपको मालूम ही है। अपने क्षेत्र के कई किसान-आन्दोलन, काश्त-संघर्ष तथा मिल-मजदूरों की हड़ताल के नारे लगाने और भाषण देने के अलावा पार्टी-पत्रिकाओं में उन संघर्षों के अनुभवों पर रिपोर्ताज वगैरह लिखा करता था। बाद में मैंने पार्टी (सोशलिस्ट पार्टी) छोड़ दी। सक्रिय राजनीति से अलग होकर भी राजनीति से संन्यास नहीं ले सका। मेरे उपन्यास—'मैला आँचल', 'परती : परिकथा', 'दीर्घतपा', 'जुलूस', 'कितने चौराहे'—उसके प्रमाण हैं। रोजी-रोटी के लिए पिछले 15 सालों से शहर में रहने के बावजूद गाँव से मेरा सम्बन्ध विच्छिन्न नहीं हुआ है। अपने इलाके के हर सुख-दुख को पहले की तरह भोगता हूँ। अपने क्षेत्र की राजनीति का सीधा असर मुझ पर अब तक पड़ता रहा है। गाँव-समाज में संग्रामी-सुराजी किसान का बेटा पहले हूँ—लेखक बाद में। पार्टी और राजनीति से अलग हुए मुद्दत हुई। लेकिन, अपने क्षेत्र की साधारण जनता की नजर में मैं अब भी वही हूँ—जो पहले था। मेरे जन्म से पूर्व ही, तिलक स्वराज्य फंड वसूलने के दिन से ही इलाके में मेरा परिवार राष्ट्रीय परिवारों में से एक समझा जाता रहा है। यही कारण था कि मेरी राजनीतिक निष्क्रियता के बावजूद मेरे अंचल के लोग मुझे अराजनीतिक व्यक्ति नहीं समझते

इतनी-सी आवश्यक भूमिका के बाद, अब आपके प्रश्न का सीधा जवाब दे रहा हूँ। 1970 में श्री जयप्रकाश नारायण ने मुसहरी से मुझे एक पत्र लिखा था, जिसे मैं आपको सुना चुका हूँ।[1] इस पत्र को मैंने पटना में आयोजित

1. जयप्रकाश नारायण ने पत्र में लिखा था : गाँव की कठोर वास्तविकताओं को निकट से देखने का यहाँ अवसर मिला है। 23 वर्षों के स्वराज्य के बावजूद भारत माता का आँचल सचमुच कितना 'मैला' है! मैं चाहता हूँ, आप जैसे साहित्यकार इन वास्तविकताओं को आकर देखें और उनकी तसवीर साहित्य में उतारें।

युवा लेखक सम्मेलन में भी पढ़कर सुनाया था। जयप्रकाशजी के इस पत्र ने मुझे एक बार फिर झकझोरकर जगा दिया। 'मैला आँचल' के डॉक्टर प्रशान्त ने कहा था : 'कम-से-कम एक ही गाँव के कुछ प्राणियों के मुरझाए ओठों पर मुस्कुराहट ला सकूँ, उनके हृदय में आशा और विश्वास को प्रतिष्ठित कर सकूँ।' जयप्रकाशजी ने भी एक गाँव को लिया है और करीब-करीब ऐसा ही व्रत उन्होंने लिया है। जयप्रकाशजी ने मुसहरी में रहकर जो कुछ प्रत्यक्ष देखा-सुना और अनुभव किया, उन्हें मैं हमेशा अपने गाँव में देखता-सुनता और भोगता आया हूँ। फिर क्या कारण है कि 'मैला आँचल' की परम्परा समाप्त हो रही है? मैं सोच में पड़ा रहा और ऐसा लगा कि बिना 'इनवॉल्व' हुए अब काम नहीं चल सकता।

दिमाग में यह सब चल ही रहा था कि अचानक एक दिन अखबार में पढ़ा कि मेरे गाँव के हिन्दू-मुस्लिम आपस में लड़ रहे हैं और सारे इलाके में तनाव का वातावरण है। गाँव में सशस्त्र पुलिस के दल तैनात हैं। अब तक कभी ऐसी घटना नहीं घटी थी। बल्कि तीन-चार साल पहले तक होली में मेरे गाँव के फरजंद मियाँ सदलबल झाँझ बजाकर फाग गाते थे और कई साल पहले भी गाँव के बूढ़े-पुराने लोगों के अनुरोध पर मुहर्रम में कमर में घुँघरू बाँधकर बाँस की भूडनी बजा-बजाकर मैंने राष्ट्रीय मर्सिया गाया है : 'देसवा के खातिर मजहरुल हक भइलन फकीरवा हो भाय...कि दीन भइलन राजेन्दर परसाद हो भाय...हो भाय!'

बाद में मालूम हुआ कि लोग आपस में लड़ाये गए हैं। सैकड़ों की तादाद में फौजदारी कचहरियों में दफा 107 की कार्रवाई के सिलसिले में वे महीनों चक्कर में रहे। अन्त में एक पंचायत बुलाकर आपस में मेल करवाया गया, जिसमें मैं भी उपस्थित था। बातचीत के सिलसिले में जब पुराने दिनों की बातों की याद दिलाने लगा तो सभी की आँखें छलछला गईं। और इसके कई महीनों के बाद ग्राम पंचायत के चुनाव में एक मुस्लिम युवक को लोगों ने मुखिया बनाया।

पिछले ही साल सितम्बर-अक्टूबर महीने में अखबारों में एक खबर पढ़ने को मिली कि मेरे ही गाँव के दो मुसहर भूख से मर गए। समाचार में यह भी था कि सरकारी डॉक्टर ने पोस्टमार्टम रिपोर्ट में इसे भूख से हुई मौत करार दिया है तथा सरकार की ओर से इन्हें हैजा से हुई मृत्यु घोषित किया गया है।

फारबिसगंज में सुना, विधायक मित्र ने मुझे ही सम्बोधित कर कहा, 'अजी रेणु! तुम्हारे ही गाँव के दो मुसहर भूख से मरे हैं।' यह भी सुनने में आया कि क्षेत्र के विधायक सरकारी घोषणा के विरुद्ध कुछ करनेवाले हैं—वे विधान सभा में अपने दल के मुख्य सचेतक थे। सरकार भी उन्हीं के दल की थी। मैंने आशा की थी कि विधायक महोदय और कुछ न कर सकें, त्यागपत्र तो दे ही सकते हैं, किन्तु उन्होंने ऐसा कुछ भी नहीं किया। वे अचानक चुप हो गए। शायद अपनी लड़खड़ाती सरकार को बचाने की कोशिश में व्यस्त हो गए।

पिछले ही साल की बात है कि मेरे गाँव का एक नौजवान अचानक मेरे डेरे पर आया और 'सर्चलाइट' के मुखपृष्ठों की कतरनों को मेरे सामने बिखेरकर खड़ा हो गया। यह प्रतिभावान नौजवान पाठशाला से लेकर विश्वविद्यालय तक सर्वप्रथम आता रहा है। 'गोल्ड मेडल' भी प्राप्त किया है। गत दो वर्षों से इंटरव्यू देता है, कई बार चुना गया, पर नौकरी मिल जाती है किसी दूसरे या तीसरे को।

'सर्चलाइट' के सम्पादक ने कई बार नुखपृष्ठ पर उसके बारे में मोटी-मोटी सुर्खियों में लिखा, पर सब बेकार। मैंने अपने इलाके के विधायक और एम.पी. के नाम पत्र देना चाहा तो उसने तिलमिलाकर कहा : 'आप किन लोगों के पास जाने को कह रहे हैं? मैं कहाँ नहीं गया हूँ...' और आखिरी तिनका कहिए या अन्तिम चोट, जिले के संथाल हत्याकांड ने दी। मैंने उसके बारे में लिखा भी और आपने 'मैला आँचल' में संथाल हत्याकांड की कहानी पढ़ी ही होगी। इसके बाद मुझसे तटस्थ रहकर तमाशा देखा नहीं गया। फैसला कर लिया।

तो मैं चुनाव लड़ रहा हूँ—अपने क्षेत्र के साधारण जन के सुख-दुख में सक्रिय रूप से हाथ बँटाने के लिए। अपने लोगों की समस्याओं को मुक्तकंठ से प्रस्तुत करने के लिए। सिर्फ वकालत करने के लिए नहीं, अपने क्षेत्र के विषाक्त किये गए सामाजिक-सांस्कृतिक जीवन को फिर से निरामय विशुद्ध करने के लिए। और अपने क्षेत्र की नई पीढ़ी, नई पौध, नई फसल की निगरानी करने के लिए। मैं चाहता हूँ कि मेरा क्षेत्र कम-से-कम पाँच साल 'डि-पोलिटिसाइज' की प्रक्रिया से गुजरे। आपको यह बता दूँ कि कभी फारबिसगंज से ही सारे जिले की राजनीति का सूत्र संचालित होता था। जिला कांग्रेस का मुख्यालय भी वही था।

चुनाव लड़ने के बारे में

मेरे क्षेत्र के लोगों की सबसे बड़ी समस्या है, उनकी भूमिहीनता; फिर यातायात की असुविधा। पाट उपजानेवाले खेतिहर की किस्मत पाट के बाजों के हाथ में है। उत्तर की ओर भारत-नेपाल सीमा है जो नित्य नई सामाजिक विकृतियों को जन्म देती है...समाधान? समाधान तो सरकार करेगी। मैं इन समस्याओं को लेकर सरकार को कभी चैन नहीं लेने दूँगा। सभा के अन्दर और बाहरवाली; और लेखनी के सहारे जब कुछ नहीं हो सकेगा तो व्यक्तिगत सत्याग्रह और आन्दोलन।

अकेले चने से अकेले आदमी की तुलना गलत है। अकेला चना भाड़ न फोड़ सके, मगर ज़मीन में जड़ जमाकर मुट्ठी-भर चना तो पैदा कर ही सकता है। अकेला और निर्दलीय होने के कारण मेरी आवाज मंद नहीं हो जाएगी, इसका मुझे विश्वास है। मैं 'तॅबे एॅकला चलो रे!' विश्वास के साथ गाया करता हूँ।

5 फरवरी को नामांकन पत्र दाखिल करने के बाद मैंने अपने क्षेत्र के मतदाताओं के नाम अपील की कि 8 फरवरी से 11 फरवरी तक मैं अपने क्षेत्र के प्रमुख स्थानों में उपस्थित होकर आपसे आमने-सामने बातचीत करना चाहता हूँ। आपके मन में कोई शंका और सवाल हो तो उठाएँ। अगर आप यह समझते हैं कि मैं आपका प्रतिनिधित्व करने के काबिल नहीं हूँ तो आप मुझे रोकें-टोकें। भरी सभा में हो-हल्ला कर मुझे 'हूट' करें।

चारों रैलियों में हर वर्ग के लोग जमा हुए और घंटों मेरी बात चुपचाप सुनते रहे। फारबिसगंज स्टेशन के चौराहे पर हमारे गुरु स्वर्गीय रामदेनी तिवारी 'द्विजदेनी' की प्रस्तर-प्रतिमा के नीचे रिक्शा पर बैठकर मैं एक घंटा बोला कि एक वृद्ध; 75 साल के श्री रामलाल मंडलजी आ गए—'मैला आँचल' का एक जीवित पात्र, जो साबरमती आश्रम में गांधीजी को रामचरितमानस गा-गाकर सुनाते थे; माइक लेकर बहुत देर तक मेरे जन्म से लेकर अब तक की बात बोलते रहे।

दूसरे दिन जोगबनी में, सरहद के किनारे शहीद साथी कुलदीप झा की समाधि के पास जब बोल चुका तो 'नेपाली क्रान्तिकथा' और 'परती : परिकथा' के एक पात्र फेंकन चौधरीजी समर्थन में बहुत बोले और शुभकामना प्रकट की।

तीसरे दिन सिमराहा हाट में संयोगवश हम उसी जगमोहन भगत की दुकान पर दही-चूड़ा खा रहे थे, जहाँ 'मैला आँचल' के बावनदास ने दही-चूड़ा खाते समय दो जलेबियाँ भी चख ली थीं।

हम जब दही-चूड़ा खा रहे थे, उसी समय किसी ने याद दिलाया, 'आपके बावनदास ने भी यहीं दही-चूड़ा...' इसे क्या कहेंगे—सिर्फ संयोग!

कहानी की रचना-प्रक्रिया

साधारण तो समस्याएँ (जो) होती हैं और उनमें खुद अपने को खोजना होता है—वे समस्याएँ, जो हमको किसी-न-किसी ढंग से प्रभावित करती हैं। तो यों कहानी में मेरा ही तो बहुत-सा रूप हो जाता है। और, इसलिए कभी-कभी तो ऐसा होता है कि बात किसी पात्र पर चली आती है, और कभी-कभी घटनाओं पर चली आती है। कभी यह भी पूरा नहीं होता है, और दोनों के बीच झगड़ा ही चलता रहता है। जैसे 'तीसरी कसम' की बात को लें।

'तीसरी कसम' के बारे में जब मैं सोचता हूँ कि यह कैसे—क्योंकि 'तीसरी कसम' लिख करके भी, कहानी लिख करके भी, मैं पूरा सन्तुष्ट नहीं हुआ। और फिर दूसरी बातें तो खैर जाने दीजिए, लेकिन जब उस कहानी को लिख करके भी मेरे मन में यह बात बनी रही कि नहीं, हीरा को और भी कुछ कहना चाहिए, तो हीरा का रूप और भी सामने आना चाहिए था। हीरामन को और भी कुछ होना चाहिए था।...या फिर, फिर उस तरह की स्टोरी ही नहीं होनी चाहिए थी, जैसी है। कुछ और बननी चाहिए थी।

तो इसका मतलब यही कि मैं जो कहना चाहता था, कह नहीं पाया हूँ। इसका मतलब यह होता है कि मैंने सचमुच में कोई ऐसी नायिका देखी हो, जिसकी बुलंदी, जिसकी ऊँचाई तक मैं नहीं पहुँच पाया हूँ। बल्कि लोगों को अचरज लगेगा कि इसे इतना महान् बना दिया है, इस डर से भी मैंने उसको कुछ कम कर दिया था।

तो कभी-कभी ऐसा भी होता है...।

राजनेता

राजनीति में राजनेता को लोग यहाँ बड़ी इज्जत से देखते थे, देवताओं की तरह से समझते थे। कभी एक ज़माना था—ब्रिटिश अमल में—जब खद्दरधारी जिस गाँव में जाता था, वहाँ लोग उसकी क्या सेवा करते थे कि 'आ-हा-हा, बेचारा तो जेल चला जाएगा, तो फिर क्या खाने पाएगा?'—तो घर में जो अच्छी-से-अच्छी चीज हो, वही उसको खिलाते थे। एक समय में वह था। फिर इन लोगों का 'इमेज' धीरे-धीरे, धीरे-धीरे—जब खद्दरधारी राजकाज में आया, तब फिर बदल गया।

बात यह है कि जनता को—या कोई भी हो, उसको—ज्यादा दिन तक तो अनजान नहीं रखा जा सकता। यह दोहरा चरित्र, तिहरा चरित्र, यह सब बारीकी जनता नहीं समझती; जनता एक बात समझती है—ठीक है तो ठीक; काला है तो काला है; सादा है तो फिर बीच में उसको कैसे रंग मिलाया जा सकता है? तो जनता यह सब नहीं समझती थी और उसको यह भरोसा था कि चाहे वह कांग्रेसी हों, चाहे कम्यूनिस्ट हों, चाहे सोशलिस्ट हों, जो भी हों, राजकर्मी हम सबसे बहुत ऊँचे हैं, हमारी सेवा करनेवाले हैं, हमारा दुख-दर्द सचमुच देखनेवाले हैं। इसलिए हम चोर हो सकते हैं, बदमाश हो सकते हैं, लेकिन इन लोगों को नहीं होना चाहिए; हम झूठे हो सकते हैं लेकिन ये तो ऊपर के आदमी हैं, साधु-सन्त जैसे होते हैं, जो शिक्षा देते थे, दूसरों की सेवा करते थे—ये तो वैसे होंगे...तो यही उम्मीद थी जनता को।

लेकिन जब उन लोगों ने देखा कि बात किताब की किताब में है, इनका भाषण जो है सो भाषण ही है; लेकिन ये जो करते हैं सो कुछ और ढंग से—जब देखा कि बाहर तो कुछ है और अन्दर-अन्दर यह है, तो मोह टूट गया।

इन लोगों का आपस का स्वार्थ का सम्बन्ध जब बढ़ा, सभी पार्टियों में, तो इनके जो नीति-नियम थे, जो ये लोग पालन करते थे—चोरों के भी होते हैं कुछ नियम, और खास करके जो अँधेरे में कारोबार करते हैं, उनके बहुत अच्छे नियम होते हैं। तो इनके आपस के कुछ नियम थे बने हुए, जैसे लेन-देन का; ठीक है, भूमिहार ब्राह्मण यदि दस ज्यादा आ गए हैं तो हम सभापति होंगे। तो राजपूत हैं सो उनके उप-सभापति होंगे। तो यह आपस का लेन-देन, हर जगह यही, हर पार्टी में यही होता था। स्वार्थ की बात हर जगह। कौन पावर में आता है, कौन लोगों का संचालन करता है, किसके हाथ में कब क्या होता है—यह जब हुआ, और जब-जब यह जिस-जिस पार्टी में हुआ, तब-तब जनता को मोहभंग समझिए कि जरूरी था—दल-बदल से इस पार्टी में से उस पार्टी में, पार्टियों का टूटना, पार्टियों का तिन-तिन होना—यह सब।

जब पहली ही दरार पड़ी थी—कांग्रेस में नहीं, जब यह पार्टियों में पड़ी थी—सोशलिस्ट और कम्यूनिस्टों में, अन्तर्राष्ट्रीय स्तर पर, वहीं जब हमारे यहाँ हमने देखा—जब वहाँ सब हुआ था, तब खयाल हुआ ही था कि यहाँ भी होगा ही यह सब। लेकिन जब यहाँ वही सब हुआ तो, कम्यूनिस्ट पार्टी की तो बात ही जाने दीजिए, वह तो इंटरनेशनल पार्टी थी—अपने देश के सोशलिस्ट थे—इनकी तो उस पार्टी में मैं भी कभी था!—तो यहाँ भी ऊपर से ऐलान हुए जगह-जगह, पार्टी टुकड़ों में बँटी हुई थी। फिर जात और फिर प्रभाव—यह सब काम कर रहा था—यही सब देखकर तो हम लोग निकल आए थे।

लेकिन ये तो खुलकर खेल रहे हैं। लोहिया साहब ने खेला; अच्छा, फिर लोहिया ने जब खेला तो फिर धीरे-धीरे देखते हैं कि हर पार्टी में होने लगा। यहाँ तक कि लोकल पार्टियाँ जो थीं—यहाँ एक जमींदार ने, जिसका कि थोड़ा-सा 'परती : परिकथा' में जिक्र है—कामाख्यानारायण सिंह का नाम मैंने कामरूप नारायण सिंह कर दिया—कामरूप कमाख्या एक जगह का नाम है, असम में है—देवी है, जिसकी लोग पूजा करते हैं, कामरूप-कामाख्या भी कहते हैं। तो असल नाम था उनका कामाख्यानारायण। तो मैंने उसे कामरूप नारायण कर दिया उपन्यास में। देखिए, एक तो बहुत बड़े ज़मींदार राजा थे; जो असल में उनके यहाँ एक मिनिस्टर थे—तात्कालिक मिनिस्टर, कृष्णवल्लभ सहाय, जो चीफ़ मिनिस्टर भी रहे—तो कहा जाता है कि उनके बाप उनके यहाँ नौकर थे—राजा के यहाँ नौकर थे। बेटा फिर लीडर हो गया। लीडर हो गया तो

'तुम्हारा बाप मेरे यहाँ नौकर था तो मेरा भी तो कुछ करो।' लेकिन उन्होंने सोचा कि यदि मैं इसका कुछ करूँगा तो जनता में बदनाम हो जाऊँगा। इसी वजह से उनमें आपस में लड़ाई है।

तो जब लड़ाई हुई तो उसने तय कर लिया कि मैं मुकाबला करूँगा कांग्रेस का, और वह सिर्फ उस एक आदमी के लिए। हालाँकि वह रामगढ़ कांग्रेस जब हुई थी, सन् उनतालीस में, तब वह राजा थे। उसको उम्मीद थी कि कांग्रेस में उसके लिए जगह बन जाएगी—आखिर उसके नौकर का लड़का वहाँ था। वह सब जब नहीं हुआ तो फिर उसने कहा कि 'मैं तुझे एक सबक सिखाऊँगा, तू याद रखेगा।' तब तक ज़मींदारी खत्म होने की बात आई; और यह कृष्णवल्लभ सहाय उस समय रेवेन्यू मिनिस्टर थे। तो राजा ने सोचा कि यह तो ज़मींदारी-प्रथा खत्म करना चाहता है, हम ही पर इसकी ज्यादा निगाह है। तो उसने ज़मींदारी प्रथा खत्म होने के पहले ही, जंगल विभाग को जो उसका अपना था, उसको बिलकुल फ्री कर दिया। वह जानता था कि इसमें मेरा तो कुछ लेना-देना है नहीं, जो होगा, सरकार भुगतेगी। उसी का नुकसान होगा सबसे ज्यादा। यों उसने तरह-तरह के तरीके चलाए। लेकिन जिस दिन जमींदारी-प्रथा खत्म हुई, उस दिन उसने अपने सारे नौकर-चाकर—और बहुत थे नौकर, जनरल मैनेजर और सर्कल मैनेजर से लेकर, फिर वराहीन, सिपाही तक, सब—तो उसने सबको बुलाया। वे सब सलाम करने आए तो उसने कहा कि 'नहीं, तुम्हें छुट्टी नहीं दी जा रही, तुम लोग सब अपनी जगह पर रहो; तुम्हारे पैसे भी जितने मिलते थे, उससे पाँच-पाँच रुपये ज्यादा ही मिलेंगे; सिर्फ यह है कि तुम सब खद्दर पहनना शुरू कर दो और टोपी लगाना शुरू कर दो।'

और उसने, राजा ने, एक जनता पार्टी चला दी और जनता पार्टी ऐसी चलाई कि स्वतंत्र पार्टी को झख मार करके उससे समझौता करना पड़ा—चुनाव के लिए मिन्नत करनी पड़ी! और अन्त में तो कांग्रेस पार्टीवाले, सोशलिस्ट पार्टीवाले, कम्यूनिस्ट पार्टीवाले सब उस राजा से गले मिले।

मैं तमाशा देखने गया था असेंबली में—किस तरह से इस राजा को मिनिस्ट्री में लेकर दाहिनी तरफ कांग्रेस के चन्द्रशेखर और बाईं तरफ कॉमरेड, सोशलिस्ट पार्टी के ठाकुर, सब किस तरह बैठते हैं, यही देखने के लिए! मैं कई दिन गया देखने ये विकृतियाँ!

राजनेता

वे लोग सब समझते हैं कि यह सब असेम्बली हॉल में और उनके यहीं तक रहता है; जनता में नहीं जाता है। ये लोग ऐसा समझते हैं। और उनको अचरज होता है कि ये लोग क्यों गाँव के गाँव लूट रहे हैं, कैसे फसल काटकर ले जाते हैं। बयान देते हैं कि यह सब क्यों हो रहा है। ये लोग यह नहीं समझते हैं कि यह सब उन्हीं की वजह से हो रहा है! ये नहीं जानते और न ही कबूल करेंगे ये।

अपनी भाषा-प्रयोग के बारे में

देखिए, यों जब साधारण जनता की बात कहनी हो, जब वे लोग बोलते हैं, तब जाहिर है कि अपनी गाँव की बोली में बोलते हैं, मैथिली में बोलते हैं, मगही में बोलते हैं। मुझको लिखना पड़ रहा है उसको हिन्दी में। तो अगर मैं उसको शुद्ध, व्याकरणसम्मत और पंडिताऊ भाषा में लिखता हूँ, तो यह तो खुद कान में कैसा लगेगा कि यह एक गाँव का आदमी किस तरह से बोलता है—इतना शुद्ध बोलता है! और बिलकुल वैसा या अशुद्ध लिखने से यह उपन्यास चल नहीं सकता है। तो बीच का कहीं एक रास्ता तैयार करना होगा। तो, जो वे लोग बोलते हैं कचहरी-वचहरी में—'कचराही-बोली' कहते हैं उसे—कचहरी की खिचड़ी भाषा में बोले जाने से 'कचराही-बोली'—मैंने इस्तेमाल किया है कई जगह इसी कचराही-बोली का। वे लोग जो कचराही-बोली बोलते हैं, तो उसमें खास बात एक यह होती है कि 'जेंडर' का—पुल्लिंग-स्त्रीलिंग का—खयाल उसमें नहीं होता है। हिन्दी भाषा में स्त्रीलिंग-पुल्लिंग तो बहुत हैं। वे अपने ढंग से बोलते हैं। पर फिर उसी ढंग से रखें तो भी इन लोगों के गले नहीं उतरेगा—सब कहेंगे कि यह तो बस रद्दी करके छोड़ दिया है। इनकी भाषा सीखने से तो हमारी भाषा खराब हो जाएगी। तो मैंने व्याकरण की दृष्टि से उसको सही रखा—या सही कर दिया। यों गँव का आदमी ही बोलता है जो ग्रामर नहीं जानता, लेकिन मैंने ग्रामर सही रखा है। फिर उसकी जो भाव की गति है, लय है बोलने की, उसको मैंने नहीं तोड़ा। है वह खड़ी बोली ही, लेकिन थोड़ा-सा ये शब्दों का हेर-फेर कर देने से आपको सुनने में लगेगा कि उसकी लय पकड़ में आ जाती है। है वह खड़ी बोलो, लेकिन लय उसकी अपनी है। और फिर जो शब्द अंग्रेजी का उसके पास चला गया है—जैसे 'निस्पेट्टर' :

वह तो निस्पेट्टर ही बोलता है। आप उसको कहेंगे कि 'तुम अंग्रेजी बोल रहे हो', तो वह ऐसा नहीं समझेगा। वह तो 'निस्पेट्टर' अपनी भाषा में बोलता है। तो उसको हम कैसे छोड़ देंगे? वह तो उसकी अपनी चीज है। ऐसे ही वे लोग कई संस्कृत शब्द बोलते हैं गाँव में—जैसे 'तापत भात नहीं खाएँगे।' तो लोग कहेंगे कि गाँव की बोली बोलता है, लेकिन है तो इतना ही शुद्ध संस्कृत कि 'तप्त' को 'तापत' बोलता है। तो यह भी है कि बहुत सारे संस्कृत शब्द अब भी अपभ्रंश होकर इन लोगों की बोली में इस्तेमाल होते हैं।

अच्छा, अंग्रेजी के बारे में तो कहा ही, उर्दू शब्दों का भी कुछ ऐसा ही हुआ है। उन्हें भी मैंने जिस ढंग से बोले जाते हैं, वैसे रखा है—इतना खयाल करते हुए कि भाषा कहीं चौपट न हो जाए। इसीलिए 'ग्रामर' मैंने सही रखा। बाकी वाक्य बनाने में थोड़ा-सा मैंने लय के लिए हेर-फेर कर दिया। और तारीफ की बात बता दूँ : 'तीसरी कसम' देखकर बम्बई में एक आदमी ने मुझसे पूछा कि 'यह हिन्दी की तसवीर है? शुरू से आखिर तक हिन्दी है?' लेकिन उसमें भाषा की लय जो है, बोलने का ढंग जो है, शब्दों की बनावट जो है, वाक्य का गठन जो है—वह सब मैंने जैसा है, वैसा इसीलिए किया है।

थोड़ी-सी भाषा की विभिन्नता तो हिन्दी में ही है। आप जिधर चले जाइए, हमारे तरफ के इलाके में, तो हम लोग दूसरी किस्म की हिन्दी बोलते हैं। बम्बई में देखिए लोगों को, तो और एक किस्म की हिन्दी है। और दिल्लीवाले दूसरी किस्म की, लखनऊवाले दूसरी किस्म की बोलते हैं। तो जब इतनी-इतनी विभिन्नता है ही, तो आम जनता जहाँ रहती है, वैसे ही ढंग से बोलती है : मैथिली हो तो वैसी या मगही प्रदेश के हों तो वैसी हिन्दी बोलते हैं। मैंने ऐसा बीच का रास्ता अख्तियार करके लिखा—कथा की ईमानदारी तक पहुँचने के लिए भी, उसको सच्चा बनाने के लिए भी। कई जगह तो डायलॉग में ही चरित्र उभरकर आपके सामने चला आएगा।

आंचलिक लेखन के बारे में

जब 'मैला आँचल' मैंने लिखा और जब उसका भीतर का टाइटल छपने को जा रहा था, तब मैंने लिखा—'मैला आँचल' और फिर मैंने उसके नीचे लिख दिया—'एक आंचलिक उपन्यास'। मैंने यह यही सोचकर किया कि मैंने जो शब्दों का इस्तेमाल किया, जैसी भाषा लिखी, क्या पता, उसको लोग कबूल करेंगे या नहीं करेंगे—इसीलिए मैंने उसे 'आंचलिक उपन्यास' कह दिया। अगर उस समय वहाँ डॉ. लुट्से-जैसे मेरे मित्र कोई होते और कहते कि 'यह क्यों? उपन्यास तो उपन्यास होता है, आंचलिक क्या होता है?' तब शायद मैं हटा लेता! लेकिन मैंने तो वह कर दिया। और उसके बाद से लोगों ने एक खाँचा बना दिया 'आंचलिक' का। और थोड़ी-सी घबराहट और हुई उनको—हुई थी, लेकिन फिर एक बहाना भी मिल गया कि चलो, यह तो 'आंचलिक उपन्यासकार' है। तो चलो, आंचलिक उपन्यासकार—जैसेकि आंचलिक उपन्यासकार को आदमी से तो कुछ लेना-देना नहीं है, समस्याओं से कुछ लेना-देना नहीं है। बस, अंचल एक चीज है, और आंचलिक 'आँचल' उपन्यास है। और आंचलिक लेखन की नकल जिन लोगों ने शुरू की, ज्यादा मारा उन्हीं लोगों ने। ये लोग करते थे यह कि कुछ शब्दावली नोट कर लेते थे और उसको फिर एक कहानी में घोंटते थे। तो अगर कहने को कुछ हो नहीं और जबरदस्ती यदि उसके बीच में हम पिरोएँ कुछ मोती और कुछ दाने तो देखने में कैसा लगेगा? और यह रुखड़ापन—अब देखिए कि, हमारे यहाँ एक रेशम चला हुआ है, उसको 'रॉ सिल्क' कहते हैं, उसकी बनावट बड़ी रूखी और मोटी होती है, लेकिन आज वह 'मॉडर्न फैशन' है। तो उसको फैशन के रूप में देखने में यह अच्छा भी लगता है, थोड़ा-सा अच्छा होता भी है। साथ-साथ उसका मोटापन, अनगढ़पन

जो होता है, वही उसकी खूबसूरती होती है। तो उसको ये लोग नहीं समझ पाए। जो अनगढ़पन, जो टैक्सचर, जो अपनी बुनावट उसकी है—तो कोई यह समझने लगे कि यह आदमी भी ढीला-ढाला है या बुनना नहीं जानता है! आप समझे न?—ऐसा भी हुआ। तो...दूसरी बात यह हुई—आंचलिक चाहे सफल हों चाहे असफल, चाहे नकल करनेवाले हों, जो भी हों, कम-से-कम आम जनता की एक बात तो सामने लाते हैं। और इन शहरियों के सामने तो कनाट सर्कस है, चौरंगी है, कुछ होटल हैं। फिर एक आदमी ही क्या कम है—अकेले भी उसकी भी कुछ चिन्ताएँ होती हैं—अकेला, 'इंडिविजुअल' जो कहते हैं। तो फिर नये-नये ढंग की अ-कहानी...अब प्लाट नहीं है तो कोई बात नहीं है, कहने को तो कुछ होना चाहिए! तो ये लोग समझने लगे कि ये तो सीधे आदमी के पास ले जाते हैं। और फिर उनको मुझसे खतरा भी लगा। मैं जानता हूँ। मुझसे इसलिए भी खतरा लोगों को लगने लगा कि ये लोग 'प्रेमचंद के बाद' की बात करने लगे, प्रेमचंद तो एक बहुत बड़ी हस्ती थी। उसके बाद ही उस्को अगर जोड़ देते हैं, फिर दूसरी हस्ती यही हो जाता है—बीच में तो कोई आते ही नहीं हैं! हालाँकि मैंने जरूर इस बात का विरोध किया कि 'बाबा, प्रेमचंद के नाम के साथ मेरा नाम मत जोड़ो! यह मेरा अपकार ही होगा।' और कालांतर में अपकार हुआ ही। लेकिन इस सबसे होता क्या है? मैं ज्यादा लिखता नहीं। लोगों ने बहुत कहा कि 'यही समय है। जब गरम कड़ाही में घी खूब कड़का हुआ रहे तो उसमें तुम बढ़िया चीज़, पूरी-वूरी भी निकाल सकते हो, मालपुआ भी निकाल सकते हो, दो ठो मिर्च भी तो निकाल सकते हो।'...लेकिन अन्दर से जब तक लिखने के लिए मजबूर नहीं हो जाए आदमी, तब तक मैं समझता हूँ कि वह बात नहीं...।

नवान्न

कटाई की बात इसलिए भी कि ये हम लोगों का मौसम जो होता है, यह धान-कटाई का, तो इसमें ज़रा अन्नपूर्णा देवी को घर लाना होता है। इसलिए उस समय घर के बड़े लोगों को मौजूद रहना चाहिए।

असल में होता है यह कि खाने-पीने का समय भी यही होता है यहाँ। गरम देश है न—यहाँ जाड़े में जो खाता है, वह पचाता-वचाता है, वही खाना अंग भी लगता है। और हर चीज में स्वाद भी मिलता है ठंड की वजह से। दूध भी जल्दी फटता नहीं है। मांस, पनीर, जो कुछ भी आदमी खाएगा, वह सब अंग लगता है, और बाकी समय में यहाँ गर्मी के समय में तो क्या खाएगा और क्या पचाएगा!

और इस समय धान कटता है, नवान्न होता है—नया चावल, नया चिउड़ा—सबकी पूजा की जाती है, परिवार के लोग खाते-वाते हैं। और फिर जिनका लेना हुआ, देना हुआ, लोग हलवाले हैं, चरवाहे हैं, सबका हिसाब होता है।

मैं ही घर का बड़ा हूँ, तो मैं ही जाता हूँ, तो कुछ उन लोगों का लेना-देना रहा, साफ करके फिर दूसरे साल जो रहेंगे, उनकी बातचीत करनी होती है—कि फिर साल-भर वे हमारे यहाँ काम करेंगे, क्या लेना होगा, क्या देना होगा। और अगर मेरे जमीन-वमीन नहीं होती तो भी इस समय हम गाँव में रहना चाहते, क्योंकि यही एक समय है, जबकि सब कोई खुश रहता है, सबके चेहरे पर हँसी रहती है। धान काटने को मिलता है, पेट-भर खाने को मिलता है, जा के मछली मारते हैं, मछली-भात खाते हैं और फिर दूसरे दिन धान काटने जाते हैं।

फिर जब फसल एक जगह जमा हो जाती है—आपने 'मैला आँचल' में पढ़ा होगा—तब जो नाच होते हैं, तमाशे होते हैं, रात-भर जागते हैं, फिर जो दँवरी होती है, पैकिंग होती है—तो आनन्द होता है।

वही एक मौसम होता है जिसमें हम सबको फुर्सत है। बाकी तो बराबर रिरियाना रहता है—यहाँ कर्ज माँगना, वहाँ यह करना, वहाँ वह करना, तो वो देख लेते हैं।

यदि मैं चुनाव में सफल होता!

यदि मैं सफल हो गया होता चुनाव में, तो शायद मुझे पागल ही करार दिया जाता! क्योंकि तब हर दिन कुछ-न-कुछ इनके यहाँ करना होता। क्योंकि 'सीरियसली' काम करना है तो मुझे अपने इलाके की बात करनी पड़ती, तब वे लोग कहते कि 'अच्छा, इसका जवाब अगले सप्ताह दिया जाएगा', तब मैं कहता कि 'तब मैं जाता हूँ यहाँ सत्याग्रह करने के लिए। तब तक आप जवाब भेजिए।'

अब देखिए न, वहाँ सड़क टूटी हुई है पिछली बरसात से और अभी तक नहीं बनी है, तो फिर ऐसे में यहाँ आके क्या करूँगा? मैं वहाँ जाकर वहाँ के लोगों को ले करके वह सड़क बन्द कर दूँगा। उसे कोई नहीं पार कर सकेगा। पर यह तो फिर कानून तोड़ना हुआ न! फिर कानून तोड़ने के बाद जो होता है, वही होता।...तो मैं सफल हो जाता तो कम-से-कम अपने इलाके के लोगों के लिए तो जरूर कुछ करता। कुछ समय तो उसके लिए निकालता ही। और उसमें मुझे भी फायदा होता। उसमें मेरे लेखन को भी फायदा होता। और देखिए, हिन्दी के लेखकों को—दूसरी किसी भाषा के बारे में मैं नहीं जानता—मेरा सुझाव यही है कि इन लोगों को—किसी दल को नहीं, सारे हिन्दी के लेखकों को—इसके लिए कुछ अलग कानून व्यवस्था करके—पकड़-पकड़ करके सबको कांस्ट्रेशन कैंप में तो नहीं, सबको गाँवों में भेजना चाहिए, एकदम! गाँवों में किसानों के साथ काम करें—और किसी को उससे ज्यादा कुछ करना हो तो उसको खान में ज़रा भेजें—अन्दर नीचे खान में जाएँ सब! ये हिन्दी के लेखक, जो सब अपने को जनता समझ बैठे हैं। जो सोचते हैं कि वे सब कुछ जान गए हैं, लिखने को जान गए हैं, राष्ट्र-भाषा

उनकी हो गई है। सबसे पहली बात तो यही है कि वे अपने को राष्ट्र-भाषा के लेखक कहते हैं, समझते हैं कि ये और सब लेखकों से ऊपर हैं। और असल में इनकी गरीबी का, बौद्धिक गरीबी का हिसाब नहीं है। ये और कुछ जानते ही नहीं। धान का पेड़ होता है या पौधा होता है, यही ये नहीं जानते। मगर ये समस्याएँ उठाएँगे किसानों की, समस्या उठाएँगे मजदूरों की, जिनसे इनका दूर का भी रिश्ता नहीं। लेकिन यह सब चलता है...।

'तीसरी कसम' एक युद्धभूमि थी!

मुझे तो ऐसा लगता है कि सभी मित्रों के अनुभव अपने-अपने हैं। सभी का अनुभव, अपना अनुभव है। किसी की नीयत पर भी मुझे सन्देह नहीं लगता, बड़ी साफगोई से मित्रों ने बात की है। लेकिन मुझे लगा कि कुछ लोग छूट गए हैं। कुछ और लोग होते तो अच्छा होता, जैसे इशारा। जहाँ तक अनुभव की बात है, इशारा भारतीय फिल्मों के चलते-फिरते अनुभव-पुंज हैं।

देखिए, निर्मल वर्मा ने अपनी टिप्पणी में कहा है न कि निर्देशक को कथा में मन लायक तत्त्व नहीं मिलता, तो वह खुद कथा गढ़ता है। बहुत सम्भव है, इशारा को न गुलशन नन्दा में कोई तत्त्व मिलता है और न फणीश्वरनाथ रेणु में। एक साहित्यिक चीज लेकर मनमानी करने से ज्यादा बढ़िया है कि निर्देशक स्वयं ही कहानी का भी सृजन कर ले। बासु (भट्टाचार्य) ने भी किया है। एक बात और भी कह दूँ...ऐसा भी हो रहा है कि अभी साहित्यिक कथाओं पर फिल्म बनाने का 'क्रेज' चल पड़ा है—तो कुछ लोग उन कथाओं की मूल संवेदना में न जाकर सिर्फ नाम-भर लेते हैं। एक नाम कथा का, एक नाम कथाकार का ही फिल्म में होता है। परिणाम होता है कि नाम कथा या कथाकार का होता है और बाकी सारा निर्माता-निर्देशक का।

यों, शैलेन्द्र अगर जीवित रहते, तो उनके अनुभव भी इस बहस में बहुत काम के होते। शैलेन्द्र ने एक साहित्यिक कृति पर 'बिग स्टार' वाली फिल्म बनाकर भी कृति को मरने नहीं दिया, बल्कि फिल्म तकनीक और भाषा के माध्यम से कहानी की रक्षा करते हुए उन बातों को और भी उभारा, जो प्रस्तुति की दृष्टि से अनिवार्य थीं। जैसे सारी फिल्म बन चुकी थी। कई एक 'ट्रायल शो' हो चुके थे और फिल्म के व्यावसायिक पक्षधरों ने सर्वसम्मति से चाहा कि

नायक-नायिका को मिला दिया जाए। और उन लोगों में राजकपूर साहब भी थे जो फिल्म के नायक ही नहीं, शैलेन्द्र के अच्छे मित्रों में थे। निर्माता की हैसियत से शैलेन्द्र के अंग के गिरह-गिरह बँधे हुए थे। एक ओर थी कथा की आत्मा, दूसरी ओर 'बॉक्स ऑफिस' की खिड़की-तोड़ भीड़। मुझे विशेष रूप से बुलवाया गया और शैलेन्द्र ने कहा, 'रेणुजी, मैं अभी तक डटा हूँ, अब यह आपके ऊपर है कि हीरामन और हीराबाई को मिला दें...' मैंने पूछा था, 'आप क्या चाहते हैं?' तब उन्होंने कहा था कि न मिलें।—और यही राय बासु की भी थी।

एक अर्थ में 'तीसरी कसम' एक युद्धभूमि थी बम्बइया फिल्मों के खिलाफ और यह मानना पड़ेगा कि यह जीता हुआ युद्ध है।

लेखक और निर्देशक का सम्बन्ध सिर्फ अनुबंध तक ही नहीं, बल्कि 'दि एंड' तक होना चाहिए। मेरे साथ तो...जैसाकि आपको बता चुका हूँ कि मेरी मर्जी के खिलाफ एक पत्ता भी नहीं हिलने दिया गया। लेकिन है यह कठिन, बहुत ही कठिन। हम लोग भी झगड़े थे। इसी घर में स्क्रिप्ट भी फाड़े जाने की बात हुई थी, पर सारा कुछ सँभल गया। यह एक-दूसरे को समझने की समस्या है। अगर कथाकार यह मानकर चले कि यह आदमी (निर्माता-निर्देशक) हमेशा मेरी कथा को मारकर पैसा कमाने के चक्कर में है, तो बात नहीं बन सकती। और यह अपने-आपमें एक सवाल बन जाता है कि आपसी समझ कैसे पैदा हो? समझ का मूल आधार निर्माता-निर्देशक और लेखक के बीच, सोच और संवेदना की बुनियादी पृष्ठभूमि में एकरूपता के साथ-साथ, बौद्धिक स्तर पर एक ठहराव का होना भी जरूरी है।

नरकवास के दिन

लगता है, साँस रुक रही है। अन्दर-ही-अन्दर छटपटाकर रह जाना पड़ता है—कैसे हालात हैं! ऐसा भारतवर्ष हमने चाहा था क्या? पच्चीस वर्षों में हम कहाँ आकर खड़े हैं?

मेरे दोनों मुख्य उपन्यासों[1] के बाद इस त्रयी के तीसरे अंश[2] के बारे में बार-बार सोचा है। लेकिन पता नहीं क्यों, आगे बढ़ना नहीं हो पाता। ऐसा लगता है, कहीं पतवार खो गई है। मैला आँचल और भी मैला हो गया है। 'मैला आँचल' नाम मैंने पंतजी की एक कविता से लिया था :

भारत माता ग्राम-वासिनी
खेतों में फैला है श्यामल धूल भरा मैला-सा आँचल
नैनों में गंगा-यमुना जल मिट्टी की प्रतिमा उदासिनी
भारत माता ग्राम-वासिनी।[3]

'मैला आँचल' का वह चलित्तर कर्मकार वास्तविक जीवन में पूर्णिया का मजदूर नेता नक्षत्र मालाकार, कालीचरण जो कि वास्तव में तारिणी मंडल

1. रेणुजी के दोनों मुख्य उपन्यास 'मैला आँचल', और 'परती : परिकथा' हैं।
2. तीसरा उपन्यास 59-60 के 'ज्योत्स्ना' [मासिक] में प्रकाशित होना शुरू हुआ था, पर रेणुजी उसका एक हिस्सा ही लिखकर रह गए। अपने जीवन में उसे पूरा नहीं कर सके। यह अधूरा उपन्यास, जो 'मैला आँचल' एवं 'परती : परिकथा' के क्रम में लिखा जा रहा था, अपने एक अंश में भी काफी महत्त्वपूर्ण है। इसका प्रकाशन रेणुजी की मृत्यु के बाद 'पल्टू बाबू रोड' नाम से 1979 में पुस्तक रूप में हुआ।
3. यह कविता 'भारत माता' शीर्षक से सुमित्रानन्दन पंत के प्रसिद्ध कविता-संग्रह 'ग्राम्या' [1940] में संकलित है।

है या 'मैला आँचल' का वह घटना-क्रम, जहाँ आधी रात को पार्टी-ऑफिस के दरवाजे को खटखटाता है, जेल से भागा कालीचरण। भागते वक्त झाड़-झंखाड़ में छुपते वक्त सोचा कि पैरों में शायद काँटा चुभा है, बाद में पता लगा कि पुलिस की गोली से पाँव में छेद हो गया है—उसी अवस्था में उसे पार्टी-ऑफिस से कृष्णकांतजी ने भगा दिया—खून की बूँदें छोड़ता हुआ कालीचरण अन्धकार में खो गया। उपन्यास में फिर कालीचरण का जिक्र नहीं आया है। कृष्णकांतजी अभी प्रसिद्ध एम.पी. हैं। उनका वास्तविक परिचय तो आप जानते ही हैं। अमुक मिनिस्टर के 'गुट' का आदमी हैं। (दल या 'ग्रुप' के लिए हिन्दी में 'गुट' शब्द धड़ल्ले से लिखा-कहा जाता है। 'गुट' शब्द में घुप्प अँधेरा और कचोटने का भाव है।) 'मैला आँचल' में शिवनाथ चौधरी की याद है? वास्तव में जो वैद्यनाथ चौधरी हैं, ये एक बार कांग्रेस के सभापति हुए थे। इनके लिए ही भादुड़ीजी (सतीनाथ भादुड़ी) कांग्रेस से जुड़े थे। वे प्राइमरी पास भी नहीं थे। भादुड़ीजी ने भागलपुर सेंट्रल जेल में इन्हें अंग्रेजी पढ़ाई थी। गांधीवादी वैद्यनाथ चौधरी एक साथ ही चरखा कातते और अंग्रेजी सीखते। पढ़ाते वक्त भादुड़ीजी गाँव की भाषा में बोलते—B-U-T 'बट' भेलई, P-U-T 'पट' न भेलई। उस समय राजनीतिक भाषा में सभी उर्दू का प्रचुर व्यवहार करते और लिखते समय बात-बात में तखल्लुस का प्रयोग करते। वैद्यनाथ चौधरी व्यतिक्रम थे। भादुड़ीजी की नजरों में ये बातें आई थीं। भादुड़ीजी की पढ़ाई से सिर्फ पन्द्रह दिनों के बाद वैद्यनाथ चौधरी ने 'इंडियन नेशन' के सम्पादकीय अनुवाद का जिम्मा लिया था और सिर्फ छत्तीस दिनों में अंग्रेजी में दक्षता प्राप्त कर ली—विश्वास करेंगे आप? इन्हीं वैद्यनाथ चौधरी ने रानी पत्रा आश्रम में कांफ्रेंस की जगह का नाम रखा था—'भादुड़ी नगर'—सतीनाथ भादुड़ी के नाम पर।

लेकिन इनको लेकर—किनको लेकर क्या लिखूँ! इस जीवन की जरूरतें मुश्किल होती जा रही हैं—हर जगह गंदगी, हर जगह गड़बड़ी! लिखकर क्या होगा, क्या हुआ—राजनीतिक लोग तो मनमर्जी चलते हैं। बचपन और मूर्खता ये सब उलट-पुलट करके रख दिया—देश का क्या हाल हुआ है? फारबिसगंज से चुनाव भी लड़ा मैं। पता था कि जीतूँगा नहीं, फिर भी जाँचने की इच्छा थी। गरीब और आम आदमी इस देश में चुनाव लड़ सकता है क्या? सन्देह को दूर करना चाहा था। लेकिन

राजनीतिज्ञों ने इस बीच 'बूथ ग्रेविंग' का आविष्कार किया—यानी जबरन बूथ पर कब्जा कर अपनी इच्छानुसार बॉक्स में बैलेट पेपर डाल देना। छोटे कर्मचारी नौकरी बचाने के लिए चुप रहते हैं और ऊपर के लोगों में कुछ तो इनसे हाथ मिलाते हैं और (कुछ) उपेक्षापूर्वक निर्विकार रहते हैं—'होने दो जो होता है, साला!'

इस अवस्था में जब दिलो-दिमाग काम नहीं कर रहे थे—कहीं मुक्ति का रास्ता नजर नहीं आ रहा था—तब शुरू हुआ जयप्रकाशजी का आन्दोलन। इसमें सभी दलों के लड़के हैं। सी.पी.आई. और एम.एम.एल., लाल टोपी, खादी टोपी—सभी। लेकिन सभी झंडे समेट, वर्दी आन्दोलन से जुड़े हैं। पार्टी और दलबाजी ने इस देश का सबसे ज्यादा नुकसान किया है।

एक लेखक के लिए किसी पार्टी की उठापटक से जुड़ना किसी भी तरह सम्भव नहीं है। अन्ततः आदमी ही लेखक का विषय हो सकता है—झंडे और वर्दियाँ नहीं।

जयप्रकाशजी के साथ मेरे पुराने सम्पर्क तो आप जानते ही हैं। जयप्रकाशजी ने कोई दल नहीं, स्वीकार किया था—सर्वोदय। इस आन्दोलन के कुछ वर्षों पहले, उत्तर बिहार के मुजफ्फरपुर जिले के मुसहरी ब्लॉक से जयप्रकाश ने मुझे एक पत्र लिखा था—नक्सली लड़कों के बारे में। सरकार इनको लेकर चिन्तित थी। जयप्रकाशजी को छुपाकर वहाँ ले जाया गया था। चम्बल की आश्चर्यजनक घटना तो आप जानते ही हैं, कैसा जादू हुआ था! इन खूँखार डकैतों ने जयप्रकाशजी के उपदेशों और बातों में जीवन ही बदल लिया। वर्षों से शासक जिसे असम्भव मानता आ रहा था, जयप्रकाशजी ने उसे सम्भव कर दिखाया। मुसहरी में भी ऐसा ही हुआ था।

जयप्रकाशजी गांधीवाद के अन्तिम कुछ लोगों में से एक हैं। वर्तमान आन्दोलन भी उसी गांधीवाद का अन्तिम experiment है। इससे समझ में आएगा कि देश अब भी गांधीवाद के योग्य है या नहीं!

जेल मैं इसके पहले भी गया हूँ। इसे लेकर चार बार। पहली बार 1930 में—वानर-सेना में था तब। तब मैं नौ वर्ष का था। हर बार पूर्णिया जेल में ही गया। क्योंकि मैंने जब भी जो कुछ भी किया है, अपने इलाके फारबिसगंज में जाकर ही। उन किशोरों के दल को घोड़ागाड़ी पर चढ़ाकर जेल के फाटक

तक ले जाया गया। तब हमारा नारा था—'बन्दे मातरम्' और 'भारत माता की जय!' आपने ध्यान दिया होगा, स्वाधीनता के बाद राजनीतिज्ञों ने जिस कारण से भी हो, इस नारे को लुप्त कर दिया और अब जयप्रकाशजी के इस आन्दोलन में ये दो नारे वापस आ गए हैं। इसके अलावा—'हमला चाहे जो भी होगा, हाथ हमारा नहीं उठेगा।' आप जानते हैं, इन्दिरा ब्रिगेड के फुलेना राय के किन लोगों ने गोलियाँ चलाईं! उस दिन जयप्रकाशजी के सात लाख लड़के पटना में थे। लेकिन, जयप्रकाशजी की एक बात पर किसी ने भी प्रतिशोध की बात तक नहीं की। इसे आप क्या कहेंगे? हाँ, मैं जो कह रहा था—ज्योंही हमने जेल के दरवाजे पर पहुँचकर नारा दिया—'बन्दे मातरम्'—दोनों तरफ लगे वटवृक्षों पर से असंख्य चमगादड़ों ने किचभिच की आवाजों के साथ आकाश ढँक दिया। हम लोग इसके लिए तैयार नहीं थे। इस अजीब-सी घटना से हम सारे लड़के पल-भर के लिए आतंकित हो गए। अचानक ब्लेंक-फायर हुआ। सारे चमगादड़ वापस टहनियों पर आ झूलने लगे। तब इन चमगादड़ों को चुप कराने के लिए जेल में यही आदेश था। हर बार जेल जाने पर इसकी पुनरावृत्ति हुई है। इस बार देखा कि एक वृक्ष काट दिया गया था। सिर्फ एक तरफ का गाछ था। फिर अगस्त आन्दोलन '42 में जेल गया था—इन्हीं जयप्रकाश की पुकार पर—उसके बाद 1947 में—विराटनगर (नेपाल) मजदूर आन्दोलन। नेपाल पुलिस ने सीमा के इस पार भगाया। आन्दोलन के साथ मातृका प्रसाद कोइराला भी थे जो बाद में नेपाल के प्रधानमंत्री भी हुए थे। और चौथी बार—इस बार, नौ अगस्त को फारबिसगंज में गिरफ्तार होकर पूर्णिया जेल में लाया गया। कुल मिलाकर साढ़े तीन वर्ष जेल में काटे हैं।...हाँ, उस बार वानर-सेना में, यानी वानर-सेना के आन्दोलन में इन्दिराजी भी थीं! जानते हैं, वानर-सेना सहित गिरफ्तार होकर क्या नाम-ठिकाना बताया था? नाम—जवाहरलाल, बाप का नाम—मोतीलाल, पता—आनन्द भवन। कोई-कोई यह भी कहता : नाम—बन्दर, बाप का नाम—चुकंदर, घर—जेल के अन्दर। तब ऐसा ही आदेश था। मेरे पिता भी पुराने निष्ठावान कांग्रेसी थे।

नौ अगस्त की घटना तो आपने 'दिनमान' और 'देश' (बंगला साप्ताहिक) पत्रिका में पढ़ी होगी। इस तारीख की घटना बताऊँ। पूर्णिया जेल में मुझे पहले जनरल वार्ड के सोशलिस्ट हिस्से में रखा गया। बाहर जैसे देखते हैं—सोशलिस्ट,

कम्यूनिस्ट, एम.आर.एम.एल. वगैरह—जेल में भी इसी तरह सोशलिस्ट भट्टा, कम्यूनिस्ट भट्टा, नक्सल भट्टा, जनरल भट्टा अर्थात् प्रत्येक दल का अलग मेस, अलग खाना, रहना। प्रशासन की इच्छा से ही ऐसा हुआ है। प्रत्येक भट्टे का लीडर रहता है, जैसे पार्टी का। राशन में पूरी गड़बड़ होती है। तीन सौ पचास ग्राम में अढ़ाई सौ 'लीडर' के हाथ में आता था। बाकी बचे सौ ग्राम राशन में जेल के अधिकारीगण और बाकी के स्टाफ तथा 'लीडर' की भागीदारी होती है। लीडर इससे मिले पैसों से पोस्ट ऑफिस में खाता खोलता है। पार्टी के लिए ही वे रुपये खर्च होते हैं। जनरल वार्ड में साधारण अपराधी रहते हैं, जिनका किसी पार्टी से सम्पर्क नहीं रहता है। खूनी, चोर, बलात्कारी और 'रेगुलर' जो जेल में कैदी जीवन गुजारते हैं—ये सब जनरल भट्टे में रहते हैं। जनरल भट्टे में शक्तिमान लीडर और दलाल रहते हैं। उनके हाथों में ही भट्टे का राशन जाता है। साधारण कैदी के लिए सिर्फ पचास ग्राम राशन। इसी खाने पर उन्हें गुजारा करना पड़ता है। बाकी बचे राशन में दलाल कैदी और जेल अधिकारी यानी जेलर बाबू में भागीदारी हो जाती है। इस ऊपरी आमदनी के बल पर दलाल कैदी भयानक नर्क खेल में दिन बिताते हैं। जेल में जो 'जूविनल वार्ड' रहता है, वह साफ अर्थों में इनकी 'होमोसेक्सुअलिटी' का पूरक रहता है। ये लड़के सज-धजकर चमकते रहते हैं। उन्हीं में एक बीड़ी कम्पनी का नचनिया लड़का भी है। इसके लिए रस्साकसी चलती है। ये सब दस टकियामाल हैं। नचनिया लड़के के विरुद्ध कई के.जी. चावल चुराने का अभियोग है, लेकिन जेल की पुलिस और कैदियों की मौज-मस्ती के कारण दो वर्षों से यह मामला बन्द ही पड़ा है और शायद खुलेगा भी नहीं। महिला वार्ड तो पूरी तरह रंडीखाना ही है। इन सबका कोई उपाय भी नहीं है। जेल में सबको जेल का नियम मानना ही होता है। वैसे ही मानते हुए वे जिन्दा हैं। वहाँ हर आदमी की कहानी में रुदन का आलाप है। मैंने लगातार जेल में यह सब देखा-सुना है। वहाँ के कई नियम-कानून को चोट पहुँचाई है। दो दिन बाद ही कलक्टर साहब से गुप्त निर्देश आया था। उन्होंने मुझे डिवीजन दिया और सेल में लाकर रखा। वहाँ कुल चार सेल थीं। एक में तो मैं था और दूसरे में नेपाल के हवाई अपहरण यानी 'हाईजैकिंग' के मामले में चक्रप्रह्लाद बस्तोला, और लक्ष्मीप्रसाद शर्मा, छत्तीस साल से मामला चल रहा था—नेपाली कांग्रेस से सम्बद्ध। बस्तोला गजब का लड़का था—बनारस

में पढ़ा-लिखा हर विषय पर अधिकार था उसका। बंगला में शक्ति, सुनील[1] की कविताएँ भी पढ़ी थीं। आपने तो बंगला में लता शर्मा और...किसके साथ मिलकर कुछ अनुवाद किए हैं न, यह सब पढ़ा था उसने। अभी जेल में ज्योतिष शास्त्र पढ़ रहा है, बहुत-सी किताबें मँगाई हैं। और चौथी सेल में हैं अवध बिहारी—राइस मिल के मालिक का बेहद आत्मीय कर्मचारी। हमारे इलाके की ग्यारह वर्ष पहले की घटना थी। वायर हाउस कारपोरेशन और स्टेट बैंक के साथ मिलकर नौ लाख का घोटाला। वायर हाउस के बाबू और राइस मिल के मालिक को छुटकारा मिल गया है। फँसे तो सिर्फ अवध बिहारी। यहाँ जेल जाना, मतलब फँस जाना। जिसके पास पैसे और पैरवी की ताकत है, वे कितने दिन फँसेंगे? अवध बिहारी सात वर्षों से 'फास्ट' कर रहा है। बड़ा ही आश्चर्यजनक मामला है। जेल में अनशन करने पर फोर्स फिडिंग की व्यवस्था है। फोर्स फिडिंग का एक निश्चित राशन भी है। यह समझ अवध बिहारी की समझ में आ गया था। इसलिए वह सात वर्षों से फोर्स फिडिंग पर निर्भर है। नाक से तरल खाना, सहन करने लायक गर्म, पेट में जाता है। पहले-पहल तो अवध बिहारी को काफी तकलीफ हुई। लेकिन धीरे-धीरे आदत पड़ गई। नाक में तेल-वेल डालकर वैसी ही आदत डाल ली। अब कोई तकलीफ नहीं होती। स्वास्थ्य भी अच्छा है। अन्यथा जिनकी जमानत करानेवाला कोई नहीं है, उनकी तरह पचास ग्राम राशन खाकर अब तक वह भी टें बोल गया होता।

स्वाधीनता के बाद मौत के आँकड़े (जेल में) को लेकर किसी ने रिसर्च किया कि नहीं, मालूम किया होता तो एक भयानक सत्य सामने आता। लेकिन, आकर ही क्या होता, वही राजनीति का नंगा झूठा-सच का खेल! पूर्णिया जेल के डेढ़ हजार कैदियों में हर वर्ष डेढ़ सौ मारे जाते हैं। मेरा एक परिचित डॉक्टर महेश नारायण पूर्णिया जेल का डॉक्टर है। पटना का लड़का है—स्मार्ट और अच्छा लड़का है। उसकी एक किताब है : 'बड़ों से मिलने के विचित्र अनुभव'। मैंने ही इसके प्रकाशन की व्यवस्था की थी। लेकिन, जैसाकि प्राय: होता है—अच्छे लोग ही आजकल समाज में अनफिट हैं, जीवन में भी। इसीलिए पचास ग्राम घुन लगे गेहूँ, तरकारी यानी पोची हुई परवल और हल्दी का पानी पीते हुए आदमी मर रहा है। सुबह 'सेल'

1. शक्ति चट्टोपाध्याय एवं सुनील गंगोपाध्याय—पूरा नाम। बंगला के प्रसिद्ध कवि।

के सामने से ही लाश जाती थी। ड्यूटी पर का वार्डर एक बार चिल्लाकर पूछता, 'कोन गेलई रे!' जवाब में एक नाम सुनाई पड़ता। लगभग रोज ऐसे ही। इसलिए अवध बिहारी का अनशन और फोर्स फिडिंग जेल की इस विचित्र अवस्था में बचे रहने का गजब उपाय है। फोर्स फिडिंग का मैनू प्रायः ऐसा होता है—सभी तरल :

अढ़ाई सौ ग्राम साबूदाना
अढ़ाई सौ ग्राम बार्ली
मछली का सूप तीन बोतल
मांस का सूप तीन बोतल
दूध तीन बोतल
दाल का पानी तीन बोतल।

पहले-पहल जबर्दस्ती होते-होते बाद में यह स्वाभाविक मामला हो गया। एक कैदी बैठा रहता, पहरे पर। अवध बिहारी आधे दिन तक नाक में नली झुकाकर उस तरल खाद्य को पी आत्मसात् करता। इसीलिए सात वर्ष! शायद यह फोर्स फिडिंग का 'एवार्ड' होगा।

सेल के इलाके में एक अमरूद गाछ की छाया में अड्डा जमाते। मैं, बस्तोला शर्मा...और वार्डों से भी कोई-कोई आता। हम भी जाते। हमारा प्रतिवादी भी। यह एक रटी-रटाई घटना थी। जेल सुपरिंटेंडेंट एक मुसलमान सज्जन थे। भले आदमी थे, जैसे शरीफ लोग होते हैं। बीच-बीच में शेरो-शायरी कहते :

'कभी उनको देखता हूँ—कभी अपने घर को देखता हूँ।'

उनकी लड़कियों ने 'मैला आँचल', 'परती : परिकथा' पढ़ी थी। वे भी अब्बा को तरह-तरह की बातें कहतीं। बीच-बीच में वे आकर पूछते, कोई दिक्कत तो नहीं? जेलर महा बज्जात था। जिसे कहा जाए, महा हरामी। बात-बात में कानून दिखाता। साले को ऐसे झमेले में फँसाया पहली बार, 15 अगस्त को सेल में ले गया। बारह तारीख को गेट से जुगनू के जरिये 'दिनमान' की वह चिट्ठी जे.पी. को भेजी। जुगनू होशियार लड़का है। 'तरुण संघर्ष' जे.पी. के अखबार में छपने के बाद जेल में भी सब जान गए। मैं बी-क्लासी यानी जेल के सारे कायदे-कानून जानता हूँ। जेलर ने पूछा, 'वह चिट्ठी कब भेजी? वह सेंसर होकर नहीं निकली, अच्छा नहीं किया।'

मैंने साफ-साफ कहा, "मैं कैदी हूँ। दुनिया के तमाम कैदियों का यह कर्तव्य होता है, जैसे भी हो, नियम तोड़ो यानी अवैध तरीके से सब कुछ का आदान-प्रदान। सभ्य तरीकों से किस तरह नियम तोड़ने चाहिए, मुझे मालूम है।'

उसी रात सेल में दे दिया। रात में लॉक-अप करने से पहले ड्यूटी का सिपाही एक अधकटा गंदा अलकतरा पुता कनस्तर कोने में रख गया। अर्थात् कमोड। यही यूरिनल-लैट्रिन, जो कहें। आधी रात को कितने बजे, ठीक याद नहीं, पेशाब करने एक दफे उठा था। पेशाब करते ही 'क्रर-क्रर-र-र-र' टीन की आवाज हुई। लपककर ड्यूटी का सिपाही, टार्च जला, तेजी से दौड़ा आया। करीब आ सब देख-सुनकर 'धत्त' करके चला गया। जाते वक्त सीखचों पर बटन लगा 'टंग-टंग-टंग' की आवाज कर गया। उसने समझा था, आरी से सीखचे काटे जा रहे हैं। दूसरे दिन सुबह सुपरिंटेंडेंट आए, पूछा, 'कोई दिक्कत?' मैंने कहा, 'नहीं, ठीक है।' लेकिन मेन गेट पर जेलर को कायदे से कमोड के लिए ड्रेडेंट भेजा। पूरे दिन कुछ नहीं हुआ। शाम को फिर जैसे ही कनस्तर रखने लगा, मैंने मना कर दिया।

हाँ, कहना भूल गया। पिछली रात को पेशाब करने तथा सिपाही के जाने के थोड़ी देर बाद देखता हूँ, साँप की तरह क्या-सब पूरे फर्श पर इधर-उधर घूम रहे हैं। कनस्तर में छेद था। सारा-का-सारा फर्श पर लुढ़क गया, इसलिए दूसरे दिन वह फूटी टिन नहीं रखने दी। कायदे से रात को पेशाब लगने पर सीखचों की फाँक से पेशाब करना शुरू किया। कुछ ही देर में देखता हूँ—ड्यूटी का सिपाही टॉर्च जला 'धत्त' कर उठा। लुंगी सँभालने का भी वक्त नहीं मिला। वह बेचारा कुछ दूर चबूतरे पर सोया था। अचानक नींद में पानी से भीग चमक के उठा—रोशनी की, तो यह हालत! दूसरे दिन भी सुबह जेल गेट पर ट्रेडेंट भेजा। कुछ भी नहीं हुआ। उसके दूसरे दिन मैंने सुपरिंटेंडेंट से कहा, 'अच्छा, परसों रात को जो ड्यूटी में थे, उस सिपाही से मुझे माफी माँगनी है।' जेलर तो खूब खुश! सोचा, कोई-न-कोई गलती पकड़ में आएगी। शुरू में तो ना-ना करते हुए मैंने घटना बताई। सिपाही जो सो रहा था, उसे ज़रा दूसरी तरह 'बैठा था' करके कहा, जिससे कि वह किसी झमेले में नहीं फँसे। जेलर का चेहरा उतर गया। सुपरिंटेंडेंट बोले, आप आज ही कमोड या बेड पैन दे

दीजिए। जेलर ने लिख दिया, किन्तु दिन-भर कुछ नहीं किया। दूसरे दिन फिर सुपरिंटेंडेंट से कहा। भले आदमी ने कहा—आज आप खरीदकर मँगवा लीजिए। जेलर ने सूचना दी—कहीं नहीं मिल रहा है। सुपरिंटेंडेंट ने कहा—मेरे बच्चे देख आए हैं, फलानी दुकान में मिलता है। जेलर का चेहरा फक् हो गया। उसके बादवाले दिन ठीक मिल गया। मैं आम सेफ्टी पाखाने, मैदान, झाड़-झंखाड़, नदी के किनारे कहीं जा सकता हूँ, किन्तु पाखाने पर पाखाना—वह मुझसे नहीं सहा जाता। पर जेल में आम व्यवस्था यही है। एक सीधी नाली होकर पाखाना बहा जा रहा है। उसी में कैदी एक के बाद एक पाखाना कर रहे हैं। भयानक, गिजगिजी गन्दी हालत! पर वैसा सोफिस्टिकेटेड लैट्रिन भी मुझसे नहीं सहा जाता। लगता है, मैंने उसे गंदा कर दिया है। जैसे, अपने प्रकाशक के जटिल, गैजेटमय बाथरूम में घुसने पर अजीब हालत में फँसा। एक-एक गैजेट दबाने पर क्या सब अजीबो-गरीब घटित होता!

1947 के छब्बीस बरस बाद जेल गया। (मेरी बहुत-सी रचनाओं में जेल एक महत्त्वपूर्ण आयाम लिये है।) काफी कुछ बाबा-सा बन गया था। शुरू में जेल के सिपाही कहते—बाबाजी भले आदमी हैं, इन्दिराजी के आदमी हैं (पद्मश्री के चलते)। किस मामले में जेल हुई, खास कर जब तक उन्हें नहीं पता चला, मैं 'बी-क्लासी' ही उनकी नजरों में रहा।

एक दिन एक कैदी दाल लेकर जा रहा था। पकड़ा उसे। दस सेर बढ़िया दाल जेलर के घर जा रही थी। मेरे जिरह करते ही पनिया छोड़कर भागा। मेरे पास जान, जेलर भी माँगने नहीं आया। दाल मेस में गई। सेल के कैदियों में, किसी में भी किसी तरह का नशा या लड़की-लौंडे की तलब नहीं देखी। मुझे डिवीजन मिली थी यानी रोज के सत्तर रुपये। अपनी मरजी का खाना-वाना मँगा सेल के हम चारों जने खाते। जेलर से कहा—खुंती चाहिए। 'नहीं मिलेगी', उससे भागने को सुरंग कोड़ी जा सकती है। काठ का टुकड़ा ही था खुंती। चॉकी दिया, बेलन नहीं दी। उससे हिंसात्मक कार्यवाही की जा सकती है।... लेकिन एक दिन गच्चा देकर इन सब चीजों की वसूली।

'दिनमान'-सम्पादक रघुवीरजी को चिट्ठी लिखी एक दिन। सेंसर के लिए जेल-गेट पर भेजी। इसके साथ तमाम चिट्ठियाँ दीं। इसके-उसके द्वारा सीधी

भेजता। जेलर रोज ही आरोप लगाता—चिट्ठियाँ सेंसर करके क्यों नहीं भेजता, क्योंकि रोज मेरी चिट्ठियों का ही बंडल आता। जवाब में कई लोग लिखा करते—आपकी चिट्ठी मिली। इसलिए रघुवीरजी के नाम से एक चिट्ठी का मजमून बनाया :

भाई रघुवीरजी,

आराम से हूँ, खुश हूँ। नरकवास के बासठ दिन कट गए। ये बासठ दिन 'धन्य-धन्य' करके गुजारे हैं। सिर्फ मानसिक तनाव ज्यादा रहता है। कम्पोज की अनेक गोलियाँ रोज लेनी पड़ती हैं। नींद के लिए नहीं, तनाव के लिए। किन्तु प्राय: कम्पोज से भी कुछ नहीं होता, क्योंकि तनाव को बढ़ाने की अनेक वजहें यहाँ मौजूद हैं। यदि कोई लगातार, आपके कान के करीब हुकूमत चलाए : 'यह करो—ये मत करो, इस तरह रहो—इस तरह नहीं', तब आपकी क्या हालत होगी, सोचिए। और जो लोग यह सब कह रहे हैं, उनके शरीर में जो प्रोटीन और चमक है, वह सब निरीह कैदियों के प्रोटीन और जीवन के एवज में जुगाड़ दिया गया है। औरत अथवा आर. जुवेनाइल वार्ड में यौन-कारबार के लाभांश से इनके परिवार और बाल-बच्चों का पोषण होता है। इनसे बात करने में भी घृणा होती है। यह पत्र छपने या प्रचार के लिए नहीं भेज रहा हूँ। वह सब तो जब बाहर आऊँगा, तब फिर मेरी लेखनी आक्रमण शुरू करेगी।

—रेणु।

यह चिट्ठी मिलते ही जेलर को बड़ी मुश्किल! किसे काटे और किसे रखे! मैं बार-बार कहता—मेरी चिट्ठी सेंसर करके भेज दीजिए। जेलर का तो चेहरा सूख गया। मैंने कहा—जो काटना-पीटना हो, काट दीजिए। उसमें भी उसे डर! यदि काटे सहित छाप दिया जाए? हमारी शासन-व्यवस्था यह नहीं जानती है, ऐसी बात नहीं, जानबूझकर वे लोग यह सब चलने देते हैं, जिससे कि इस तरह के लोग इस प्रकार का सड़ा-गला जीवन गुजारेंगे तो बहुतों को भाग-बँटवारे में सुविधा मिल जाएगी। इसके सिवा जो लोग शास चला रहे हैं, वह यह मानते हैं कि उनके जेल जाने के दिन बीत गए अत: जेल को साफ-सुथरा रखने से क्या फायदा?

सोचकर देखिए, कहाँ आकर हम रुके हैं! इन छब्बीस-सत्ताईस सालों में, काफी हुशियारी से हिन्दुस्तान के जीवन से इन्होंने अच्छाइयों को सुप्त कर हर क्षेत्र को स्वार्थ और निष्ठुरता से भर दिया है।

[बंगला से हिन्दी अनुवाद : श्याम अविनाश]

आपातकाल की मनःस्थितियाँ

मेरा यह घर (औराही-हिंगना) घर नहीं, एक 'शाकआब्जर्बर' है। अच्छी-से-अच्छी खबर और बुरी-से-बुरी सूचनाएँ मुझे यहीं मिली हैं। जब 'मैला आँचल' का प्रकाशन हो रहा था तो दिल्ली के एक बहुत बड़े होटल में एक पार्टी का आयोजन किया गया था। उसकी सूचना मुझे इसी घर में मिली। 'तीसरी कसम' की फिल्म-निर्माण की स्वीकृति-सूचना यहीं मिली और इसे राष्ट्रपति एवार्ड मिला, यह सूचना भी यहीं मिली। साथ ही दुःख भरी सूचनाएँ—शैलेन्द्र, मोहन राकेश, दुष्यंत कुमार, भारतभूषण अग्रवाल आदि के निधन की सूचनाएँ भी इसी घर में मिलीं और अब देखो—रात में 'वायस ऑफ अमेरिका' से यहीं पर पता चला कि भारत में इमरजेंसी लागू हो गई है। यह आपातकालीन स्थिति नहीं है; इन्दिरा 'आफत काली' बन गई है। अब यह नरसंहार करेगी। इसका तांडव-नृत्य शुरू होगा। जनता इसे स्वीकार-अस्वीकार के लहजे में देख रही है।

हिन्दुस्तान के इतिहास में एक काला समय शुरू हो गया। इसका इतिहास कुछ नहीं होगा। इतिहास लिखनेवाले लोग इतिहास की इस अवधि को काली स्याही से पोत देंगे।

× × ×

मेरे घर में चोरी हो गई। इन चोरी गई चीजों में तीन सौ पचास पृष्ठों की एक पांडुलिपि के अलावा मेरी एक कीमती कलम भी चोरी हो गई। इस कलम ने मुझे विश्वख्याति प्रदान की थी। मैंने अब तक जो भी लिखा, उसी कलम से। मेरी कलम तो चोरी चली गई, पर मैं इन कलमवालों से पूछता हूँ कि वे क्या कर रहे हैं?

× × ×

मुझे यहाँ से मुक्त करो। यहाँ मेरा दम घुट जा रहा है। यहाँ तो लेखनी और वाणी पर भी प्रतिबन्ध है! मुझे नेपाल जाना चाहिए। मैं वहीं अपनी आवाज बुलन्द करूँगा, अन्यथा भारत की जेलों में घुट-घुटकर मर जाऊँगा।

× × ×

मैंने सैकड़ों-सैकड़ों पृष्ठों के ग्रंथ लिखे। क्या इसी दिन के लिए? अब मुझसे अधिक बर्दाश्त नहीं होता है। मेरी जीने की इच्छा खतम हो गई है। मुझे ये लोग जेल क्यों नहीं ले जाते? कल शाम को मैं फारबिसगंज के स्टेशन चौराहे पर खड़ा होकर भाषण दूँगा। जानता हूँ—बोलने नहीं दिया जाएगा। बोलने के पहले ही गिरफ्तार कर लिया जाऊँगा। पर यह करूँगा! अब मुझसे सहा नहीं जाता। मैं अपने हाथों अपना गला नहीं घोंट सकता।

× × ×

'साप्ताहिक हिन्दुस्तान' का 'बिहार विशेषांक' और 'धर्मयुग' का 'हास्य विशेषांक' निकलनेवाला है। मुझे भी कहा गया है—इन पर कुछ लिखने को, क्या लिखूँ? सारा देश जेल बन गया है। एक-एक साँस कैद है। अपनी इच्छा से जी भी नहीं सकते तो बिहार पर क्या लिखूँ?—डॉक्टर जगन्नाथ मिश्र की सरकार बीस-सूत्री कार्यक्रम सफलतापूर्वक चला रही है! नसबन्दी तेजी से हो रही है या—संजय गांधी ने बिहार में दौरे कर बिहार की बहुत प्रगति कर दी? क्या लिखूँ—'बिहार विशेषांक' पर?

और 'हास्य विशेषांक' पर? मेरे जे.पी.जेल में। गोलियों और बूटों से यहाँ की जिन्दगियाँ रौंदी जा रही हैं। बहते आँसू सूख नहीं पा रहे हैं। आहों और यातनाओं के इस दौर में मैं हास्य लिखूँ? अच्छा हुआ जो यह दिन देखने के पहले ही मेरी कलम चोरी चली गई।

× × ×

आज (16 नवम्बर, '76) जब मैं गाँव से फारबिसगंज स्टेशन आया, तो स्टेशन के बाहर रामदेनी तिवारी जी की मूर्ति के सामने खड़ा हो गया। गुरुदेव! यह क्या हो रहा है? तभी अचानक अस्वस्थता के कारण मुझे खून की उल्टी हो गई। वहीं गुरुदेव के सामने खून उगल डाला। देखनेवालों ने

समझा कि पान की पीक फेंक रहा हूँ। पर, गुरुदेव देख रहे हैं—उनका रेणु आज खून उगल रहा है।

× × ×

इन्दिराजी क्यों नहीं अपनी गद्दी बचाकर पूरे देश को एटम बम से उड़ा देती हैं? उनको एकच्छत्र राज ही तो करना है। न कोई बचेगा, न विरोध होगा। कम-से-कम मेरे-जैसे लोग तो विरोध करेंगे ही। या नहीं तो ऐसा करें, मेरे-जैसे लोगों को चुन-चुनकर फाँसी पर लटका दें।

× × ×

यह भी कोई प्रजातंत्र है? कलम बन्द, जुबान बन्द! पर, आँखें खुलीं। इस अवस्था में आदमी पागल नहीं होगा तो क्या होगा? मानसिक उद्वेग को कैसे शान्त करेगा? मेरे-जैसा आदमी या तो पागल हो जाएगा, या आत्महत्या कर लेगा।

× × ×

दुनिया में जितने भी दु:ख हैं, बर्दाश्त किये जा सकते हैं—केवल मानसिक दु:ख को छोड़कर! विशेष कर भावुक लोगों के लिए, जो केवल लिख-पढ़ और बोलकर ही अपनी भावनाएँ व्यक्त कर सकते हैं। सोचो—यदि उस पर अंकुश लग जाए तो उसकी क्या स्थिति होगी?

प्रजातंत्र का अर्थ है—देश में जो कुछ भला-बुरा हो रहा है, उसे जनता के सामने प्रकट कराना। लेकिन यह कैसा प्रजातंत्र है? देश में कहाँ क्या हो रहा है, किसी को पता नहीं। कहाँ कितनी बड़ी दुर्घटना हो गई, कहाँ क्या हो गया, कुछ पता नहीं। कितने लोग भूख-गरीबी-अत्याचार-दमन से मर गए, कोई सूचना नहीं। मित्र-बन्धु, साथी, घर-परिवार के लोग कहाँ हैं—जेल में बचे भी हैं कि नहीं—कुछ पता नहीं। यह क्या हो गया है? सरकार अपने कर्तव्य से हट गई है। अब विनाश की ओर जा रहा है—अपना यह देश!

× × ×

मेरा यह दिमाग एक टेप है। अभी देश में जितनी भी घटनाएँ घट रही हैं और जो मुझे मालूम हैं, सारी बातें मेरे दिमाग में टेप हो रही हैं। इमरजेंसी समाप्त होने दो, मैं अपने दिमाग के टेप को वापस घुमाऊँगा और सारी बातें किताबों और फिल्मों के माध्यम से दुनिया के सामने रखूँगा।

व्यक्तिगत निबन्ध

राष्ट्र-निर्माण में लेखक का योगदान

वास्तव में प्रस्तुत विषय, सवालों का सवाल है। स्वतंत्रता-प्राप्ति के पहले राष्ट्र की गुलामी ही हमारी प्रमुख समस्या थी। स्वतंत्र भारत की प्रमुख समस्या—राष्ट्र-निर्माण की समस्या है। इस समस्या के मूल में बहुत सारी समस्याओं की गुत्थी उलझी हुई है। और, मुझे लगता है कि यही एक प्रश्न है जिसको हल करने के लिए हमें बार-बार एकत्र होने की आवश्यकता पड़ रही है। इसलिए आरम्भ में ही निवेदन कर दूँ—ऐसे कठिन और महत्त्वपूर्ण विषय पर मुझ-जैसे नये चिन्तक के विचार सहचिन्तन को उलझाएँगे ही। आदर्श राष्ट्र के बारे में, जन-मन-गन-अधिनायक के गायक ने कहा था : 'आधुनिक युग में हम उसी राष्ट्र-नीति को श्रेष्ठ कहेंगे, जो सर्वजन की स्वाधीन बुद्धि और स्वाधीन शक्ति को प्रकाशित करने का समुचित अवसर दे।'

देश को स्वाधीन हुए एक दशक हो रहा है, किन्तु प्रवीण चिन्तन की परम्परा हमारे देश में अभी अंकुरित ही नहीं हुई है। अन्य क्षेत्रों में जो कुछ भी हुआ है—चिन्तन के क्षेत्र में कोई अग्रगति नहीं हुई है। प्रवीण-चिन्तन—जिसको कवि-गुरु ने चित्त का स्वराज्य एवं मोहयुक्त बुद्धि का उदार अनुशीलन कहा है, अत्यानुसंधान, तीव्र विचार-विरोध—गणतंत्र की सफलता और अग्रगति के न्यूनतम उपकरण हैं। कहने का तात्पर्य यह नहीं कि जीवन को उपवासी और जीर्ण रखकर मनन और चिन्तन का उन्नयन किया जाए। सभ्यता के सभी उपकरण प्रस्तुत कर देने से ही अन्तर की स्वाधीनता प्राप्त नहीं हो जाती। इसलिए कुछ दिन तक अविरत आत्मानुसंधान करने की आवश्यकता है, वरना हमारे सामने जो रूमानी आवरण है, वह दूर नहीं होगा। और, उस आलोक के बिना अन्धकार में अग्रसर होने का अर्थ—पतन की ओर बढ़ना है।

हमारे देश में चित्त का स्वराज्य नहीं हुआ है। हमारी बुद्धि मोह-मुक्त नहीं हो सकी है। राष्ट्र-निर्माण की जिन परिकल्पनाओं के कार्य प्रारम्भ हुए हैं, क्या उनसे हमारे दुःख और दारिद्र्य का सचमुच ही अवसान होगा? हमने इस पर भी कभी विचार किया है? अपने इस दैन्य का अभिशाप हम भोग रहे हैं।

राष्ट्र-व्यवस्था-गठन करके, जन-कल्याण के पथ पर हमारा देश अग्रसर हुआ है। कल्याण-साधन के कार्य भी आरम्भ हुए हैं। किन्तु, हमारे राष्ट्र-नायकों के जन-कल्याण की प्रचेष्टा में, बुद्धि को जाग्रत करने का अभिप्राय कहाँ नहीं मिलता! तरह-तरह के वैज्ञानिक प्रतिष्ठानों के द्वारा, सर्वसाधारण के बीच विज्ञान का प्रसाद वितरण कर देने से कुछ नहीं होगा। जनसाधारण की वैज्ञानिक दृष्टि को खोलने की आवश्यकता है। वैज्ञानिक सम्पद-लाभ करने के साथ-साथ वैज्ञानिक दृष्टि-लाभ श्रेयस्कर है। देश की खर-स्रोता, नदियों के जल-स्रोत को विज्ञान की शृंखला में बाँधकर, देश की बंजर और गैर-आबाद ज़मीन को शस्य-श्यामल बनाने के साथ-साथ मानसिक दुर्भिक्षग्रस्त राष्ट्र की चित्त-भूमि को उर्वर बनाने की आवश्यकता थी। जनसाधारण के सूखते हुए मनन-स्रोत की ओर हमारे राष्ट्र-नायकों का ध्यान कभी नहीं गया। यही कारण है कि कोई भी परिकल्पना जन-साधारण के हृदय में प्रविष्ट होकर प्रतिष्ठित नहीं हो पा रही है। इसे राष्ट्र-जीवन का दुरुपयोग ही समझना चाहिए।

विद्युत-आलोक से गाँव-गाँव की अली-गली को आलोकित करने का क्या अर्थ, जबकि सर्वजन के मन के कोटर में चिर-अन्धकार बद्धमूल हो रहा है? शिक्षा की अपूर्णता हमारे साहित्य के मुक्ति-विधान में बाधक हो रही है—इसे हम देखकर भी नजरअन्दाज कर रहे हैं। शिक्षा और साहित्य का सम्बन्ध अभिन्न है। किन्तु हमारा दुर्भाग्य, हमारे देश में शिक्षा और साहित्य का प्रत्यक्ष संयोग अभी तक नहीं हुआ। निश्चय ही यह स्थिति किसी राष्ट्र के लिए संकटपूर्ण प्रमाणित हो सकती है।

पंचवार्षिक परिकल्पनाओं का शुभ सन्देश लेकर जब हमारे राष्ट्र-नायक जनता के बीच आते हैं तो जन-गन के खाली दिल-दिमाग को देखकर परेशान होते हैं। झुँझलाते हैं। अपने अजीबो-गरीब मुल्क पर तरस खाते हैं। और, कभी-कभी ललाट पर बल डालकर अपने राष्ट्र के लेखकों को खोजते हैं : कहाँ हैं वे—सपनों के संसारवाले? हम यहाँ कितने सपनों को साकार करने जा रहे हैं। हमारे राष्ट्र के लेखक और कलाकार निर्विकार पड़े हुए हैं।

लेखक और कलाकार निर्विकार नहीं हैं। हाँ, वे असमंजस में अवश्य पड़े हुए हैं। असमंजस का कारण है। स्वाधीनता का कारण है। स्वाधीनता-संग्राम के मूल में जो त्याग और सेवा का आदर्श जीवन्त था, वह धीरे-धीरे विलुप्त हो चुका है, हमारे राष्ट्र के आचरण से। महात्मा गांधी ने अपनी जीवन-साधना से इस राष्ट्र के जनमानस में जिस प्रचंड शक्ति को उद्दीप्त किया था, वह भी लुप्तप्राय है। विदेशी नौकरशाही प्रतिवेश से चिपके रहने के कारण हमारे राष्ट्रनायक इस हकीकत को नहीं समझ सकते हैं। राष्ट्र को संगठनमूलक प्रचेष्टा में प्रवृत्त कराने के लिए जिस आदर्श की आवश्यकता है, उसे हमारे राष्ट्रनायक खो चुके हैं। जबकि स्वाधीनता-संग्राम में उसकी जितनी आवश्यकता थी, उससे भी अधिक आवश्यकता आज है। राष्ट्र-निर्माण की परिकल्पनाओं को सफल करने के लिए देश की जनता को त्याग स्वीकार करना होगा। भविष्य की ओर देखकर वर्तमान का दुःख-कष्ट सहन करना होगा। किन्तु उपर्युक्त आदर्श की अनुपस्थिति में देश की जनता को वृहत्तर स्वार्थ के लिए अनुप्राणित करना बहुत कठिन व्यापार है।

इस अन्धकारपूर्ण परिपार्श्व में, लोकतंत्र की प्रतिश्रुति ही आशा का एकमात्र प्रकाश है। इसी के भरोसे हमें सब कुछ करना है। प्लेटो ने लेखक और कलाकार को अपांक्तेय और अछूत करार देकर, राजकाज के मामले से इन्हें बहिष्कृत करने की सलाह दी थी। उसने लेखक और कलाकार को गैर-जिम्मेवार, पागल और नमक-हराम समझा था। किन्तु, लोकतंत्र के नेताओं ने अनुभव से यह जान लिया है कि किसी भी राष्ट्र के निर्माण में लेखक और कलाकार की सहयोगिता अत्यावश्यक ही नहीं, अनिवार्य है।

यह सही है कि लेखक-वर्ग विभिन्न राजनीतिक मतवादों से प्रभावित हैं। जिन पर किसी राजनीति का प्रभाव नहीं, उनकी अपनी राजनीति है, उनका अपना दर्शन है। इनमें से अनेक ऐसे हैं, जिन्होंने अन्तर्राष्ट्रीय दृष्टि प्राप्त कर ली है। इसलिए राष्ट्र-निर्माण को हम विभिन्न दृष्टि से देखते हैं। इसके बावजूद, भारतीय लेखक-वर्ग राष्ट्र-निर्माण में सहायक सिद्ध हो सकता है। यह हमारा विश्वास है। क्योंकि, भारतीयजन ने राष्ट्रीयता का पाठ अच्छी तरह पढ़ा है। फिर लेखक या कलाकार जिसका धरती से इतना लगाव हो, वह राष्ट्र-निर्माण के कामों को देख-सुनकर अनुप्राणित हुए बिना कैसे रह सकता है? बहुजन हिताय परिकल्पनाओं को शंका की दृष्टि से देखनेवाले आलोचकों को भी

सम्भवत: कोई वाजिब दलील नहीं मिलेगी। यहाँ मुझे एक ऐसी ही दलील की याद आ रही है। हमारे एक प्रतिष्ठित लेखक बन्धु कोई 'डैम' देखने गए थे। नवनिर्माण को देखकर रचनाकार प्रभावित अवश्य हुआ। किन्तु, 'डैम' के पास ही एक किसान से उसकी भेंट हो गई। किसान ने कहा, 'क्या देख रहे हैं बाबू साहेब? यह नदी तो विधवा हो गई।' और, हमारे मित्र कलाकार के मन में यह बात बैठ गई। उसका सारा उत्साह शेष हो गया। उसने देखा—वास्तव में नवनिर्माणकर्ताओं ने नदी का सुहाग लूट लिया है। नदी विधवा हो गई है। कवि का हृदय कातर हो गया और सम्भवत: नवनिर्माण-विमुख भी।

आरम्भ में ही मैंने प्रवीण चिन्तन की चर्चा की है। उपर्युक्त कातरता यदि राजनीतिक पूर्वग्रह की उपज नहीं तो नाबालिग चिन्तन का अकाल परिपक्व फल अवश्य है। राष्ट्र-निर्माण के कार्यों को देखने के पहले उसकी निगाह या तो शासक-पार्टी के झंडे पर थी अथवा जन-जीवन से परे पले हुए व्यक्तित्व पर—जो ऐसे क्षणों में अपनी लघुता में काँप-काँप जाता है। नहीं तो उस अचैतन्य किसान के सामने वह उस नदी की सही तसवीर उपस्थित करता—आँचल में सुख-समृद्धि के लिए खड़ी सुहागिन पुण्य सलिला! जो कुछ दिन पूर्व तक डायन थी, अपने बच्चों को खाती थी, वह जन-जन में नवजीवन बाँटने के लिए आई है। यदि किसी एक व्यक्ति के सरोवर को परिपूर्ण करने के लिए उस नदी को श्रीहीन किया गया तो हमारे बन्धु का ही कर्तव्य था—जनसाधारण को इस बर्बरता की सूचना देकर, इसके विरुद्ध जनमत तैयार करना। किन्तु, उसका तटस्थ रहना तो किसी भी अवस्था में क्षम्य नहीं। विज्ञान-भवन की भव्य अट्टालिका में—सर्वाधुनिक प्रसाधनों से परिपूर्ण तथा आरामदेह आसनी पर बैठते समय निश्चय ही अनेक लेखकों को अपने जनसाधारण की याद आई होगी। किन्तु, किसी कवि का हृदय कातर नहीं हुआ, अन्दाज की बात है।

प्रश्न उठता है, लेखक या कलाकार राष्ट्र-निर्माण में किस तरह सहयोग दे? क्या वह 'अप्सरा' पर महाकाव्य लिखे? चिरंतन पर नाटक की रचना करे? मेरे विचार से, यही वह भ्रमपूर्ण स्थल है, जहाँ हम भटक जाते हैं। अपने देश की नौकरशाही ने इस भ्रम को और भी गाढ़ा कर दिया है।...राज्य को लेखकों और कलाकारों की जरूरत है। उनके सहयोग की आवश्यकता है। भ्रष्ट नौकरशाही आगे बढ़कर लेखकों को बटोरने का काम शुरू कर देती

है। तरह-तरह के सार-सरंजाम के साथ लेखक बटोरने का राष्ट्रव्यापी आयोजन प्रारम्भ होता है। वे जानते हैं कि लेखक गरीबी और अवहेलना का मारा हुआ है। इसलिए वह पुकार-पुकारकर कहता है—लेखको! महाप्राप्ति योग उपस्थित है तुम्हारे द्वार पर। इस लुभावनी पुकार से लेखकों में चांचल्य की सृष्टि होती है। सहयोगिता के नाम पर बटोरे हुए लेखकों को राष्ट्र-नायक-गुण-कीर्तन रचने से लेकर नदी-घाटी-योजना के भ्रष्ट पदाधिकारियों का यशोगान करने तक के लिए सलाह दी जाती है। बीच-बीच में तफरीह के लिए देश में विभिन्न निर्माण-क्षेत्रों में भेजकर नौकरशाही अपने कर्तव्य से मुक्त हो जाती है। लेकिन लेखक का सन्देहशील मन क्रमशः कोटरग्रस्त हो जाता है। नौकरशाही मशीन का नट-बोल्ट बनकर वह रह जाता है। उधर, राजनेता जब लेखा-जोखा करने बैठता है तो उसकी झुँझलाहट फिर बढ़ जाती है। क्या बात है? हमने लेखक माँगे थे—ये तो मुहर्रिर हैं। लेखक का क्या कुसूर? उसे मुहर्रिर होने का कम दुःख नहीं। किन्तु व्रत छोड़कर वृत्ति स्वीकार करने के बाद कलम, नश्लन-बाद-नश्लन पुष्ट होते हुए फाइलों के दस्तावेज़ों की नकल करने में ही घिसती है। हमारा प्रचार-साहित्य इसी का प्रमाण है।

असल में लेखक से सहयोगिता स्थापित करने के ये सारे नौकरशाही तरीके गलत ही नहीं, अहितकर भी हैं। इससे राष्ट्र-निर्माण में न तो कोई सहायता मिल सकती है और न साहित्य का कोई मंगल होता है। इसके विपरीत साहित्य का निर्मल जल अकारण ही गँदला होता है और लेखकीय मंच पर शोरगुल, छीना-झपटी तथा ईर्ष्या-कातरता को पनपने का मौका मिलता है। इस तरीके को किसी भी आत्म-सम्मानशील लेखक की स्वीकृति नहीं मिल सकती।

यदि हमारे राष्ट्र के लेखक को महान् निर्माण-कार्यों से प्रेरणा नहीं मिलती, तो उसे राजकीय पैमाने पर प्रेरित न किया जाए। रचने दीजिए उन्हें देहवादी रचनाएँ। नवनिर्माण की पहली शर्त है—राष्ट्र को नई प्रेरणा प्रदान करना। और, बावजूद सारी खामियों के इसने हमारी देश की जनता को प्रेरित करना शुरू किया है। आन्तरिकता-शून्य उपदेशों का असर उलटा होता है। जनजीवन के सुख-दुख से परे रहनेवाले साहित्यकार की कराई हुई रचनाओं का प्रभाव जनजीवन पर नहीं पड़ सकता। जीवन के क्षेत्र में कुंठा, अव्यवस्था और घुटन महसूस करनेवाले लेखकों से, नवनिर्माण से रागात्मक सम्बन्ध स्थापित करने की आशा करना, हिमाकत के सिवा और कुछ नहीं।

क्या पता कि नवनिर्माण की तीव्र प्रेरणा कहीं किसान के बेटे को स्पंदित कर रही हो! और वह अपनी अटपटी भाषा में मन के उल्लास को जोड़ने की चेष्टा कर रहा हो! दूर किसी उदास गाँव में बैठा कोई बूढ़ा लुहार ट्रैक्टरों, बुलडोजरों की गड़गड़ाहट को सुनकर फिर से जवान हो रहा हो! उसकी बाँहों में फिर से फौलादी ताकत आ रही हो! सेनेटोरियम की खिड़की से, पचास कोस दूर थरमल-पावर प्लांट की चिमनियों को देखकर किसी क्षयग्रस्त युवक के घाव भर रहे हों! विपुल प्राण-धर्म से ओत-प्रोत जीवन-छंद रचने को वह बेदार हो रहा है।

सम्भव है, साहित्य के इतिहास में उनका नाम कभी न लिया जाए, साहित्यकारों की पंक्ति में उन्हें स्थान न मिले; किन्तु जनजीवन में नवीन प्रेरणा और आदर्श स्थापित करने का सारा श्रेय उन्हीं कलाकारों का होगा। एक फ्रेंच राष्ट्रनायक ने कहा था: 'वार इज टू सीरियस ए थिंग टु बी लेफ्ट ओनली टु दि जनरल्स।' इस विख्यात उक्ति के आधार पर हम कह सकते हैं कि रचना का गुरुत्व इतना अधिक है कि इसे सिर्फ साहित्यकारों के हाथ में छोड़ देने से अनिष्ट अवश्यंभावी है।

[*आलोचना* : अक्तूबर, '57]

जन-जागरण में साहित्यकार की भूमिका

साहित्यकारों ने और देशों में अपने साहित्य के द्वारा क्या किया है, यह तो मैं ज्यादा नहीं कह सकता हूँ, लेकिन अपने देश की बात लीजिए तो मैं 'भारत-भारती' से ही शुरू करूँगा। 'भारत-भारती' यदि आज का नौजवान पढ़ता होगा, तो पता नहीं, उस पर उसकी क्या प्रतिक्रिया होती होगी, लेकिन जब हम गुलाम थे और बच्चे थे और यह जानते थे कि हम गुलाम हैं, तब के दिनों की बात याद आती है कि 'भारत-भारती' को पढ़कर हम कभी रोते थे और कभी हमारी किशोर काया में न जाने कहाँ से कौन-सा उफान आ जाता था! माखनलाल चतुर्वेदी जी की 'पुष्प की अभिलाषा' और 'कोकिल बोलो तो' ने उस जमाने के क्रान्तिकारियों और देशप्रेमियों को जितनी प्रेरणा दी, अभी बिहार के जन-आन्दोलन के समय भी उसी तरह प्रेरित कर रही है—यह देखकर मुझे भी बड़ा अचरज हुआ। मैंने देखा कि जेल की कोठरी में घुसने के बाद एक नौजवान ने 'शेखर : एक जीवनी' विशेष रूप से मँगवाई और उसे पढ़कर वह जेल-यातनाओं को झेलने की ताकत हासिल करता था और उसे लगता था कि सारी बातें जैसे उसी के साथ घट रही हैं और वह स्वयं शेखर हो! जेल में जो नौजवानों के समूह आते थे, उनके हाथों में यशपाल के उपन्यासों की नई प्रतियाँ, दिनकर की 'हुंकार', 'बेनीपुरी ग्रंथावली', बेनीपुरी लिखित 'लाल चीन' आदि ग्रंथों की प्रतियाँ तीन-तीन, चार-चार युवकों के दलों में पढ़ी जाती थीं। इन किताबों की बिक्री बिहार-जन-आन्दोलन के दौरान जरूर बढ़ी होगी, ऐसा मेरा अनुमान है, यद्यपि मैंने यह जायजा प्रकाशकों से नहीं लिया है। आजादी के बाद 'बन्दे मातरम्' गीत को इतनी श्रद्धा और तन्मयता से गाते हुए मैंने फिर इसी जन-आन्दोलन में सुना है, हालाँकि इस बीच राजनीतिक

कारणों से 'बन्दे मातरम्' शब्द ही कुछ लोगों द्वारा प्रतिक्रियावादी करार दे दिया गया था, अपनी माँ को प्यार से पुकारने की बात पर भी राजनीतिक रंग चढ़ा दिया गया था। किन्तु जब सम्पूर्ण क्रान्ति का बिगुल बजा तो अनायास ही युवा कंठों से यह पुकार स्वयं ही फूट पड़ी।

बिहार-आन्दोलन में क्यों?

आपने 'मैला आँचल' अगर पढ़ा हो तो आजादी के पूर्व की राजनीतिक, सामाजिक तथा आर्थिक झलक के साथ आपको आजादी के बाद की झलक भी मिली होगी। उसका एक पात्र 'बावनदास' जो गांधीजी का अन्धभक्त है और साधारण जन ही नहीं—बौना है, कहता है, 'अब तो सभी लोग 'मेले' (एम.एल.ए.) बनना चाहते हैं। पटना में रहना चाहते हैं। अब जनता को कौन पूछता है!' फिर आगे चलकर वह अपने प्राणों से प्रिय दल (कांग्रेस) में क्रमशः बढ़ती हुई जातिवादिता से इतना घबरा गया है कि व्यंग्य करता है, 'अब सभी कांग्रेसियों को अपनी-अपनी टोपियों पर अपनी जाति लिखवा लेनी चाहिए...'भूमिहार कांग्रेसी', 'राजपूत कांग्रेसी', 'कायस्थ कांग्रेसी'।' गांधीजी की मृत्यु के बाद वह निराश और उदास होकर कहता है, 'अब कौन रह गया है? एक 'जयपरगास' जी हैं, उनको भी कोई एक दिन गोली मार देगा।'

'परती : परिकथा' में मैंने जमीन, भूमिहीनों और खेतिहर मजदूरों की समस्या को लेकर बातें कीं। जातिवाद, भाई-भतीजावाद और भ्रष्टाचार की पनपती बेल की ओर मात्र इशारा नहीं किया था, इसे समूल नष्ट करने की आवश्यकता पर भी बल दिया था। बाद में एक छोटी-सी कहानी 'आत्म-साक्षी' के द्वारा राजनीतिक पार्टियों के आपसी कलह और जनता से अलगाव की ओर अपने पाठकों का ध्यान आकर्षित किया था। अपनी अन्य कहानियों में मैंने निम्न-मध्यवर्ग, पिछड़े लोगों, भूमिहीनों, खेतिहर मजदूरों तथा समाज के ऐसे लोगों का चित्रण किया जिन्हें हरिजन कहकर गौरवान्वित तो कर दिया गया, किन्तु वे आजादी के बाद भी बे-जमीन, पिछड़े और अछूत एवं आक्रांत होते रहे। शोषण तो कभी बन्द नहीं हुआ, बल्कि सारी विकृतियाँ दिन दूनी, रात चौगुनी होकर समाज को ग्रसती गईं। जाहिर है, मेरे पाठकों ने (शायद बिहार के पाठकों ने) इनमें काल्पनिक और कोरी कल्पनाओं का आनन्द लिया और

क्रमशः इन विकृतियों में जकड़ते गए। तो क्या हुआ लिखकर यह सब? मैं सोचता हूँ कि लिखने के बजाय अगर मैं किसी लड़के पर मोटी रकम तिलक में गिनानेवाले पड़ोसी के दरवाजे पर सत्याग्रह करके बैठ जाता, अछूतों को सही जगह दिलाने के लिए कम-से-कम अपने ही गाँव में कोई प्रयत्न करता या जाति-पाँति के विरुद्ध अनशन करता तो अच्छा था। एक हजार से ज्यादा पृष्ठ लिखने और उसकी भूरि-भूरि प्रशंसा और यश प्राप्त करने के बावजूद मुझे मिला यह सड़ा हुआ बिहार! आपने यह सुना होगा कि नेपाल की क्रान्ति में कलम के बदले मैंने राइफल सँभाली थी और 'मास मीडिया' को अपनाया था। 'नेपाली क्रान्ति' के समय पहाड़ियों और तराइयों में पीठ पर 'ट्रांसमीटर' लादे घूमता था और नेपाल के कोने-कोने में क्रान्ति के सन्देश प्रसारित किया करता था। उसी तरह इस बार जब जनक्रान्ति हुई तब मेरी आत्मा पुकार उठी। सिर्फ कलम से नहीं; अपनी काया से भी कुछ लिखना जरूरी है। अपने ही कलेजे के रक्त में अपनी उँगली डुबोकर दीवार पर 'क्रान्ति अमर हो' लिख पाऊँ, यही कामना मन में लहरें लेने लगी। स्पष्ट है कि मैं आन्दोलन में शरीक नहीं हुआ, बल्कि आन्दोलन मेरे अन्दर समा गया।...और इसके बाद जो हुआ, जो हो रहा है, जो कर पा रहा हूँ—वह आप देख ही रहे हैं। और कुछ हो या न हो, ऐसा लगता है कि गंगा में नहाकर अपने सारे सामाजिक पापों को धो रहा हूँ। अगर इस जनक्रान्ति के बाद फिर कलम से लिखने का मौका मिला तो वह लेखन स्वतःस्फूर्त और सत्य के बहुत करीब होगा।

लड़ाई जारी है!

हमारे हजारों बच्चे जेलों में यातनाएँ झेल रहे हैं। हजारों फरार हैं और हमारी लड़ाई अभी जारी है। आपने इस दरमियान देखा होगा कि बिहार से कुछ लोगों को गैर-बिहारी कहकर सरकार ने निष्कासित किया। अभी और भी लोगों को करेंगे। एक ओर राष्ट्रीय एकता (नेशनल इंटीग्रेशन) की लम्बी बातें और दूसरी ओर किसी भारतवासी का अपने ही देश के किसी प्रान्त में निष्कासन—कैसी विडम्बना है? राज्य की ओर से यह अलगाव की भावना हमें आश्चर्य में ही नहीं डाल रही, बल्कि आशंकित करती है कि किसी दिन हमें, यानी हम बुद्धिजीवियों को अपने देश से ही निष्कासित करने का परवाना न निकाल दे!

व्यवस्था का जो रूप है, जो तेवर है, उसे देखते हुए मैं बिस्तर बाँधकर बैठा हूँ कि मुझे हठात् किसी एक सुबह को अपने मैला आँचल से उठाकर किसी अज्ञात देश में (कौन-सा होगा वह देश, अपनी मातृभूमि तो वह नहीं होगी) भेज दिया जाएगा। इसके बावजूद मुझे सन्तोष होगा!

अपने आप से लड़ना है!

समाज के एक-एक मोर्चे पर हमें लड़ना है, यहाँ तक कि हमें अपने आप से लड़ना है। सम्पूर्ण क्रान्ति सिर्फ सरकार बदलने तक ही सीमित नहीं रह जाती, उसका अर्थ होता है—एक नई जिन्दगी की शुरुआत के लिए निर्मम होकर आततायियों पर प्रहार। जातिवाद, भाई-भतीजावाद आदि मोर्चे पर लड़ते समय हम देख रहे हैं कि हमारे दुश्मन हमारी अपनी ही जाति के लोग, अपने ही भाई, अपने ही भतीजे हो रहे हैं। और ऐसे महाभारत के लिए, अब किसी अर्जुन को समझाने के लिए किसी कृष्ण की जरूरत नहीं।

पीछे कौन-सी शक्तियाँ हैं?

जो लोग यह कहते हैं कि इस आन्दोलन में जनसंघ और राष्ट्रीय स्वयंसेवक संघ आदि के लोग हैं, उनकी सूचना के लिए मैं यह बता दूँ कि अगर इसके पीछे जनसंघ और राष्ट्रीय स्वयंसेवक संघ है तो उनको समझ लेना चाहिए कि इनके अतिरिक्त कम-से-कम एक अदद 'रामकृष्णाइट' भी है, जिसका नाम है फणीश्वरनाथ 'रेणु', जिसका विश्वास है कि रामकृष्ण और विवेकानन्द से बढ़कर क्रान्तिकारी गांधी के पहले इस देश में कोई नहीं हुआ। दरिद्रनारायण की सेवा को असली पूजा माननेवाले आज प्रतिक्रियावादी कहला सकते हैं और चूँकि विवेकानन्द ने अमरीका में कोने-कोने में भाषण देकर दलितों और पीड़ितों के उत्थान के लिए प्रचार किया था और अमरीकावासियों से धन एकत्र करके 'रामकृष्ण मिशन'-जैसी दरिद्रनारायण की सेवा में लगी संस्था को जन्म दिया। अतः उन्हें सी.बी.आई का सबसे पहला 'एजेंट' भी वे लोग 'ब्रैंड' कर सकते हैं।

मैं मानता हूँ कि रामकृष्ण परमहंस ने मार्क्स से भिन्न कुछ नहीं कहा था, बल्कि कुछ ज्यादा ही कहा था (मैं आज के मार्क्सवाद की बात नहीं करता),

जो समय की कसौटी पर सच साबित हो रहा है। दरिद्रनारायण की कल्पना किसने पहले की थी?

पाठकों के लिए सन्देश

इस बीच मेरे पास हजारों चिट्ठियाँ अपने पाठकों की आई हैं। उन्हें मैं अलग-अलग उत्तर नहीं दे सका हूँ और न दे सकूँगा। उनके पत्रों ने मुझे ही नहीं, बिहार के समस्त जन-संघर्षी रचनाकारों को बल दिया है। इन पत्र लिखनेवालों ने एक स्वर से हमारी क्रान्ति की सफलता की कामना की है। मुझे विश्वास है कि उनकी शुभकामनाएँ, जो निश्चय ही मौखिक नहीं, हार्दिक हैं, हमारे लिए हथियार का काम करेंगी। सच कहता हूँ, अगर इस जन-आन्दोलन से अपने को किसी तरह अलग-थलग रख पाने में सफल हो पाता या तटस्थ हो पाता अथवा मौखिक सहानुभूति प्रकट कर रह जाता तो न प्रेमचन्द ने मुझे माफ किया होता और न निराला ने।

उतरी स्वप्न-परी—हरित क्रान्ति

कोसी या उसके किसी अंचल के सम्बन्ध में जब भी कुछ कहने या लिखने बैठता हूँ, बात बहुत हद तक 'व्यक्तिगत' हो जाती है। ऐसा होना स्वाभाविक भी है। क्योंकि, कोसी हमारे लिए नदी ही नहीं, माई भी है। पुण्यसलिला, छिन्नमस्ता, भीमा, भयानका भी : प्रभावती—कोसी मैया!

हम कोसी के उस अंचल के वासी हैं, जिससे होकर करीब तीन-चार सौ वर्ष पहले कोसी बहा करती थी। और यह तो सर्वविदित है कि कोसी जिधर से गुजरती, धरती बाँझ हो जाती। सोना उपजानेवाली काली मिट्टी सफेद बालूचरों में बदल जाती। लाखों एकड़ बंध्या धरती—उत्तर नेपाल की तराई से शुरू होकर दक्षिण गंगा के किनारे तक फैली हुई परती—पूर्णिया के नक्शे को दो असम भागों में बाँटती हुई।

इस 'परती' के उदास और मनहूस बादामी रंग को बचपन से ही देखता आया हूँ—दूर तक फैली साकार उदासी, जिस पर बरसात के मौसम में क्षणिक आशा की तरह कुछ दिनों के लिए हरियाली छा जाती—वरना बारहों महीने, दिन-रात, सुबह-शाम धूसर और वीरान...।

और इस मरी हुई मिट्टी पर बसे हुए इनसान?

मैलेरिया और काला आजार से जर्जर शरीर—रक्त-मांसहीन चलते-फिरते नरकंकालों के समूह, जिनकी जिन्दगी में न कहीं रस और न कोई रंग। रोने और कराहने के सिवा कुछ नहीं जानते थे—न हँसना, न मुस्कुराना। जिनके चेहरों पर हमेशा आतंक की रेखाएँ छाई रहतीं और आँखों में दुनिया-भर की उदासी। ऐसी आँखों में रंगीन और सुनहले सपने कैसे पल सकते हैं?

...बचपन के उन दिनों की याद आती है। हर साल हमारे एक दर्जन साथी, हमजोली हमसे बिछुड़ जाते—हमारे साथ पढ़नेवाले, साथ खेलनेवाले। और, हर ऐसे मौके पर हमें यह एहसास होता—शायद, अगले साल हम भी नहीं रहेंगे। अगले साल क्या, अगले महीने या दूसरे ही दिन अथवा—घड़ी में घड़ा फूट जा सकता है। हमने मैलेग्नेंड—मैलेरिया में मरते हुए लोगों को देखा था—डेढ़ घंटे में ही मृत्यु।

किन्तु विधाता की सृष्टि में मानव ही सर्वश्रेष्ठ प्राणी है। वह निराशा के घोर अन्धकार में भी नन्ही आशा का टिमटिमाता हुआ दीप लेकर आगे बढ़ता रहा है—अन्धकार से लड़ता रहा है।

मैंने शुरू में ही कह दिया है कि कोसी के किसी अंचल पर कुछ कहते समय मेरी बात बहुत हद तक व्यक्तिगत हो जाया करती है। आज ही नहीं—बीस-पच्चीस साल पहले से ही...!

याद है, बीस-बाईस साल पहले—'डायस कोसी' शीर्षक से मेरा एक रिपोर्ताज 'जनता' में प्रकाशित हुआ था, जिसका अन्त आशा-भरे इन शब्दों में हुआ था : 'परती के दिन फिरेंगे।...प्राणों में घुले हुए रंग धरती पर फैल जाएँगे?'

इस रिपोर्ताज ने मेरे दोस्तों को एक मसाला दिया। वे अक्सर मुझे चिढ़ाने के लिए कहा करते, 'क्यों, आपके प्राणों में घुले हुए रंग धरती पर फैल गए क्या?...जनाब! आपके सुनहले सपनों के अंडे कब फूटेंगे—सोने की चिड़ियाँ कब चहचहाएँगी?'

मैं पहले थोड़ा अप्रतिभ हो जाता। फिर हँसकर दृढ़तापूर्वक जवाब देता, 'आजादी की पहली सुबह...।'

आजादी के बाद इसी अंचल की पृष्ठभूमि में मेरा पहला उपन्यास प्रकाशित हुआ, जिसका एक प्रमुख पात्र जो मैलेरिया और कालाजार-उन्मूलन में लगा हुआ है, इसी इलाके से अपने एक प्रियजन को पत्र लिखता है : 'यहाँ की मिट्टी में बिखरे, लाखों-लाख इनसानों की जिन्दगी के सुनहरे सपनों और अधूरे अरमानों को बटोरकर यहाँ के प्राणियों के जीव-कोष में भर देने की कल्पना मैंने की थी। मैंने कल्पना की थी—हजारों स्वस्थ इनसान—हिमालय की कंदराओं में, अरुण-तिमुर-सुणकोसी के संगम पर—एक विशाल 'डैम' बनाने के लिए पर्वत-तोड़ परिश्रम कर रहे हैं।...लाखों एकड़ बंध्या धरती, कोसी-कवलित, मरी हुई मिट्टी शस्य-श्यामला हो उठेगी। कफन-जैसे सफेद, बालू-भरे मैदानों

में धानी रंग की जिन्दगी के बेल लग जाएँगे। मकई के खेतों में घास गूढ़ती हुई औरतें बेवजह हँस पड़ेंगी। मोती-जैसे सफेद दाँतों की दूधिया चमक...!'

और, तब मेरे दोस्तों को मजाक के लिए—'धानी रंग, जिन्दगी की बेल, मकई के खेत और दूधिया-चमक'-जैसे कई शब्द मिल गए। समय-असमय मेरे इन शब्दों के व्यंग्यबाण से मुझे ही मर्माहत करने का अवसर वे नहीं खोते। और, मैं हमेशा पूर्ववत् हँसकर कभी आशा-भरी कोई बहुत बड़ी बात अथवा किसी श्लोक या किसी पद्य की ऐसी ही पंक्ति—'नर हो न निराश करो मन को।'

इसलिए, जब सचमुच एक दिन कोसी-योजना का आयोजन होने लगा—मैं अपने को जब्त नहीं रख सका। दूने उत्साह से अपना दूसरा उपन्यास 'परती : परिकथा' में हाथ लगा दिया। उपन्यास लिखने के दौरान—पहाड़ों की कंदराओं में तपस्या में लीन देवगणों को बार-बार जाकर देख आता। मेरा नया तीर्थ बराहक्षेत्र, जहाँ आदमी लड़ रहे थे। बड़े-बड़े टनेल में पहाड़ काटनेवाले पहाड़ी जवानों से बातें करके धन्य हो जाता। अरुण-तिमुर और सुणकोसी के संगम पर बैठकर पानी मापनेवाले, सिल्ट की परीक्षा करनेवाले विशेषज्ञों को श्रद्धा तथा भक्ति से प्रणाम करके लौट आता। हर बार नई आशा की रंगीन किरण लेकर लौटता।

मेरा उपन्यास समाप्त हुआ, फिर प्रकाशित हुआ। किन्तु, उस समय कोसी-प्रोजेक्ट 'परीक्षा-निरीक्षा' के स्तर पर ही चल रहा था। अतः मेरे कृपालु मित्रों को इस बार मजाक का ही नहीं, बहस का भी विषय मिला।

'धूसर, वीरान अन्तहीन-प्रान्तर। पतिता-भूमि, परती-जमीन, बंध्या धरती। धरती नहीं, धरती की लाश! जिस पर कफ़न की तरह फैली हुई हैं—बालुचरों की पंक्तियाँ...!' 'परती : परिकथा' का प्रारम्भ इन्हीं शब्दों से हुआ है।

और, अन्त हुआ है इन पंक्तियों से : 'पर्दे पर धीरे-धीरे बादामी छाया छा जाती है। वीरान धरती का रंग बदल रहा है और धीरे-धीरे—हरा, लाल, पीला, बैंगनी। हरे-भरे खेत। परती पर रंग की लहरें...बाँसुरी रंगों को सुर प्रदान कर रही है। अमृत-हास्य परती पर अंकित हो रहा।...आसन्नप्रसवा परती हँसकर करवट लेती है!'

बाद में, मुझे भी लगने लगा कि मैंने अतिरिक्त उत्साह में सम्भवतः बहुत बढ़-चढ़कर बातें कह दी हैं। मित्रों की बातें मेरे कानों के पास रह-रहकर गूँज जातीं : 'भाई साहब! कागज पर रंग की लहरें लहराना और अमृत-हास्य

अंकित करना बहुत आसान है, परती पर नहीं।...अभी कोसी-प्रोजेक्ट का 'क' भी नहीं शुरू हुआ और आप हरे-भरे खेत देखने लग गए?...सावन के अन्धे को हरियाली-ही-हरियाली सूझती है। ऐसा भी तो हो सकता है कि डैम बनने और बनाने के बावजूद—इस परती-धरती को सींचकर भी खेती सम्भव नहीं हो? तब, आपकी करवट लेती इस आसन्नप्रसवा धरती—एक स्वप्न का क्या होगा? आपके वे सपने मिट्टी में बिखरे ही बिखरे रह जाएँगे।'

किन्तु, इन सारी निराश वाणियों के बावजूद—अन्ततः मेरे मन के कोने में प्रतिष्ठित दृढ़ विश्वास का स्वर कवि चंडीदास के सुर में मुखरित होता: 'सुन रे मानिस भाय। सबारि ऊपर मानुस सत्य तार ऊपर किछु नाय।'

तीन साल पहले की बात है। गाँव पहुँचकर एक नई और दिलचस्प कहानी सुनने को मिली। हमारे गाँव का एक कर्मठ आदमी दस-बारह साल पहले गाँव छोड़कर पूरब-मुलुक बंगाला की ओर कमाने गया। पहले तो वह छठे-छमाहे, होली-दीवाली में गाँव आता भी था लेकिन, पिछले आठ साल से वह गाँव नहीं आया था। उधर ही बस गया था। गाँव में एक-डेढ़ बीघे जमीन थी, उसी को बेचने के लिए वह आठ साल के बाद आया। स्टेशन पर उतरकर उसने अपने गाँव की पगडंडी पकड़ी। कुछ दूर जाने के बाद उसने अपने गाँव की ओर निगाह दौड़ाई। विशाल परती के उस छोर पर उसका गाँव...लेकिन, यह क्या...यहाँ परती कहाँ है? उसे लगा, वह रास्ता भूलकर दूसरी ओर आ गया है—जहाँ तक नजर जाती है, धान के खेत लहरा रहे हैं—चारों ओर हरियाली है। नहर, आहर और पैन-पुलिया और बाँध—यह कहाँ आ गया वह? उसको विश्वास हो गया कि वह नींद में ऊँघता हुआ किसी दूसरे स्टेशन पर उतर गया है। वह स्टेशन लौट आया और चिन्तित होकर पूछने लगा कि क्या यह वही स्टेशन है और अगर यह वही स्टेशन है तो उसका गाँव कहाँ चला गया, किधर चला गया?

इसलिए, गाँव के लड़कों ने इस आदमी का नया नाम दिया है—'सुदामा।' उसको देखते ही लोग गुनगुनाने लगते हैं—'सुदामा मदिर देखि डर्‌यो।'

सो, गाँव को हमेशा छोड़कर पूरब-मुलुक बंगाला में बस जानेवाले सुदामाजी ने तब जमीन बेचने का इरादा बदल दिया। बंगाला में बसे परिवार को उठाकर फिर गाँव ले आए। पिछली बार डेढ़ बीघे जमीन में तीस मन 'लरमा रोजो'

मैक्सिकन गेहूँ पैदा करने के बाद संकर-मकई और मकई के बाद आइ.आर. एइट धान।

इस अभिनव सुदामा-चरित के बाद इस अंचल की प्रगति और परिवर्तन के बारे में और क्या कहा जाए?...जिस धरती पर कभी दूब भी हरी नहीं होती थी—वहाँ धान और गेहूँ की बालियाँ झूमती हैं...नहरों के जाल बिछ गए हैं... परती का चप्पा-चप्पा हँस रहा है। सिंचाई, रासायनिक खाद और उन्नत बीज की महिमा से बंध्या धरती अन्नपूर्णा ही नहीं, परिपूर्णा हो गई है...।

जिस दिन हमारे खलिहान पर गेहूँ की पहली फसल कटकर आई—मेरा रोम-रोम पुलकित हो गया। मैंने बालियों को सिर से छुलाकर मूल मंत्र का जाप किया। फिर, अपने दोनों उपन्यासों की निजी प्रतियाँ निकाल लाया और उनके अन्तिम पृष्ठों पर लिख दिया :

'लाखों एकड़ कोसी-कवलित, मरी हुई मिट्टी शस्य-श्यामला हो उठी है। कफ़न-जैसे सफेद बालू-भरे मैदान में धानी रंग की जिन्दगी के बेल लग गए हैं। मकई के खेतों में घास गूढ़ती औरतें सचमुच बेवजह हँस पड़ती हैं।...सारी धरती मानो इन्द्रधनुषी हो गई है।

दिन फिरे हैं किसानों के। खेतों में ट्रैक्टर चल रहे हैं। सब मिलाकर एक स्वप्नलोक की सृष्टि साकार हो गई है। चारों ओर अमृत-हास्य। एक हरित क्रान्ति अपनी पहली मंजिल पर पहुँचकर सफल हुई है। सपने सच भी होते हैं और 'अपने' भी।...

जिन्हें विश्वास न हो, वे स्वयं आकर देख जाएँ—प्राणों में घुले हुए रंग धरती पर किस तरह फैल रहे हैं—फैलते जा रहे हैं!

[*ज्योत्स्ना* : नवम्बर, 1968]

वह एक कहानी

कई माह पहले यदि मुझसे यह व्यक्तिगत निबन्ध लिखने को कहा गया होता, तो मैं एक विचित्र संकट में पड़ जाता। धर्मसंकट नहीं—मर्मसंकट।

दो कहानियाँ, जो पिछले पच्चीस साल से पहलू में पल रही हैं, 'भिन्न-धर्मा' होते हुए भी मुझे समान रूप से प्रिय हैं। और, कुछ महीने पहले तक मैं इन कहानियों के पात्र और पात्री को भुलावा देता आ रहा था—तुम दोनों मुझे समान रूप से प्रिय हो। किन्तु लिखने की बात होती, तो निश्चय ही श्री ताराशंकर बंद्योपाध्याय की (सर्वश्रेष्ठ?) कथा 'राइकमल' का नाम लेता। श्री विश्वेश्वर प्रसाद कोइराला की कहानी 'सिपाही' के पात्र गुरखाबहादुर को नेपाली में बड़े प्यार से समझा देता, 'साथी! स्वास्नी मांछे लाई प्रथम स्थान दिनू पर्छ भने...!' (अर्थात्—दोस्त! चूँकि औरत को पहली जगह मिलती है, वरना तुम ही मेरे सर्वप्रिय हो।) फिर, युवती वैष्णवी राइकमल का आँचल पकड़कर कृष्ण-कीर्तन की एक 'कली' (पंक्ति) तोड़कर गुनगुनाते हुए कहता, 'तोमारि लागिया बँधुआ-आ-आ—त्यागिन् संसार!' (ओ बँधुआ! तुम्हारे लिए ही सब कुछ छोड़ा!)

लेकिन, आज लिखने बैठा, तो देखा, 'सिपाही' ने वैष्णवी का हृदय जीत लिया है। राइकमल के कंठ में आज वैष्णव-पदावली की ललित पंक्ति नहीं, श्यामा संगीत (काली-कीर्तन) की पदावली है और सदा मद बरसानेवाली आँखों में है एक अपूर्व चिनगारी, 'के रणरंगिनी—के नारी अंगने एलो—ए समर-साजे साजे!' (कौन यह रणरंगिनी आई आँगन में—युद्धवेष में सजकर?) युवती वैष्णवी की देह से निकलती हुई मधुर गंध न जाने कहाँ बिला गई है! इन पंक्तियों के लिखते समय, चारों ओर महीनों बिना नहाए-धोए शरीर की गंध (पसीने की

गंध, बूट-पट्टे की गंध, बारूद की गंध!) फैली हुई है, जो मुझे बहुत भली लग रही है। साइरेन की सतर्क ध्वनि दिशाओं में शब्द-वृत्त बनाती मँडरा रही है और एक ही साथ सारे नगर की रोशनी गुल हो गई!...वैष्णवी ने अब एक नज़रुल-संगीत शुरू किया—उर्ध्वे गगने बाजे मादल, निम्ने उतला धरणी-तल...!

पहलू में पलनेवाली इन कहानियों की गंध?

हाँ, पहले ही बता दूँ कि इन कहानियों की गंध ने ही मुझे युगों से मोह-बंधन में बाँध रखा है। लखनऊ की ककड़ियाँ खाने की चीज हैं या सूँघने की, नहीं जानता। लेकिन, एक अकाल-परिपक्व पाठक की हैसियत से यह कहने का साहस मुझमें है कि कहानियों में कोई-न-कोई गंध अवश्य बसी होती है। एक सफल रचना को पढ़ते समय पाठक रूप, रस, गंध और ध्वनि—सभी का स्वाद लेता है।

सन् उन्नीस सौ छत्तीस या सैंतीस की बात है—जब हम ऐसी ही कोई कहानी खोजते रहते थे, जिसमें 'चालू सेंट' के बदले कोई नया सौरभ हो। विदेशी—खास कर रूसी और फ्रेंच—कथा-साहित्य में हमें एक नई गंध मिलती थी और उन्हीं गंधों के सहारे हम उस देश की हवा में पहुँच जाते थे—गोर्की, चेखव, तुर्गनेव, मोपांसा और शोलोखोव के कथांचल में। उन दिनों हिन्दी या अन्य भारतीय भाषा में भी जब ऐसे यथार्थ का स्वाद हमें मिलता, हम तृप्त हो जाते। कथा-साहित्य हमें और कुछ दे या न दे, 'टेस्ट ऑफ़ रियलिटी' की माँग पाठकों की ओर से सदा पेश की गई है—दादी-नानी की परी और जिन्नवाली कहानियों के युग से ही। सो, किसी सस्ते होटल के गन्दे टेबिल पर बिखरे बासी प्याज के टुकड़े, ताड़ीखाना के पास की दुकान में भूनते हुए सींककबाब खानेवाले, गन्दी गलियों की अन्धी कोठरियों के अन्दर से आती हुई अश्लील गालियाँ, औरतों की चीख-पुकार, भिखारियों के अड्डे वगैरह का वर्णन हम जिन रचनाओं में पाते; उन पर 'लाल दाग' लगाकर अपने अन्य (अप्रत्यक्ष) पाठक बन्धुओं के लिए अपना मंतव्य लिख देते : 'यथार्थवादी और आधुनिक! अवश्य पठनीय!' क्योंकि हम अकाल-परिपक्व पाठकों में से अधिकांश 'फ्लेवर' की खोज में उन किताबों को सबसे पहले खरीदकर पढ़ते थे, जिनके मुखपृष्ठ पर यह सतर्कवाणी छपी होती : 'स्त्रियाँ और बच्चे इसे न पढ़ें।'...षोडशवर्षीय भारतीय पुरुष ने हमेशा यह प्रतिवाद किया है—हम बच्चे नहीं! उन्हीं दिनों (बचपन में!) की पढ़ी हुई हैं दोनों कहानियाँ—'सिपाही' (नेपाली) और 'राइकमल' (बंगला)।

वह एक कहानी

बचपन में पढ़ी हुई कहानी यदि जवानी में कोई पढ़ने बैठे, तो उसे अक्सर निराशा ही हाथ लगेगी। लेकिन, इन दोनों कहानियों को 'बाज़ाब्ता बालिग' और जवान होकर भी जब-जब पढ़ा—हर बार कुछ नई अनुभूति हुई। बहुत सारी बातें—जिन्हें किशोर बुद्धि नहीं पकड़ सकी थी—उभरकर सामने आईं बाद में। अलबत्ता, गंध में कोई फर्क नहीं आया था—उसी तरह महमह कर रही थी। किन्तु धरती के रूप, रस और गंध की सफल सृष्टि और उन्हें युगों तक टिकाये रखनेवाले अन्य कौशल को 'जवान नज़रों' ने ही सही-सही समझा। रस और व्यंग्य की अनेक बारीक रेखाएँ, वर्णन की अभिनव शैली, भाषा की चातुरी, शब्दों के सन्तुलित प्रयोग (सिंबल और इमेज!) को जब नई दृष्टि से देखा, तो ये कहानियाँ मर्म के और भी निकट पहुँचती गईं :

'राइकमल' और 'सिपाही'।

याद है, पहले 'सिपाही' की कहानी ही पढ़ी थी। पढ़ी नहीं, सुनी थी, कहना ठीक होगा। इसके एक-डेढ़ मास बाद ही 'कल्लोल' (बंगला मासिक पत्रिका) में 'राइकमल' पढ़ने को मिली (जहाँ तक मुझे मालूम है, उस समय तक ताराबाबू का कोई उपन्यास नहीं प्रकाशित हुआ था)। तभी से, जिन्दगी एक अजीब कशमकश के दौर से गुजर रही थी। तभी से मैं मोहाच्छन्न अवस्था में (सशरीर और अशरीर) नेपाल के पहाड़ों और घाटियों में घूम रहा हूँ—बंगाल के हर गाँव और घाट का चक्कर काट रहा हूँ। कभी चन्दन की पवित्र सुगंध, खोल करताल और कीर्तन की सुरलहरी लेकर हवा डोल गई है। कभी घोड़े और आदमी की 'घमाई' हुई देह की गंध एक तल्खी बो गई है। और हर बार यौवन की यंत्रणा तीव्रतर हुई है। काठमांडू और शान्तिपुर-नवद्वीप के 'आकर्षण' को एक ही साथ झेलना बहुत कठिन है। हाथ में 'गोपीयंत्र' (गुबगुबी बाजा—एकतारा-जैसा एक तार-वाद्य) लेकर—'कृष्ण कली आमि तारे बलि' गुनगुनाने बैठा हूँ, ठीक उसी समय 'बहादुर' आकर खड़ा हो गया है, 'कस्तो मांछे? कैसा आदमी है? स्वास्नी मांछे (औरत) के पीछे भला मर्द इस तरह मारा-मारा फिरता है? और गीत गाते समय आँख में आँसू क्यों बाबा? भगवान ने क्या इसीलिए तुम्हें पुरुष बनाकर भेजा था? चलो, उठो—जिन्दगी की चढ़ाई और उतराई को जवानी ही झेल सकती है, साथी! आओ, सावधान! कदम बढ़ाओ—लेफ्ट-राइट, लेफ्ट...!'

और, उसके कदम-से-कदम मिलाकर ऊबड़-खाबड़ धरती की कठोर वास्तविकता से जूझता हुआ आगे बढ़ गया हूँ। जब-जब घाव लगे हैं, घायल

होकर कराहा हूँ—बहादुर ने झिड़की दी है। लेकिन, जब कभी बेहाल होकर ढेर हुआ, राइकमल आकर सिरहाने में बैठ गई है—चन्दन-भरी कटोरी, कीर्तन-भरे कंठ और मद-भरी आँखें लेकर।

गुरखा सिपाही की निश्छल हँसी और युवती वैष्णवी की आँखों के मद से मेरी जिन्दगी सींची गई है।

किन्तु, मुझे सर्वाधिक प्रिय—'कहानियों' के बारे में नहीं—'कहानी' के सम्बन्ध में लिखना है। इसलिए 'सिपाही' कहानी का कथासार प्रस्तुत है :

'सिपाही' एक नेपाली कहानी है, जिसका प्रमुख पात्र है एक गुरखा फौजी सिपाही। लेखक ने 'फर्स्ट परसन' (पुरुषोत्तम शैली?) में कहानी लिखी है।

पोलिटिकल-साइंस के एक नेपाली (तराईवासी) विद्यार्थी को अचानक पहाड़ की यात्रा करनी पड़ी है। बनारस से तराई तक वह आनन्दपूर्वक यात्रा समाप्त कर लेता है। लेकिन, पहाड़ और पहाड़ी रास्ते का उसे पूर्व अनुभव नहीं। जब चढ़ाई-उतराई का सामना करना पड़ा, तो सारे काल्पनिक 'एडवेंचर' गायब! ऐसी ही दुरवस्था में पीछे से एक आत्मीय पुकार सुनाई पड़ी, 'होय साथी, पर्ख-पर्ख म पनि आऊँन्छू!' (ऐ दोस्त! ज़रा ठहरना, मैं भी आ रहा हूँ।)

उसने उलटकर देखा—एक गुरखा सिपाही अपनी पीली दंत-पंक्ति विस्फारित करके हँस रहा है। उसे बड़ी कोफ्त हुई—एक सिपाही मुझे 'साथी' कहेगा? साथी भी नहीं—छोटा साथी? सम्भवतः उसके आभिजात्य को भी थोड़ी ठेस लगी। वह अनिच्छापूर्वक रुका रहा। सिपाही ने पास आकर उसी तरह खुले दिल से पूछा, ''कता हिंडे को?' (कहाँ तक जाना है?)...ऊपर? चलिए, अमुक चट्टी तक हम साथ रहेंगे। कहा है, अकेला से दुकेला भला। है कि नहीं? पहाड़ी राह में यदि मन के माफ़िक कोई साथी न हो तो, तपाईं को रगत खाने (झूठ बोलूँ तो अपना ही खून पीऊँ), मुझे कोई मजा नहीं आता।... देखिए, एक बात मैं बिना आपसे पूछे ही बता सकता हूँ कि आप विद्यार्थी हैं। हैं या नहीं, कहिए? ठीक बताया न? देखिए, मैंने कैसा पकड़ा? गाय को रगत खाने (झूठ बोलूँ तो गाय का खून पीऊँ), मैंने आदमी को देखकर ही उसका पेशा जानने में कभी गलती नहीं की। कहिए तो भला, मैंने कैसे जाना? कहूँ? आपकी पतली गर्दन और चिड़िया की हड्डी-जैसी कलाई को देखकर। हे-हे!! पढ़नेवाले की गर्दन पतली होगी ही। इसीलिए मेरे बाप ने मुझे कभी

पढ़ाने का नाम भी न लिया। आज यदि पढ़ा-लिखा होता, तो, हे-हे—आप ही की तरह—हे-हे—पतली गर्दन...'

पहली मुलाकात और एक ही साँस में वह इतनी बातें कह गया। किन्तु, लेखक अपने दिल का दरवाजा इतनी जल्दी नहीं खोल सका। वह गम्भीर ही रहा—पोलिटिकल साइंस का विद्यार्थी और उच्च वंश का नेपाली जो ठहरा! राह चलते, गन्ने की खेती देखकर सिपाही हुलसित हुआ। दौड़कर गया और बेझिझक दो गन्ने तोड़कर ले आया—मानो खेती उसी की हो! लेखक ऐसा कभी नहीं कर सकता था। एक गन्ना लेखक की ओर बढ़ाते हुए उसने कहा, 'पहाड़ की यात्रा में इससे बढ़कर उम्दा और कोई चीज नहीं। चढ़ाई के समय लाठी बनाकर टेकते चलिए और ऊपर पहुँचकर प्रेम से बैठकर चूसिए और थकान छूमंतर! कहिए, ठीक है न?'

राह में जहाँ लेखक के पाँव फिसलने लगते, वह सहारा देता अथवा सावधान कर देता। कभी-कभी ताने भी देता, 'इसीलिए मेरे बाप ने मुझे पढ़ाने का नाम नहीं लिया कभी!'

इतना ही नहीं, समतल रास्ते में दौड़कर लक्ष्य तक पहुँचने की बाजी भी वह बद बैठा, 'एक-एक बोतल रक्सी (दारू) की बाजी रहे—दौड़िए!'

सामने सिर पर लकड़ी के गट्ठर लेकर आती हुई औरतों पर दृष्टि पड़ते ही सिपाही के चेहरे पर एक अजीब शैतानी खेल गई। उसने लेखक से फुसफुसाकर कहा, 'देखिए, एक मजा दिखलाता हूँ।'

लेखक उसे रोकना चाहता था। तब तक उसने दल की सबसे बूढ़ी औरत को पुकारकर कहा, 'ओ सासजी, ज़रा ठहरना!'

औरतों की टोली ठहर गई। सिपाही ने बूढ़ी को एक 'असल सिगरेट' (बढ़िया सिगरेट) ऑफर किया और एक युवती के पास जाकर खड़ा हो गया। और न जाने उसने क्या कहा कि वह 'धत्त' कहकर राह से हट गई और बाकी सभी लड़कियाँ खिलखिलाकर हँस पड़ीं।

सिपाही हँसता हुआ अपनी राह लगा। उसने लेखक की ओर एक भेदभरी दृष्टि से देखा, 'बस, राह चलते इन औरतों से इतना ही नाता—इससे आगे और कुछ नहीं। नहीं तो फिर मंजिल, सो भी पहाड़ी मंजिल...अजगर की तरह लील लेगी।'

लेखक ने लिखा है, 'तब मैंने राजनीति के एक गम्भीर विद्यार्थी की हैसियत से पूछा—तुम लोगों की फौजी जिन्दगी कैसी है?'

'बहुत मजे की!' छूटते ही उसने जवाब दिया, 'हमारे लखनऊ के बारिक में जाकर देखिए—आनन्द-ही-आनन्द है। जब तक जिन्दा हो—मांस और रक्सी उड़ाओ और मर जाओ, तो सीधे स्वर्ग पहुँचोगे। ऐसी जिन्दगी और कहाँ मिलेगी...लड़ाई मा मर्ना ले सोझै स्वर्ग पुगिंछ।...देखिए न, नये रंगरूटों को लाने जा रहा हूँ...'

राजनीति के गम्भीर विद्यार्थी ने तब दूसरा गम्भीर सवाल किया, "तुम कितने दिनों के बाद घर जा रहे हो? घर में तुम्हारे और कौन-कौन हैं?"

"बहुत दिनों के बाद। घर में? औरत भी थी, बच्चे भी थे। पर, अब तक क्या वे बैठे होंगे? बीवी किसी और के साथ चली गई होगी। बच्चे आवारा हो गए होंगे। जहन्नुम में जाएँ!" उसने उसी तरह हँसते हुए बत्तीसी निकालकर कहा।

शाम को दोनों एक चट्टी पर पहुँचते हैं। चट्टी पर एक बुढ़िया की सरायनुमा दुकान है। बूढ़ी का बेटा निठल्ला और बेकाम है। शराब की दुकान पर बुढ़िया की जवान बेटी बैठती है। रोटी बुढ़िया बेचती है।

साँझ के झुटपुटे में दोनों इस सराय में पहुँचते हैं। सिपाही को देखकर पोपली बूढ़ी पहचानने की चेष्टा करती है। फिर, उसकी बाछें खिल जाती हैं।

'अहा! कितने युगों के बाद ऊपर हुए?" अन्दर से युवती-कंठ से उलाहना-भरी आवाज आई, "इन्हें हमारी याद क्यों आए? रास्ता भटककर आ गए हैं!'

युवती आकर सामने खड़ी हो गई—मुस्कुराती रही।

अन्धकार में भी उस युवती की मुस्कुराहट को परखने में लेखक ने गलती नहीं की। ऐसे परिवेश और वातावरण में रहने की उसने कभी कल्पना भी न की होगी। लेकिन; सिपाही के साथ पहाड़ी राह तय करने के बाद उसकी दृष्टि में थोड़ा परिवर्तन आया है। इसलिए, इस गन्दी जगह में रात काटने में उसे कोई हिचक नहीं हुई। बूढ़ी पर अपने 'छोटे साथी' की देखभाल की जिम्मेवारी देकर सिपाही उसकी बेटी के साथ बगलवाले कमरे में चला गया।

कोठरी के अन्धकार में लेटा-लेटा—नहीं चाहकर भी—वह सुन रहा है, बगल के कमरे में उसका सिपाही साथी, उस लड़की को गुदगुदाकर कुछ कहता है, शायद? लड़की खिलखिलाकर हँसती है। वह रूठती है, सिपाही मनाता है—दूसरी बार मनचाही चीज ला देने का पक्का वादा करता है, लाख-लाख कसमें खाता है—मान-भंजन और मन को मोहनेवाली कितनी बोलियाँ, कितने शब्द?

और, लेखक को न जाने कब नींद आ जाती है।

भोर की मीठी नींद को झकझोरकर तोड़ते हुए सिपाही ने जगाया, 'उठिए! अब मैं चला।'

लेखक आँखें मलता हुआ उठता है। चारों ओर कुहरा छाया हुआ है और सामने उन्मुक्त हँसी बिखेरता हुआ साथी सिपाही उससे विदा माँग रहा है।

सिपाही ने कहा, 'मेरे छोटे साथी! मैं चला। यहाँ से हमारे रास्ते अलग...। मुझे इधर जाना है और आपको उधर...'

पहाड़ के घने कुहासे में सिपाही की सिलहुट घुल-मिलकर बिला गई।

लेखक ने कथा समाप्त करते हुए लिखा है : 'मैं जीवन में कई बार युद्ध में मरे हुए सिपाहियों के कब्रिस्तान में गया हूँ। और प्रत्येक बार मुझे अपने उस सिपाही साथी की याद आई है।'

कथासार समाप्त।

अब प्रश्न पूछे जा सकते हैं—क्या अच्छी लगी और क्यों अच्छी लगी? इसके जवाब में यदि फिर से दुहराऊँ कि सबसे पहले कहानी की मनोहारी गंध ने मुझे मुग्ध किया, तो मेरे कृपालु पाठक झुँझलाकर मुझे 'लकड़सूँघा' अथवा 'गंधजीवी' की उपाधि तो नहीं देंगे?

लेकिन, शुरू से अन्त तक इस कथा में मुझे तरह-तरह की गंध लगी—एक गोरखा सिपाही की पीली दंत-पंक्तियों से छनकर आनेवाली, रक्सी गंधवाही उन्मुक्त हँसी की गंध—कता हिंडे को?

गंध—पहाड़ी गन्ने के टटके रस की, मोटरमार सिगरेट की, बुढ़िया की गन्दी 'खांस्टो' (नेपाली ओढ़नी) की, युवती पहाड़िन के जुड़े में खोंसे हुए बकइन-फूल की, बुढ़िया की दुकान के पास बहनेवाले गन्दे पतनाले की, बासी रोटियाँ और प्याज की, सीलन-भरी गन्दी कोठरी की, बुढ़िया की बेटी की जवान देह की, बालों की, मुँह की, सुबह के पहाड़ी कुहासे की!

सबसे बढ़कर, एक ऐसी कौम की आत्मा की गंध, जिसकी बहादुरी, हौसले और जाँनिसारी की हजारों कहानियाँ सुनने के बावजूद, जिसे हम उन दिनों सिर्फ क्रूर, निर्मम और विवेकहीन समझते थे। गोरे और गोरखे को हम एक ही दृष्टि से देखते थे। किन्तु, इस कहानी को पढ़ने के बाद, मैंने लेखक की दृष्टि से ही इस लड़ाकू और दिलेर कौम को देखना शुरू किया। उनसे जब कभी मिला, दिल खोलकर मिला। ऐसे भी दिन आए, जब हमारी आहट

पाकर ही उनकी राइफल हमारा काम-तमाम कर सकती थी। लेकिन, ऐसी घड़ियों में भी मेरे सामने एक मुखड़ा बार-बार आकर—उन्मुक्त हँसी बिखेरकर पूछ जाता—कता हिंडे को?

'सिपाही' के लेखक को एक दिन नेपाली मुक्ति सेना के ईस्टर्न कमांड की वर्दी में, मुक्ति फौज के सैकड़ों गुरखे सिपाहियों को कमांड देते हुए भी देखा। तराइयों, पहाड़ियों, घाटियों, कोसी नदी के किनारे निशाना साधकर बैठे हुए एक-एक सिपाही, अपने कमांडर को 'सांदाज्यु' (छोटे भैया) कहते थे। नेपाली मुक्ति सेना के सिपाहियों का प्यार उन्हें सहज ही प्राप्त हो गया था।

सम्भवतः यह कहानी मुझे इसलिए भी अच्छी लगी हो कि इसके लेखक को मैं बहुत निकट से जानता था और कहानी प्रकाशित होने के पूर्व ही स्वयं लेखक के मुँह से कहानी मैंने सुनी थी। अथवा यह भी हो कि कुछ दिन पहले ही धरान-धनकुट्टा और वराहक्षेत्र की पहाड़ी यात्रा से लौटा था और एक पहाड़ी लड़की की याद ताज़ा थी। हो यह भी सकता है कि बचपन से ही शारीरिक शूरता के अभाव के कारण मुझे एक सिपाही में अपने को 'आइडेंटिफाई' करने का अवसर मिला और कहानी मुझे भा गई!

कहानी में जिनकी कोई चर्चा तक नहीं है—किन्तु कहानी पढ़ते समय हमारी आँखों के सामने ऐसे अनेक दृश्य स्वयं ही आ खड़े हुए—पहाड़ी नदी का कलकल सुर, जंगल में लकड़ी काटनेवाली औरतों और राहियों के बीच 'मयाउरे'—गीतमय वार्तालाप, फौज में भरती होने के लिए विदा होते हुए नौजवान, मृत सिपाहियों के पेंशन पानेवाले परिवारों के मुखड़े, पहाड़ी पक्षियों की उड़ती हुई पाँतियाँ, हिममंडित चोटियाँ और घाटी में बसे हुए गाँव का एक लैंडस्केप!

'सिपाही' के लेखक ने जिस लहजे में कथा का उपसंहार किया है, उसी गम्भीरता के साथ मैं स्वीकार करता हूँ—देश पर आक्रमण होने के बहुत पहले से ही मेरे मन में यह सत्य सैकड़ों बार प्रतिध्वनित हुआ है—यदि हिमालय के उस पार से कभी हम पर हमला हुआ—हमारा यह साथी—दुर्गम पहाड़ की भयानक लड़ाई की सारी मुश्किलों को हँसते-हँसते आसान कर देगा। लड़ाई में मरनेवाला सीधे स्वर्ग पहुँचता है। किन्तु, यदि अपने देश की रक्षा के लिए लड़ाई में मृत्यु हो, तो स्वर्ग के द्वार पर देवकन्याएँ हाथ में पारिजात की माला लेकर स्वागत में खड़ी रहती हैं—यह उनका दृढ़ विश्वास है। और यह दृढ़

विश्वास मेरे मन में—बस, इसी एक कहानी 'सिपाही' ने कूट-कूटकर पच्चीस साल पहले ही भर दिया है।

पारिजात का नाम लेते ही वैष्णवी राइकमल की मूर्ति 'फेड इन' करती है।

लेकिन, यह आज 'बक बाबाजी' के लिए चन्दन नहीं घिस रही और न 'फूल चन्दन' की तैयारी के लिए कमल के फूल के लिए परेशान है। वह अपने देश के घायल बहादुर सिपाहियों के घाव की पट्टी बदल रही है।

वैष्णवी जानती है, उसका किसन काला—घुँघराले बालोंवाला—बाँसुरीवाला, समय पर युद्ध में सारथी का काम करता है। बाँसुरी कमर में खोंसकर—हाथ में सुदर्शन 'गहता' है। इसलिए, आज राइकमल की देह से डिटॉल, ईथर, आयडिन की गंध आ रही है।...राइकमल हवाई हमले से हिफाजत की ट्रेनिंग ले चुकी है।...राइकमल राइफल ट्रेनिंग के कैंप में जा रही है। गुरखा सूबेदार कमांड ऑर्डर देता—सावधान...लेफ्ट-राइट...लेफ्ट-राइट...!

मेरी दो सर्वाधिक प्रिय कहानियाँ आज घुल-मिलकर एकाकार हो गई हैं।

[*नई कहानियाँ* : फरवरी, 1963]

'प्रिय कहानियाँ' की भूमिका

'मेरी प्रिय कहानियाँ' पुस्तकमाला के अन्तर्गत संकलित इन नौ कहानियों के अलावा मेरी अन्य कहानियाँ मुझे तनिक भी अप्रिय नहीं। अपनी कोई रचना मुझे कभी अप्रिय नहीं लगी...नहीं लगती। कोई 'प्रियतर' अथवा 'प्रियतम', 'प्रियतमा' भी नहीं। इसका कोई कारण—शो कॉज़ (Show Cause)—नहीं बतला सकूँगा। क्योंकि जानता नहीं...!

मेरे अशिक्षित कथाकार के लिए अपनी रचनाओं की लम्बी भूमिका बहुत ही कठिन और अप्रिय लेखन है। ऐसे अवसरों पर व्यर्थ पांडित्य-प्रदर्शन की हास्यास्पद प्रचेष्टा के बदले मैंने सदा साफगोई का सहारा लिया है। कवि शमशेर बहादुर सिंह की इस प्रसिद्ध पंक्ति को दुहराया किया है : 'बात बोलेगी, मैं नहीं! राज खोलेगी, बात ही...मैं नहीं!...'

मेरे साधारण पाठक मेरी स्पष्टवादिता तथा सपाटबयानी से सदा सन्तुष्ट हुए हैं। और साहित्य के राज़दार पंडित-कथाकार-आलोचकों ने हमेशा नाराज होकर मुझे 'एक जीवनदर्शनहीन-अपदार्थ-अप्रतिबद्ध-व्यर्थ-रोमांटिक प्राणी' प्रमाणित किया है।...सारे तालाब को गँदला करनेवाला जीव! इसके बावजूद कभी मुझसे इससे ज्यादा नहीं बोला गया कि अपनी कहानियों में मैं अपने को ही ढूँढ़ता फिरता हूँ : अपने को, अर्थात् आदमी को।...बंगला में एक मुहावरा प्रचलित है : 'पेटे बोमा मारलेऊ मुख दिये 'क' बेरूबे ना', अर्थात् पेट पर बम मारने पर भी मुँह से 'क' नहीं निकलेगा। हो, तब तो निकले! तब भी, अपनी कई कहानियों के बारे में मुझे कई प्रतिष्ठित पत्रिकाओं के मित्र सम्पादकों को बाज़ाब्ता हलफ़नामा लिखकर देना पड़ा है : (तब समझा कि पेट पर बम कैसे मारा जाता है और अपने को ढूँढ़ना इतना खतरनाक काम है!) ईमान से, धरम से, जो कह रहा

हूँ, सच कह रहा हूँ, कि जो लिखा है सो झूठा लिखा है, यानी इस कहानी के सभी स्थान-पात्र और घटनाएँ सरासर कपोल-कल्पित हैं...कि किसी राष्ट्र, देश, धर्म, जाति, सम्प्रदाय, समाज, पार्टी, वर्ग या व्यक्ति के विरुद्ध घृणा या विद्वेष फैलाने के उद्देश्य से यह कहानी नहीं लिखी गई है।

फिर भी, यानी शपथपूर्वक कहने के बाद भी, मित्र सम्पादकों ने कहानियों की कई पंक्तियों को आपत्तिजनक मानकर काट दिया और कई शब्दों के बदले 'श्लील शब्द' देकर ही छापा।...इस संकलन में मैंने उन कटी पंक्तियों को जोड़ दिया है और सही शब्दों को मूल स्थानों पर फिर से स्थापित कर दिया है।

[1973]

आंचलिक उपन्यासों के बारे में

[आंचलिकता को लेकर एक परिचर्चा का आयोजन श्री राजेन्द्र अवस्थी के द्वारा 'सारिका' के अक्टूबर, 1961 के अंक में किया गया था। उसी के अन्तर्गत रेणु जी की यह टिप्पणी प्रकाशित हुई थी। —सं.]

बन्धु! आपने जो सवाल सामने रख दिया है, उससे मैं पिछले कई सालों से भागता आया हूँ—आँखें चुराकर, दम साधकर, चुप्पी लगाकर। नहीं तो और क्या करता? आंचलिक कथा लिखता हूँ, इसका यह अर्थ कदापि नहीं कि मैं उसकी वकालत करना भी जानूँ। जानता तो यह भी नहीं कि (दासानुदास द्वारा) मेरे द्वारा आंचलिक (माल?) क्यों लिखा जा (प्रस्तुत किया जा) रहा है?

छह साल पहले, मेरे एक प्रिय पाठक ने पत्र लिखा था : ' 'मैला आँचल' के नीचे कोष्ठक में 'एक आंचलिक उपन्यास' लिखने के बाद भी आपको सन्तोष नहीं हुआ तो आपने भूमिका में फिर बल देकर लिखा, 'यह है मैला आँचल : एक आंचलिक उपन्यास। कथांचल है...।' इसके पहले भी इस तरह के उपन्यास लिखे गए हैं, किन्तु किसी ने ऐसा नहीं लिखा। उन पुस्तकों के विद्वान आलोचकों ने भी कहीं आंचलिक उपन्यास की संज्ञा नहीं दी। कोई वर्गीकरण नहीं किया। अधिक-से-अधिक यह कहा, 'स्थानीय शब्दों के प्रयोग चिंत्य हैं।'...और, श्रीमान ने जब इतना बल डालकर लिखा है, तो निश्चय ही आपके पास मेरे सवालों के जवाब होंगे। कृपया उत्तर दें...!'

और, इसके बाद उनके तीस प्रश्न। उन्हें यहाँ लिखना इसलिए भी अनावश्यक है कि वे सभी आम सवाल हैं। अलबत्ता, पहला प्रश्न आज भी मौलिक है : 'आप उपन्यास-लेखक हैं या आंचलिक उपन्यास-लेखक?'

विश्वास कीजिए, चर्चा-परिचर्चा में श्री राजेन्द्र अवस्थी द्वारा उठाये गए सभी सवाल मेरे पाठक के पत्र में हैं।...'अंचल है क्या?' से लेकर 'रूप बदलकर नहीं मुग्ध कर रहा' तक। हाँ, मेरे प्रिय पाठक की भाषा लेखकीय भाषा नहीं। यों, उन्होंने भी अपने ढंग से व्यंग्य करते हुए परम 'आंचलिक' अथवा 'आंचलिक श्रेष्ठ' कहा है मुझे।...मुजरिम नम्बर एक—अव्वल आसामी।... पाठक के छद्मवेश में छिपा हुआ कोई लेखक नहीं था वह, वरना वह लिखता: 'भूमिका में यह है—'मैला आँचल: एक आंचलिक...' आदि लिखकर भी आपको सन्तोष नहीं हुआ...?'

मुझे दुख है कि मैंने अपने एक ऐसे प्रिय पाठक को रुष्ट कर दिया। कोई जवाब नहीं 'फुरा'—नहीं दे सका प्रश्नोत्तर। क्योंकि आंचलिक उपन्यास का लेबल चिपकाते समय मुझे आंचलिक उपन्यास की इतनी विस्तृत परिभाषा भी नहीं मालूम थी। बाद में, आलोचनाओं को पढ़कर मैंने परिभाषा सीखी है।

क्षमा करें, इस सन्दर्भ में मुझे एक चुटकुला याद आ रहा है—बुरी तरह। सुनाया था प्रयाग के कॉफी हाउस में डॉ. धर्मवीर भारती जी ने। चुटकुला है :

साहित्यिक गुरु ने शिष्य से पूछा, 'वत्स, उपन्यास कितने प्रकार के होते हैं?'

शिष्य ने हकलाते हुए प्रश्नोत्तर देना प्रारम्भ किया, 'जी, गुरुजी, धार्मिक, ऐतिहासिक, सामाजिक, राजनीतिक...और...और आंचलिक।'

गुरु ने कहा, 'मूर्ख! एक नाम तो तुमने छोड़ दिया—धारावाहिक उपन्यास कहाँ गया?'

चुटकुला सुनकर मैं जी खोलकर हँसा था। आज भी हँसता हूँ। लेकिन, इतने दिनों के बाद अब उनसे एक प्रश्न पूछना आवश्यक समझता हूँ : 'डॉक्टर साहब! 'मैला आँचल' के प्रकाशन के बाद तुरन्त ही 'आलोचना' (विशेषांक) के सम्पादकीय में आपने 'आंचलिक उपन्यास' नाम का अनुमोदन किया था, सो क्यों? आपने इस वर्गीकरण को सही क्यों माना?'

और, परिभाषा की बात?

अच्छा, यदि कोई कहे कि बिना एक पंक्ति लोकगीत और लोककथा के भी आंचलिक उपन्यास लिखे जा सकते हैं, यहाँ तक कि आंचलिक अथवा स्थानीय शब्दों के सहारे के बिना भी यथार्थ वातावरण और परिवेश की सृष्टि की जा सकती है, तब?

जानता हूँ आपका जवाब। आप कहिएगा—हाँ, कोई लिखकर दिखला दे तो हम यह भी मान लेंगे।

तब तो सब कुछ उस 'कोई' की शक्ति के ऊपर ही निर्भर करता है, किन्तु उस 'कोई' की व्यक्तिगत दुर्बलताओं को भी हम परिभाषा मान लें, यह अन्याय है!

परिचर्चा के लिए लेख लिखते समय सैकड़ों सवाल प्रतिध्वनित हुए—स्थायी मूल्य किन उपन्यासों का है? जीवन में स्थायी मूल्य किन चीजों का है? जीवन का स्थायी मूल्य क्या है? मूल्य क्या है? यह किसके द्वारा निर्धारित होता है? कौन आँकता है?

इतने सवाल कि आदमी कुंठित हो जाए—भरम जाए। इसलिए इस गम्भीर चर्चा-परिचर्चा से परे, आइए, हम 'जंगल के फूल' तोड़ें और 'मैला आँचल' के तले...इधर-उधर की, बेमतलब की बातें करें।

हाँ, समय पर बात याद आई। सुना है, मिखाइल शोलोख़ोव की एक नई आंचलिक किताब आई है : 'कुमारी धरती का जागरण' (वर्जिन सायल अपटर्न) का दूसरा खंड। सुना है, इस खंड में—दन अंचल के ग्रेमियाची लंग कागासी गाँव में—इस शतक के चतुर्थ दशक में घटनेवाली घटनाएँ हैं। कागासी अंचल की मिट्टी की गंध से ओत-प्रोत नवनिर्माण कार्य में लगे हुए वहाँ के लोग, उनके वैर-विरोध, हँसी-रुदन, जीवन के अनेक द्वंद्व, मधुर चित्रों से भरपूर।

पढ़नेवालों का कहना है कि इस उपन्यास के प्रकाशन के बाद सोवियत रूस में और बाहर फैली हुई कई शंकाएँ दूर हो गई हैं। शोलोख़ोव की धारा (आंचलिक) सूख नहीं गई है। शोलोख़ोव की क्षमता चुक नहीं गई है।

मैं पढ़ने को आतुर हूँ, दन के किनारे फिर क्या हुआ? वीर प्रवाहिनी दन नदी के किनारे कसाको के गाँव में शोलोख़ोव के साथ घूम चुका है दासानुदास—डेढ़ दशक पूर्व ही।...ऐतिहासिक तथा सामाजिक पृष्ठभूमि में दन के किनारे बसे कमाको की कहानी कहनेवाले इस महान् कलाकार के प्रथम ग्रंथ को पढ़कर ही मैं चिल्ला उठा था, 'महाभारत! महाभारत! रूस का महाभारत!'

गोष्ठी अथवा समष्टि की कहानी सुनाते समय उन्होंने व्यष्टि के चित्रांकन में तनिक भी उपेक्षा नहीं की, बल्कि व्यक्ति के जीवन को यथार्थ रूप में अंकित कर उन्होंने गोष्ठी के सम्बन्ध में अपने वक्तव्य को स्पष्ट किया।

एक काम की बात!...कुट (या नुट?), हैमसुन के 'ग्रोथ ऑफ द सायल' का संक्षिप्त हिन्दी अनुवाद आप 'सारिका' में धारावाहिक रूप से क्यों नहीं

प्रकाशित करते? पता नहीं, ऐसा क्यों होता है? इस किताब (ग्रोथ ऑफ द सायल) को पढ़ते समय हम नार्वे के उत्तरांचल के एक खंड में—परती जमीन पर बसनेवाले प्रथम गाँव में पहुँच जाते हैं। नायक आइजक में हम आदिम मानव की प्रतिच्छवि देखते हैं। हम उस मोटी बुद्धिवाले हृदयवान आइजक में अपने को पहचानते हैं।...ऐसा क्यों होता है?

अनुवाद विलियम फाकनर (1949 का नोबेल पुरस्कार-विजेता) के कई प्रसिद्ध आंचलिक उपन्यासों के भी किये जा सकते हैं। हाँ, विलियम फाकनर भी आंचलिक लेखक था। यह ठीक है कि हैमसुन की तरह उसने ग्राम-परिवेश की सृष्टि नहीं की, फिर भी वह आंचलिक लेखक था। संयुक्त राज्य अमेरिका का दक्षिणांचल ही उसके सभी उपन्यासों का कथांचल है। उत्तरांचल से प्रतियोगिता चल रही है दक्षिणांचल की—आर्थिक और नैतिक ह्रास का क्रमबद्ध अनुलेखन किया उसने। फाकनर ने अपने अंचल की जनश्रुति, कुसंस्कार, आचार-व्यवहार इत्यादि के निपुण प्रयोग द्वारा एक नये जगत् की रचना की है। इस दुनिया में खून, यौन-अपराध, सामूहिक कलह के कोलाहल होते रहते हैं।...क्या इनके उपन्यासों का भी कोई स्थायी मूल्य है?

और, नोबेल पुरस्कार-विजेता इर्वा आंद्रिच (युगोस्लाव लेखक) भी आंचलिक लेखक हैं। 'ट्रिना नदी के कगार पर' सर्विया प्रान्त के हर्जेगोविना और बार्स्तनमा अंचल की कहानी है।...आप बम्बई में हैं। आपको तो इस पुस्तक का अंग्रेजी अनुवाद शीघ्र ही मिल जाएगा।

नाज़िम हिकमत के बाद तुर्की लेखकों में स्वात दरवेश का इधर खूब नाम हुआ है। उसका उपन्यास 'अंकारा का बन्दी' भी आंचलिक उपन्यास है।

शरत्चन्द्र के बाद बंगला साहित्य में आंचलिक लेखकों ने ही उपन्यास-लेखन को एक दिशा दी है। शैलजानन्द, ताराशंकर, सतीनाथ भादुड़ी, मानिक बंद्योपाध्याय, समरेश बसु के उपन्यासों के हिन्दी अनुवाद शीघ्र ही सामने आएँगे, पॉकेट बुक प्रकाशन आन्दोलन को देखते हुए ऐसी आशा की जा सकती है। दुराशा और शंका भी होती है—बंकिम, रवीन्द्र, शरत्चन्द्र के आम हिन्दी अनुवादों को पढ़कर। (मेरा विश्वास है, इन उपन्यासों के अनुवाद 'आंचलिक लेखक' ही कर सकते हैं। तैयार रहिए।)

मित्रवर! इतनी बेमतलबी बातें परिचर्चा में उठाए गए सवालों के कुप्रभाव को काटने के लिए ही कर गया। क्षमा करेंगे।

भाई अवस्थी जी, अन्त में एक बात पूछूँ चुपके-चुपके? यदि 'चर्चा परिचर्चा' में विद्वानों ने मिलकर यह घोषित कर दिया कि आंचलिक लेखक ने हिन्दी साहित्य की निर्मल धारा को गँदला किया है, तो क्या आप जो कुछ लिखते हैं, लिखना बन्द कर देंगे?...आप कर सकते हैं, मैं कैसे कर सकता हूँ?

उलझे हुए रिश्ते : सुलझे हुए विचार

सिनेमा सर्वश्रेष्ठ कला है और ललित कलाओं का संगम है। फिर कला को तो अपनी यह जिम्मेदारी पूरी करनी ही चाहिए। यदि यह जिम्मेदारी पूरी नहीं हो रही है तो इसमें कला का कोई दोष नहीं है। जहाँ तक हिन्दी सिनेमा की बात है, 'देवदास' का युग देखिए, 'पड़ोसी', 'दुनिया न माने', 'अमर ज्योति', 'अमृत मंथन' इत्यादि सामाजिक चित्रों में 'देवदास' की मिसाल ली जा सकती है। उस समय भारतीय फिल्म घुटनों पर चलने की उम्र में थी। सन् बत्तीस या तैंतीस की बात है यह। उस समय नायक या नायिका बढ़िया हिन्दी नहीं बोल पाते थे। कानन गलत बोलती थी। सिवाय पहाड़ी संन्याल के, जो लखनऊ से आया था, कोई भी बढ़िया डायलॉग नहीं बोल सकता था। आज यदि कोई नायक हिन्दी या उर्दू का गलत उच्चारण करता है तो तुरन्त बात पकड़ में आ जाती है। उस समय लोगों के कानों में गलत उच्चारण खटकता नहीं था। उस समय का नायक पात्र को सजीव कर देता था। विषय में स्वयं को इतना ओतप्रोत कर देता था कि सारे भारत की जनता उसके डायलॉग को समझती थी। समझकर रोती थी।

अब 'देवदास' को ही लीजिए। जिसने भी पहले किताब पढ़कर फिल्म देखी, कहा—भई, हमें तो फिल्म वैसी ही लगी, जैसी पढ़ा था, बल्कि उससे भी बढ़कर लगी। हिन्दी फिल्म में सहगल देवदास बने थे। बंगला में प्रमथेश बरुआ। फिर बिमल राय ने 'देवदास' बनाई, जिसमें दिलीपकुमार देवदास थे। पर हमने सहगल की 'देवदास' के बाद जानबूझकर बंगला की और बिमल राय वाली 'देवदास' नहीं देखी। हमारा इमेज था, देवदास का मतलब सहगल ही हो सकता है। प्रमथेश बरुआ नहीं, तो फिर दिलीपकुमार भी नहीं।

उस समय फिल्मी गीतों का भी मतलब हो गया था सहगल-जैसी आवाज और वैसी ही धुनें। जैसे पंकज मलिक का मोटे गले में गाया हुआ 'दुख के अब दिन बीतत नाहीं'। फिल्मी गीत बस, इसी एक खास टाइप के हो गए थे।

फिल्मी गीतों में नया मोड़ आया, जब पंजाब से आए पंचोली भाई ने गाया 'सावन के नजारे हैं...अहा-अहा' तो लोग झूम उठे। पंजाबी हवा के आने से तेज आ गया, पुरुषत्व आ गया। परन्तु फिर लड़ाई के बाद से सस्ते मनोरंजन के नाम पर जनता की रुचि जो बिगड़ी तो बिगड़ती चली गई और आगे पीढ़ी-दर-पीढ़ी बिगड़ती ही जाएगी। पर हम यह नहीं मानते कि इसमें कला का दोष है, यह तो बनानेवाले पर निर्भर करता है।

आजकल अच्छी हिन्दी फिल्में जरूर बन रही हैं, पर आज का हिन्दी सिनेमा अपना दायित्व पूरा कर रहा है या नहीं, इसके बारे में निश्चित रूप से कुछ कहना मुश्किल है। यह भी तो एक क्रेज है कि सभी फिल्में एक ही ढंग पर चल रही हैं। मैं यह नहीं कहूँगा कि सभी क्रेज में ही ऐसी फिल्में बना रहे हैं। कोई भी नई धारा जब चलती है तब शुरू-शुरू में उसके साथ कूड़ा-करकट भी बह आता है। जब पानी स्थिर हो जाता है तो कूड़ा-करकट बैठ जाता है और अच्छाई सामने आ जाती है। वह अच्छाई सामने आ रही है; फिर भी हिन्दी सिनेमा अपना दायित्व उस माने में पूरा नहीं कर पा रहा है, जिस माने में करना चाहिए। आजकल तो कुछ फिल्मवाले अपनी फिल्मों में ऐसी चीजें दिखाते हैं जो आम जिन्दगी से हटकर हैं, अस्वाभाविक हैं। उनका कहना है कि जो जिन्दगी में है, उसे पब्लिक क्यों देखना चाहेगी भला? जो नहीं है, वही तो देखना चाहेगी! मैं ऐसी बातों से कतई सहमत नहीं हूँ। यदि सहमत होता तो आज बम्बई में होता। कुछ ऐसे लोग हैं जिन्होंने ऐसी परिस्थितियों से समझौता कर लिया है। पर उन्हों से हमारा फिल्म-जगत बहुत नुकसान उठा रहा है।

हिन्दी का रंगमंच

मैं नहीं मानता कि सिनेमा से हिन्दी रंगमंच का पतन हुआ है। हिन्दी रंगमंच गठित ही कहाँ हुआ था जो पतन होगा! हिन्दी रंगमंच तो अभी बन ही रहा

है। तुलनात्मक दृष्टि से देखें तो पहले बंगला और मराठी रंगमंच का विकास हुआ। जब ये उत्कर्ष पर आए, इनकी फिल्में भी उत्कर्ष पर आईं।

पर हिन्दी रंगमंच अभी बन ही रहा है। इस दिशा में बड़ी चेष्टाएँ हुई हैं। पारसी थियेटर के बाद पृथ्वीराज कपूर ने हिन्दी रंगमंच के लिए काम किया, फिर भी न तो उस समय के हिन्दी के नाटक-लेखक इस तरह के रहे कि उनका कोई स्टेज हो और न स्टेज करनेवालों की तरफ से यह कहा गया कि साहब, आप जो लिख रहे हैं, वह पढ़ने की चीज है, स्टेज करने की चीज नहीं है। पारसी थियेटर के बाद जो नाटक-लेखक हुए, राधेश्याम हैं, रामकुमार वर्मा भी हैं और जगदीश चन्द्र माथुर भी हैं और कौन ऐसा लेखक नहीं होता था जो एकांकी नहीं लिखता था? लेकिन इससे रंगमंच का कोई भला नहीं हुआ। अब हर शहर में गतिविधियाँ बढ़ी हैं, रंगमंच हैं। हमारे शहर में भी हैं। पहले कहाँ कुछ ऐसा होता था? एक-दो संस्थाएँ थीं। अब तो काफी संस्थाएँ हैं और अच्छी चीजें प्रस्तुत कर रही हैं। जो भी अच्छे नाटक लिखे जा रहे हैं, सब कर रहे हैं। दूसरी भाषाओं में अनुवाद भी हो रहे हैं।

अब रही बात रंगमंच पर फिल्मी प्रभाव की! तो यह प्रभाव उन पात्रों पर पड़ता है। वे डायलॉग वैसा ही बोलना नहीं भूलते। पर यह बात बंगला और मराठी रंगमंच पर लागू नहीं होती, क्योंकि वहाँ रंगमंच पहले से बना हुआ था। फिल्म और रंगमंच के अन्तर को वे अच्छी तरह समझते हैं। बंगला फिल्मों में कलाकार प्राय: बंगला के रंगमंचों पर भी काम करते हैं। वे अपने अभिनय के अन्तर को समझते हैं कि यहाँ हम रंगमंच पर काम कर रहे हैं और वहाँ हमें फिल्मों में काम करना है।

शम्भू मित्रा आखिर क्यों नहीं फिल्मों में आने लगे? मेरा खयाल है, वे समझते हैं, फिल्म उन पर हावी हो जाएगी। उन्हें नाटक से प्यार था, वे नाटक में ही रह गए। बाकी लोग भी जो बंगला फिल्मों और स्टेज पर काम करते हैं, इस अन्तर को अच्छी तरह जानते हैं कभी भी उनकी फिल्म में यह नहीं लगेगा कि ये स्टेज की तरह डायलॉग बोल रहे हैं या स्टेज पर ऐसा नहीं महसूस होगा कि ये फिल्म की तरह डायलॉग बोल रहे हैं।

दूसरे रंगमंचों पर यह बात नहीं है। लोग तो राजेश खन्ना या शत्रुघ्न सिन्हा जैसा मेकअप कर रहे हैं, वैसा ही हुलिया बना रहे हैं। स्टेज पर भी वैसा ही करते हैं, कैरेक्टर चाहे कुछ भी हो। यह गलत है। इसमें भला नहीं होगा। फिर

भी रंगमंच काफी उन्नति करेंगे, क्योंकि अच्छे गुरु लोग हैं सामने मैदान में। अच्छे काम करनेवाले भी आते ही जा रहे हैं।

सिनेमा और साहित्य

सिनेमा और साहित्य को निकट कैसे लाया जा सकता है? हिन्दी की कोई एक कहानी लीजिए किसी भी साहित्यकार की! चलिए, अज्ञेय के 'शेखर' का ही नाम लें। अब हम चलें, कि साहित्य और सिनेमा को मिलाने चले हैं। साहित्य को सिनेमा के करीब लाने के लिए 'शेखर' को फिल्मवालों ने चुना है। अब सिचुएशन पर बात हो रही है। सीक्वेंस पर हो रही है। शेखर को अगर ईमानदारी से उतारना है, तो लेखक का सहयोग नितांत आवश्यक है। डिसकशन चल रहे हैं। 'शेखर' के लेखक, निर्देशक, पटकथा-लेखक, संगीतकार—सभी मौजूद हैं। बात ऐसे शुरू होती है :

'हाँ, यार, वह शेखर की लड़की ठीक हो गई? लड़की पसन्द आ गई? छोकरी चालू है कि नहीं?' यह लड़की पर बातें हो रही हैं।

'कैसी है देखने में? पीछे से देखने में?'

लेखक भी वहाँ मौजूद है। यहाँ तक तो मान गए कि इन लोगों का यही ढंग है बात करने का। तो 'शेखर' के लेखक चुप रहेंगे। ठीक है भई, चित्र बन रहा है, लड़की होगी ही। फिर ऐसी बातें भी होंगी।

फिर 'शेखर' के लेखक से ही पूछा जाता है, 'क्यों साहब, आपने लड़की देख ली? आगे-पीछे ठीक है न? वो कमर-वमर ठीक है न? आपके मन से ठीक है न?'

लेखक कहेंगे, 'हाँ, ठीक है!'

उसके बाद डायलॉग आया! अब वो 'शेखर' साहब जो हैं, एक शब्द 'आश्चर्यजनक' नहीं बोल सकते हैं। वह कहेंगे, 'ये शब्द अपन को नईं चलने का है।'

ठीक है। साहित्य को चूँकि सिनेमा के निकट लाना है, एक सज्जन कहेंगे, 'लेखक साहब, इसकी जगह 'ताज्जुबदेह' ठीक रहेगा?'

लेखक कहेंगे, 'ठीक है। पर 'आश्चर्यजनक' और 'ताज्जुबदेह' में अन्तर... फिर भाषा भी बदलनी पड़ेगी।'

फिल्मवाले कहेंगे, 'तो बदल डालो जी! और ये इतने बड़े-बड़े डायलॉग हैं, इन्हें काटो!'

इसके बाद वह हीरो, जो शेखर का पार्ट करने आया है,लेखक को समझाना शुरू कर देगा कि कैसे डायलॉग लिखा जाता है। वह आत्मा, मर्म सब पहचानने लगेगा। मेरा खयाल है, हद हो जाएगी। यहाँ तक लेखक साहब नहीं सह सकेंगे और वापस चले जाएँगे।

यह तो हुआ एक पहलू। दूसरा पहलू यह हो सकता है कि लेखक सोचेगा कि साहब, हमारी जो यह कहानी है, इसमें फलाँ कुमार काम कर रहे हैं, म्यूजिक डाइरेक्टर फलाँ बैठा हुआ है, तो ऐसी की तैसी हिन्दी साहित्य की और भाषा की! हमें क्या करना है! यह जो कहता है, ठीक कहता है। आखिर हिन्दी साहित्य ने क्या हमको खाने को दिया है? अरे तीन जन्मों में यह किताब रिप्रिंट होती, तब भी इतना पैसा नहीं मिलता, जितना ये लोग दे रहे हैं।

...और समझौता

ये दो पक्ष हुए। काम्प्रोमाइज—समझौते—वाली लड़ाई अब भी जारी है। 'दो बीघा जमीन' बम्बइया फिल्मों से हटकर बनी थी, फिर भी फार्मूलेवाली चीजें इसमें भी डाली गई थीं।

'उसने कहा था' पर जब फिल्म बनने की घोषणा हुई तो लोगों को खुशी हुई थी। चलिए साहब, इतने दिनों बाद इस कहानी पर फिल्म आ रही है। पर जब 'उसने कहा था' की हत्या हो गई तो लोगों को लगा, अब 'तीसरी कसम' काहे को बचेगी? इसका भी मर्डर जरूर हो जाएगा।

'तीसरी कसम' की यूनिट में मैंने जिन लोगों को देखा, प्रायः वही लोग न्यू वेब या समांतर फिल्मों में फैले हुए हैं। जैसे फर्स्ट डाइरेक्टर बासु भट्टाचार्य, सेकेंड डाइरेक्टर बासु चटर्जी और थर्ड डाइरेक्टर बी. आर. इशारा! इशारा ने बहुत काम किया था। फिनिशिंग टच देते समय इशारा ही थे। नवेंदु घोष, जो 'मैला आँचल' बना रहे हैं, 'तीसरी कसम' के स्क्रीन-प्ले राइटर थे। अरुण कौल इसमें नहीं थे, पर वे शैलेन्द्र के अच्छे मित्र थे। 'तीसरी कसम' बनते समय यह बात भी चल रही थी कि वही इसका निर्देशन करेंगे। इस तरह हम तो देखते हैं, वही लोग हैं! पढ़े-लिखे लोग हैं! सही पकड़ है।

यह दूसरी बात है कि कौन कितना सफल हो पाता है, कि किसने कौन-सा रास्ता अख्तियार कर रखा है।

शिवेंद्र सिन्हा ने 'फिर भी' बनाई। जैसाकि कई गोष्ठियों में शिवेंद्र सिन्हा से कहा गया कि आपने केवल बम्बई की जिन्दगी, एक छोटी-सी समस्या ली। हम लोगों ने पूछा कि वह छोटी-सी समस्या कैसे हो गई? आदमी से सम्बन्धित कोई भी समस्या हो, वह छोटी-सी कैसे कही जा सकती है? आनेवाले दिनों की समस्या है यह! इस फिल्म से वह आदमी जो इसके पीछे है, उसकी पकड़ तो हम समझ ही सकते हैं। जाने दीजिए कि 'एक अधूरी कहानी' फ्लाप होती है। बॉक्स ऑफिस पर ही नहीं, बल्कि जो खास उसके देखनेवाले हैं, उनमें भी फ्लाप होती है, पर इतना तो मानेंगे कि विषय जो चुना है, पेश करने का ढंग उन लोगों से भिन्न है। वे कुछ करना चाहते हैं। अगर मात्र व्यवसाय ही करना चाहते तो उसके लिए उनके पास जगह थी। बासु भट्टाचार्य के लिए मार्केट खुल चुका था। एक अच्छी तसवीर वे बना चुके थे, और भी बना सकते थे। लेकिन फिर वही बात—समझौता!

लेकिन नये लोग जो आ रहे हैं, वे हर जगह समझौता नहीं करना चाहते। कुछ जो हैं, वे एकदम विद्रोही हैं। प्रतिबद्ध भी मृणाल सेन, अरुण कौल ने 'अधूरी कहानी' बनाई। मैं जानता था, इस पर बहस होगी। रिलीज नहीं हुई है। जो प्रतिक्रियाएँ हुई हैं, उनमें लगता है, अब मृणाल सेन हों, चाहे बासु चटर्जी हों, चाहे भट्टाचार्य हों, ये लोग भिन्न जाति के हैं और इन्हीं पर भरोसा है।

सिनेमा, संस्कृति और विकृति

सिनेमा संस्कृति का अंग तो है ही। बंगाल हम गए थे, निपट एक गाँव में। वहाँ एक बंगाली लड़की भोजपुरी गीत गा रही थी। यह भी फिल्म का ही प्रभाव है।

हमारा भारतीय जीवन अवरोधों से भरा है। जहाँ अवरोध होगा, ऐसी चीजें भी सामने आएँगी। यह क्यों लिखी, बनाई और देखी जाती हैं, अलग प्रश्न है। हॉलीवुड भी बहुत-सी रद्दी तसवीरें बनाता है और देखनेवाले देखते हैं। सेक्स की फिल्में बनाते हैं; ब्लू फिल्में बनाते हैं। सामाजिक रोग है यह! कभी-कभी कोई रोग एपिडेमिक की अवस्था में पहुँचता है, तभी उसका निदान भी होता है। वह रोग जिस गति से बढ़ा है, फुटपाथ से सिनेमा तक, किस-किससे कहिएगा?

विज्ञापन में प्रकृतिवाद

फिल्म ही क्यों? विज्ञापन लीजिए! अब ब्लेड और दाढ़ी बनाने के शैंपू से औरत को क्या ताल्लुक? पर वहाँ भी औरत की ही तसवीर होनी चाहिए। वह औरत भी ज़रा खुली हुई हो। आजकल के लोग औरत-माइंडेड हो गए हैं या यों कहिए, सब प्रकृति के पुजारी हो गए हैं। सब नेचुरलिस्ट हो गए हैं। पर प्रकृतिवाद और यथार्थवाद में बहुत फर्क है।

कहानी के मूड और नायिका को ध्यान में रखकर शिवेंद्र जी ने 'फिर भी' बनाई। पर मेरा खयाल है कि ऐसी दो-तीन तसवीरें बनाएँगे तो उनके दर्शक कम हो जाएँगे। फिल्म अपने ढंग की अकेली है, बस, यही सही मानिए और शिवेंद्र को शुभकामनाएँ दीजिए।

किन-किन किताबों पर अच्छी फिल्में बन सकती हैं? यदि लोगों को मालूम हो जाए, कि जैनेंद्र जी की 'सुनीता' में भी कहीं कपड़ा उतरवा दिया गया है तो दौड़कर पहले जैनेंद्र को ही बुक करेंगे। वैसे सभी साहित्यिक रचनाएँ जो छपती हैं, 'फिल्म' होती हैं। उधर दस-पन्द्रह साल का बंगला-साहित्य देखिए। उपन्यासकार, कहानीकार सोच लेते थे कि कौन इसे खरीदेगा, कौन नायिका होगी, फिल्म-जगत में कौन-कौन हास्य अभिनेता और कौन-कौन चरित्र अभिनेता हैं। छवि बिस्वास जब तक रहे, उन्हीं को, उनके हाव-भाव को सामने रखकर चरित्र लिखे गए। लिखने से पहले लेखक फिल्म देख लेते थे उन्हीं चरित्रों के माध्यम से! यह साहित्य चौदह कैरेट था, पर सोना था। यह सोना कहाँ तक रहेगा? फिर वही बिजनेस की बात। टका हावी हो रहा है। बंगला फिल्मों का हिन्दीकरण हो रहा है। मेरे खयाल में सभी साहित्यिक रचनाओं पर फिल्में बन सकती हैं।